府城文學地圖

2 大臺南區

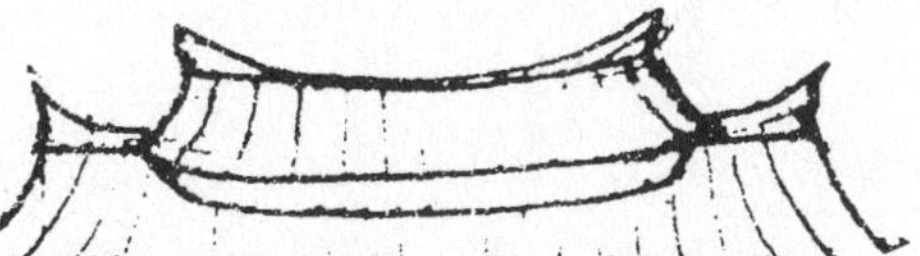

沈光文
楊逵
吳新榮
陳秀喜
阿盛
蔡素芬

林皇德 策劃

國立臺南第一高級中學105級科學班 著

大臺南區

文學路線分布圖

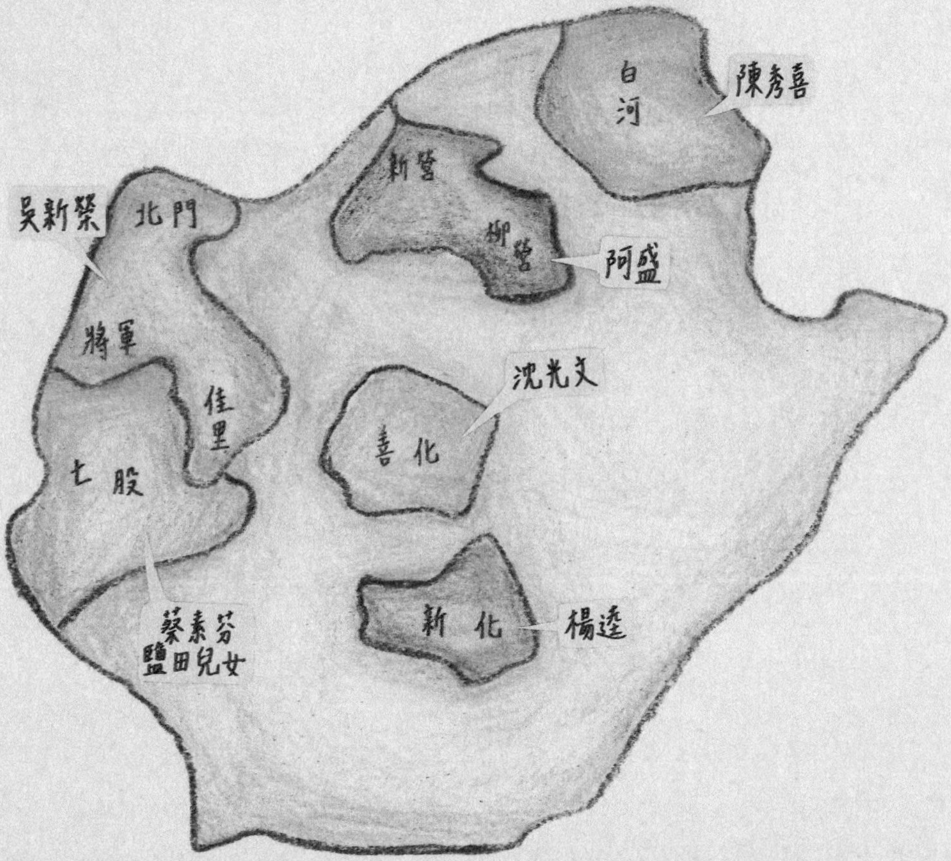
白河
陳秀喜
新營
柳營
阿盛
吳新榮
北門
將軍
佳里
七股
沈光文
善化
蔡素芬
鹽田兒女
新化
楊逵

推薦序

貪看花色，我走了文學這路徑

王浩一（作家）

臺北的活動提早結束，沒有留戀，我又搭上高鐵返回臺南。暖暖的三月天，無事，覺得多賺了一個明亮的平日下午。早餐僅僅一杯咖啡，午餐也跳過去，下午三點的臺南街頭，我想，該找一爿小店，享受沒人的「寂寞但是幸福」下午餐，去哪？

不急著找東西吃，既然春光明媚，那應該先去拍攝正盛開的苦楝，林森路的，五妃街的，西門路的……最後往知事官邸古蹟前去，安靜的小街有一株苦楝老樹佇立在街頭，滿樹薄紫，那是臺灣的春天顏色。花色娉婷，三點半的時間剛好，陽光斜斜照射在背景建築的立面上，百年的紅磚建築閃閃發亮，掩映著眼前的老樹紫花，顯得夢幻。拍了幾張滿意的照片，也貪看了一陣花樹美景，我往不遠處的韋家麵店走去，那是導演李安每次返回臺南，總會去重溫舊時的美食記憶的小麵館。

《府城文學地圖》年輕的作者群，有一組人跟隨著李安的文學地圖，他們也在書上記錄著這家麵館。今午，獨享了陽光和春風，我緩緩踅到這裡。麵端來了，一口咬下，芝麻香肉臊香順著麵條入胃，餓蟲都醒了。咀嚼中，這群高中生的採訪腳步與筆下的描述，曾經閱讀的美味感覺都回來了，文字的文學香氣也都回來了，他們所說著李安的青春記憶也統統回來了。這一碗麵，讓我有了提筆落點的信心，寫寫他們：

這一群年輕的作者，是臺南一中的「科學班」學生，十七歲，非文科的高二生，準備升高三。他們能完成這些書寫，明星學校所有的背景條件似乎充足，卻又不可思議。話說兩年前，我擔任了這個科學班口試甄選委員，應徵的孩子都是國三的應屆畢業生，也是臺南各個國中裡，理化數學的佼佼者，總共有六十位男生女生進入最後篩選階段，預定錄取三十名。我是四組甄選團隊中的一員，知道這些孩子們都很優秀，而我的工作是剔除「人工天才」，盡量選入懂得生活、能自理壓力的學生，希望能引入「除了理化數學之外」的潛力學生……甄選後，我不知道這一班的學習狀況……直到，他們在導師林皇德的帶領之下，交出了這本令人咋舌的「功課」：《府城文學地圖》。

府城文學地圖，其實就是作家們在這座城市的「生命現場」，透過探索與偵查，理出作家與城市之間的親密關聯，哪些地點曾經豐富了作家的過去歲月？哪些城市角落曾經留下了作家的心靈注腳？這些小作家們追逐著前輩的身影，架構一幅幅文學與生命，城市與生活的「不朽關係」。

當精神的質與知識的量成就了「不朽」，所以，有了蘇軾文學地圖、巴黎文學地圖，也有了唐詩地圖、印象派畫作地圖等等。這兩本《府城文學地圖》總共收錄了十一位臺南作家，記錄他們的在地生活、記憶、光影，甚至美食的氣味，也標記了這座城市的豐富深厚。

整個書寫的過程大致是這樣的：兩年前導師林皇德，有一個單純的想像：「讓這群孩子多一點文學薰陶，也多認識自己的城市」，怎麼做？對於剛入學的菜鳥新生交付「府城文學地圖計畫」，有些趣味，甚至好玩，這些學生還來不及思索與抵抗之下，分別「認養」十一位臺南作家，那是興奮的。

他們開始尋找不同作者的作品，圖書館的資料嚴重不足，書店也無陳列，甚至Google的資訊也少得可憐，學生們意識到「事情大條了」。大家內心開始糾葛、懷疑、排斥到最後「認命了」。一些絕版的書冊，一些失佚的掌故，甚至開始尋訪鄉賢耆老，先是像偵探，也像記者，「辛苦但是神奇地」找足了所有資料。然後，他們開始閱讀，閱讀也是一項大工程，除了文學的洗禮，也要爬梳作家字裡行間與這座城市有關的經歷，仔細標誌地點。再如拼圖般地踏查、整理、組合，最後書寫下來……

一年多的時間，班上的小作者們氣勢磅礡地寫了二十五萬字，因為內容豐富，圖像也完整。特別將內容區分兩冊，其一是舊城區，其二是大臺南區。

《府城文學地圖1舊城區》：收錄許丙丁、楊熾昌、葉石濤、許達然、李安等五位作家的文學踏查路線。

《府城文學地圖2大臺南區》：收錄沈光文、楊逵、吳新榮、陳秀喜、阿盛、蔡素芬等六位作家的文學踏查路線。

「這是個適合人們做夢、幹活、戀愛、結婚，悠然過日子的好地方。」這是葉石濤生活在臺南的心得，近年來也成了「慢臺南」旅遊標語。而葉石濤也說「作家是夢獸」，書裡的十一位作家在這座舊城的書寫起飛的夢想，這座舊城也得以更美好。今天，我們得以在此悠然翻閱，謝謝這群年輕的小夢獸……在我們貪看城市的花樹當下，多了文學的優雅。

走讀推薦（排序依來稿先後）

文學地圖中有路，路裡看見地景，美麗的臺灣，我的家鄉，在臺南，文學，美。謝謝本校國文科林皇德老師翻轉教育、用心創新，指導一〇五級科學班同學書寫《府城文學地圖》。翻騰的心血成江成海，打開的書本翠綠青蔥。敬愛的皇德老師，謝謝您的專業付出與引領，是教育工作者的榜樣；親愛的竹園岡優秀青年，恭喜你們在「從A到A^+的竹園Life」願景中，卓越成長。《府城文學地圖》的出版，是一〇四學年度大學學測國文科文章分析考題的參考答案：為何人可以透過書寫而不朽？書寫對寫作者個人的價值和意義？

國立臺南第一高級中學校長　張添唐

教師，是班級的領導者，也是學生們的教練，而當學生站在舞台上時，老師則成為最好的觀眾。科學班在他班同學的眼中只是一群科學怪人的組合。當初挑選國文教師擔任這個班的導師，就是希望給學生多一些人文氣息。只是沒想到在國文老師的帶領之下，科學班的學生書寫出了連他們自己也不敢相信的文學作品；更沒料到的是當這本書出來之後，更鼓勵了其他班級的學生，現在他們躍躍欲試也想出版自己的作品。

這樣的教學方式，不僅讓學生能夠認識自己的故鄉、了解過往的歷史，更重要的意義是教導學生：不要被自己的想像能力所侷限住。

國立臺南第一高級中學科學班主任　何興中

臺南一中國文老師林皇德帶領學生，以一年時間完成涵蓋古今十一名臺南作家的《府城文學地圖》，不僅為旅遊觀光添加迷人的文學元素，我個人認為，它已經為臺灣的語文教育打開了死結，帶來希望，讓我興奮莫名！

在升學主義和因循的教材教法底下，我們的語文課變成「中華文化」古典傳統和倫理道德的講授，太多的文言詩文名篇，宛如天邊彩霞，美則美矣，卻無涉真實人生，遠離斯土斯民。

今天竟有老師的呼應，以臺灣文學館的典藏，提供南一中學生最豐富的資源，動手動腳，實地踏查，繪製故鄉的文學地圖，這是他們父祖輩幾代所無能想像的。

我對臺灣語文教學的現實原本極其悲觀，《府城文學地圖》為學生的主動和創意學習，帶來突破的可能，大人先生們，加油！我們一起前進！

國立清華大學臺灣文學所教授　陳萬益

非常敬佩南一中科學班的召集人何興中老師與國文科的林皇德老師，他們帶領科學班學生完成二十五萬字的府城文學踏查。

南一中科學班的學生不只會做實驗，更可以用美好的文字展現屬於在地的關懷。這份深情與遠見，實在太讓人讚嘆了！

透過《府城文學地圖》一書，我們可以循著地圖追蹤沈光文、楊逵、吳新榮、葉石濤、許達然、李安等名家的故土與生活。我也喜歡書中流露的日常吃食氣味，那麼真誠樸實，那麼美。

詩人　凌性傑

「歷史是我思考的街巷」，對一群游牧於科文之間的聰慧高中生，受過文學地圖的走讀訓練，經由一本書的共同完成，深究情感記憶與人文歷史是如何建構出來的。

這些生機勃發的少年，或騎著單車或慢緩步行在他的城市，穿梭往返於陽光明媚或微雨潮潤的街區巷弄，想著自己和自己以外的世界，這麼多深邃的靈魂陪伴著他，竟忍不住地笑了。只因這座悠遠的府城，經過了這些圖文的細心丈量，永遠是他生活與愛的居所。他會像一個做夢的人那樣笑著，但雙腳卻牢牢站在土地上。

這套動人的書讓人衷心期待，這三十名少年將會是下一批府城文學的創作者。

臺北市立第一女子高級中學老師　陳美桂

一群理學背景的高中學生，貼近探究自身的土地，探訪文史學家口中眼中的臺南，卻更精準地表現出文化底蘊與偏好，跳脫出傳統的政商經濟取向。

文學的感動是抽象的，而地圖中的臺南府城田野卻是真實的。我們得以在這想像與真實之間漫遊，輻射出更多的人文地理學意義，與多重閱讀的可能。所有的文本選擇就是一種地方認同（place identities），認同後的地景建構衍生更多樣的文本，這與真實完全無關，這是超真實的超連結。定義了文創，不只是吃吃喝喝，而是在土地空間營造可能出現的家鄉認同與感動，這就是文創空間地景的凍結與感動的交會。這張地圖一直被美好的繪製建構與想像著，從過去到未來！

國立臺北教育大學文化創意產業經營學系副教授　邱詠婷

收到台南一中一〇五級科學班完成的《府城文學地圖》簽名本，翻著翻著，看到臺南的孩子、臺灣的孩子以全然的心意愛自己的土地，並且合力用文字、攝影完成了一本書，我居然掉了眼淚。做編輯、出版多年了，這本書的心意和完成，那麼深刻地打動我！看著書上一個個簽名，我的感動像收到林文月老師、蔣勳老師、Derek Walcott簽名書那樣的感覺。

我領受這種感覺，像是，海上生明月。

謝謝這些年輕的朋友！一個即將老去的編輯人如我，又生起了少年大衛般勇敢的心。

詩人　許悔之

二〇一五年四月一日，帶著《府城文學地圖》，搭上澎湖飛往臺南的飛機，近中午，我已佇足在沈光文設帳講學處。坐在紀念碑旁的涼亭裡，我心裡想著，是什麼樣的教學熱情和教育理想，能讓臺南一中的林皇德老師帶著三十位科學班學生，在善化、佳里、七股等地方進行田野調查、攝影與記錄，同時，蒐集大量文獻資料進行比對、整理與構思？我想，在上課的同時，還要指導學生進行書寫創作、師生討論、排版校對等工作，一定讓這群師生們付出了極大的時間、心力與精神，才得以完成此書，他們不僅實現了為故鄉留下一些東西的夢想，更為教育工作者提供新的教學典範。

我在沈光文的文學之路，展開前所未有的文學旅行，更在實地走訪的過程中，堅定自己在教學場域的信念與勇氣，謝謝《府城文學地圖》，讓我看見教育的無限可能。

國立澎湖科技大學通識教育中心副教授　鍾怡慧

一群十幾歲的高中生，在學校，選擇了科學做為升學的標的；人生中的第一本書，卻從府城的文學尋根之旅出發。成人們會認為十幾歲的體悟尚嫌青澀，然而他們對「文學地景」的踏查力無比敏銳。

大臺南區選擇由明清大儒沈光文展開，鄉野之於他是哺育認同之所；小說家楊逵的鄉野，是勤奮的勞動地圖；散文家吳新榮視鄉野為形塑大同社會的母體；詩人陳秀喜擁抱的鄉野，滋養了人間之愛；小說家阿盛腳下的鄉野，頑強抵抗現代化的潮流；小說家蔡素芬觸目所及的鄉野是心靈的回歸。

對舊城區文學地景的踏查，這群高中生寫手們鑽進了巷弄：民間文學作家許丙丁筆下的巷弄，是眾神爭奪的舞臺；詩人楊熾昌眼前的巷弄，宛如脫離現實的甬道；小說家葉石濤把巷弄寫成了世間百態的展示館；散文家許達然穿梭的巷弄，是寫實與浪漫迴旋的幽谷；電影導演李安在巷弄，看見了一個個豐富的象徵。

這群大孩子爬梳的不僅是「文學」，還有他們青春正盛下，透過這一場書寫活動，對生命存在的價值的發問。這才是本書最可貴的精神！

國立高雄應用科技大學文化創意產業研究所助理教授　楊雅玲

憂鬱的臺南詩人水蔭萍曾寫道：「從肉體和精神滑落下來的思惟／越過海峽，向天空挑戰，在蒼白的／夜風中向青春的墓碑／飛去。」現在有一群熱血的臺南青年，用腳走踏詩人控訴的「毀壞的城市」，他們發現文字記錄了悲憤與歡笑，他們揭開作家私密的日常與吃食。一群科學班的學子，向大師致敬，告訴我們：因為有這麼多偉大與多元的文學心靈，城市才能以母親的包容與慈愛力量，穿越時代動盪的痛楚，滋養出甜美與精彩的一景一物。

國立東華大學華文文學系主任　須文蔚

序

走讀城市的浪漫與寫實

林皇德

姐姐過世的時候，我還是五年級的小學生。喪禮完成後，她的牌位便一直供奉在佳里善行寺。有一段時期裡，爸媽每天都會在我和妹妹上學之前，把我們帶到善行寺，向神主上香祭悼。

當時的善行寺已是散發著古樸的味道。柱子上的紅漆略微脫落，牆上的壁畫以石灰打底，也已受潮，總是使我的制服沾上了粉白的痕跡。屋頂的橫樑是原木架構，微微帶有朽蝕的跡象。那時的我跪下來時，額頭只到供桌的高度。依序向觀音菩薩、祖師爺、地藏王菩薩、天公及佛祖參拜後，便拿香向姐姐祭拜。那木製的小小的神主，隱藏在佛祖身後晦暗的陰影中。在眾多的牌位裡，我總是踮著腳尖，雙眼仔細搜尋，卻仍然很難找到姐姐的神主。但我想，每一分心中的默念與祝福，都一定能夠抵達天聽。

站在善行寺的廟埕中往右前方望去，可以看見鄰近有一棟樓房，造型很獨特，多邊的形狀不像一般街上方方正正的房屋。牆上總是爬滿了綠色的藤蔓，顯得極為清幽。我常幻想著裡頭居住的人會是什麼樣子，可能是穿西裝打領帶的紳士，可能是飽讀詩書的老人家。

後來雖然搬離了佳里，每年的春節、中秋和忌日仍然會回到善行寺向姐姐上香。看著寺廟一年比一年老舊，柱子上的紅漆已脫落殆盡，牆上的壁畫也早就一片模糊，心中淺淺一嘆。年復一年造訪這座寺廟，它對於我而言，象徵著對姐姐的思念，以及對時光飛逝的感慨。

直到閱讀了吳新榮的作品，這座善行寺在我心中的面貌，才開始產生了劇烈的變化。原來，吳新榮的妻子毛雪芬的喪禮也在此地舉行。《亡妻記》裡細細地刻劃喪禮的過程與吳新榮的思念之苦。每一頁，他總是以著飽滿的情感由衷地呼喊著：「雪芬喲！」每一聲呼喚都來自最深層的內心，滲著暖熱的血液的溫度。而我在廟埕中所望見的，爬滿了藤蔓的建築，原來就是吳新榮居處小雅園的故址。吳新榮曾在此地與青風會的朋友們一起寄寓理想，與臺灣文藝聯盟的同伴們一起暢談文學。一瞬間，在我的腦海中，這座善行寺彷彿得到了全新的生命，每一片磚瓦、每一根樑柱，甚至是每一塊斑駁的痕跡，全都有了豐富的意義。

曾經有一個至情至性的醫生作家，在此地送別他的至愛，和我一樣滴下眼淚，懷念她，書寫她。這裡不只是記憶中思念姐姐的地方，也是我與另一個偉大靈魂接軌的地方。

在佳里度過了十多年的時光，每天在這裡生活，在大街小巷裡穿梭，我卻好像不曾真正認識它。如果我們沒有真正張開心裡的眼睛去接觸這片土地，不論走過多少次，都無法看清楚它的面貌。

因為了解，我們才能愛得更加深刻；而想了解自己的故鄉，就必須去碰觸，去閱讀，去感受。走動踏查，可以更加認識故鄉的面貌；閱讀歷史，可以更加了解它的骨幹與血肉；但是，若想接近這塊土地最深刻的靈魂，不能沒有文學。

認識一座城市，最好的導覽員就是作家。若是你也跟著作家的腳步來到府城，你會發現，這座城市有著千變萬化的姿態。跟著許丙丁的腳步，它是神靈與人群共存的魔幻寫實；跟著楊逵的腳步，它是帶著批判色彩的現實主義；跟著葉石濤的腳步，它是帶著想像翅膀的浪漫主義；跟著楊熾昌的腳步，它是比現實更現實的超現實主義。你會訝異，在這裡生活了這麼久，卻從不曾見過這樣的府城。

《府城文學地圖》兩冊一共引介了沈光文、楊逵、吳新榮、陳秀喜、阿盛、蔡素芬、許丙丁、楊熾昌、葉石濤、許達然、李安等十一位作家，從他們的生平與著作中歸結成十一條文學踏查路線。他們或在臺南出生、成長，或曾在臺南定居，寫作的領域包含古典詩、散文、隨筆、新詩、小說、劇本；因此，每一條路線都是文學、生命與土地的交集。

書籍的篇章依據文學地圖所在的位置，區分為「舊城區」與「大臺南區」兩冊。「舊城區」包含許丙丁、楊熾昌、葉石濤、許達然、李安的文學地圖，觸及了臺南市東區、中西區、南區、北區、安平區等地；「大臺南區」則包含沈光文、楊逵、吳新榮、陳秀喜、阿盛、蔡素芬的文學地圖，觸及的地區有新化、善化、佳里、七股、將軍、北門、新營、柳營、白河、東山。每冊的排列則以作家的出生年份為次序，由古及今，在空間的地圖之外，融入了時間變遷的軌跡。

從這十一位作家身上，我們也看見了府城文學的沿革。由於以作家為線索，串連府城的文學地景，因此相同的地景可能會重複出現在不同的文學地圖上。但在不同作家筆下，同一個的地景所呈現的樣貌並不一樣。

府城的偉大作家並不只這十一位。或許，本書可以是一個起點，希望未來有更多更多的文學地圖出現，讓世人看見府城更加繽紛多彩的面貌。

這本書的作者群，是就讀於臺南一中一〇五級科學班的三十位學生，對於文化與歷史都還有很大的空間需要琢磨。實際踏上文學之路後，才發現自己的淺薄與渺小，但這並不能阻礙追尋的意志。

寫作的過程，彷彿是一趟偵探的尋尋覓覓，作家的傳記與著作是既有的線索，而在小心翼翼地探究每個細節後，拼貼出全景。我們沒有採用訪談家屬或作家本人的方法，因為想要像一個小小的崇拜者那樣，細細地握住手中僅有的片語隻字，探索著偶像的腳步，踩過他所踩過的每一寸土地。

一路上，感謝諸多貴人的指引，謝謝善化區賴哲顯老師對於沈光文文學地圖的協助，謝謝新化區康文榮老師對於楊逵文學地圖的指導，謝謝過程中每一位給予協助的先進。謝謝臺南一中張添唐校長、何興中主任的鼎力支持，讓這本書得以順利完成並且出版。此外，也感謝臺南一中一〇三級攝影社黃彥霖同學協助照片的拍攝，讓府城的美麗可以更生動的呈現出來。

謹以這本書，獻給我們最愛的府城臺南——這塊我們學習與成長的土地。

府城文學地圖 2大臺南區 目錄

新化區

佳里區、將軍區、北門區

白河區、東山區

順道一遊

新營區、柳營區

順道一遊

七股區、北門區、將軍區、安平區

那篇發生在鹽村裡的故事

薰陶善化的足跡

沈光文

深掘出臺灣的文學之泉

文字：林皇德／攝影：黃彥霖、林皇德／繪圖：郭哲毓、陳逸婷、駱佳駿

沈光文小傳

沈光文（一六一二～一六八八），字文開，號斯菴，浙江寧波府鄞縣人。生於明神宗萬曆四十年，卒於清聖祖康熙二十七年，被譽為「海東文獻初祖」。

崇禎年間參加鄉試中副榜，獲得恩准貢入南京太學讀書。他明白知識份子不是皓首窮經的學究，而是道德的實踐者。清兵入關之際，他不願剃髮投降，挺身投入抗清的行列中，曾在南明魯王、桂王麾下從事，擔任過工部郎、太僕寺少卿等官職，與鄭成功也曾是同事。清廷想以金錢收買人心，以銀幣招降沈光文，遭到他嚴厲的拒絕。

可惜形勢比人強，南明政權搖搖欲墜，無力支撐，反清復明眼看遙遙無期，沈光文打算與家人前往泉州定居。就在乘船啟航後，在圍頭洋口遇到颱風來襲，一陣意料之外的颶風將沈光文吹到了臺灣島上，改變了他的人生，也改變了臺灣的命運。當時占據臺灣的荷蘭人並未刁難沈光文，即便生活困頓，他仍可勉強安穩度日。

鄭成功來臺後，得知沈光文的行蹤，欣然邀見。但到了鄭經時代，沈光文對若干政治舉措提出諷刺，引來小人中傷，於是遁入羅漢門山中避居。

而後，沈光文來到目加溜灣社，一邊教化百姓，一邊行醫，使得民風大開，當地平埔族與漢人的教育、文化也更上一層樓。

一六八三年，施琅攻克臺灣，聽聞沈光文在臺，立刻以禮相待。此後的清朝駐臺官員也時常前來拜訪慰問，沈光文乃與季麒光、沈朝聘等人共同創立「東吟社」，開啟了臺灣文人結社的序幕。

在臺灣度過了將近半個人生，沈光文為這座海外孤島帶來了〈東吟社序〉、〈臺灣賦〉、〈臺灣輿圖考〉及大量的古典詩作。

他欣賞臺灣的美，吟詠臺灣的獨特，從這塊土地的深處掘出一股清澈的文學之泉，並讓它源源不絕地奔流下去。

延伸閱讀暨參考書目

．《沈光文全集及其研究資料彙編》，龔顯宗（一九九八），臺南縣：臺南縣政府文化局。
．《沈光文集》，龔顯宗選注（二〇一二），臺南市：臺灣文學館。
．《海東文獻初祖沈光文》，劉昭仁（二〇〇六），臺北市：秀威資訊。

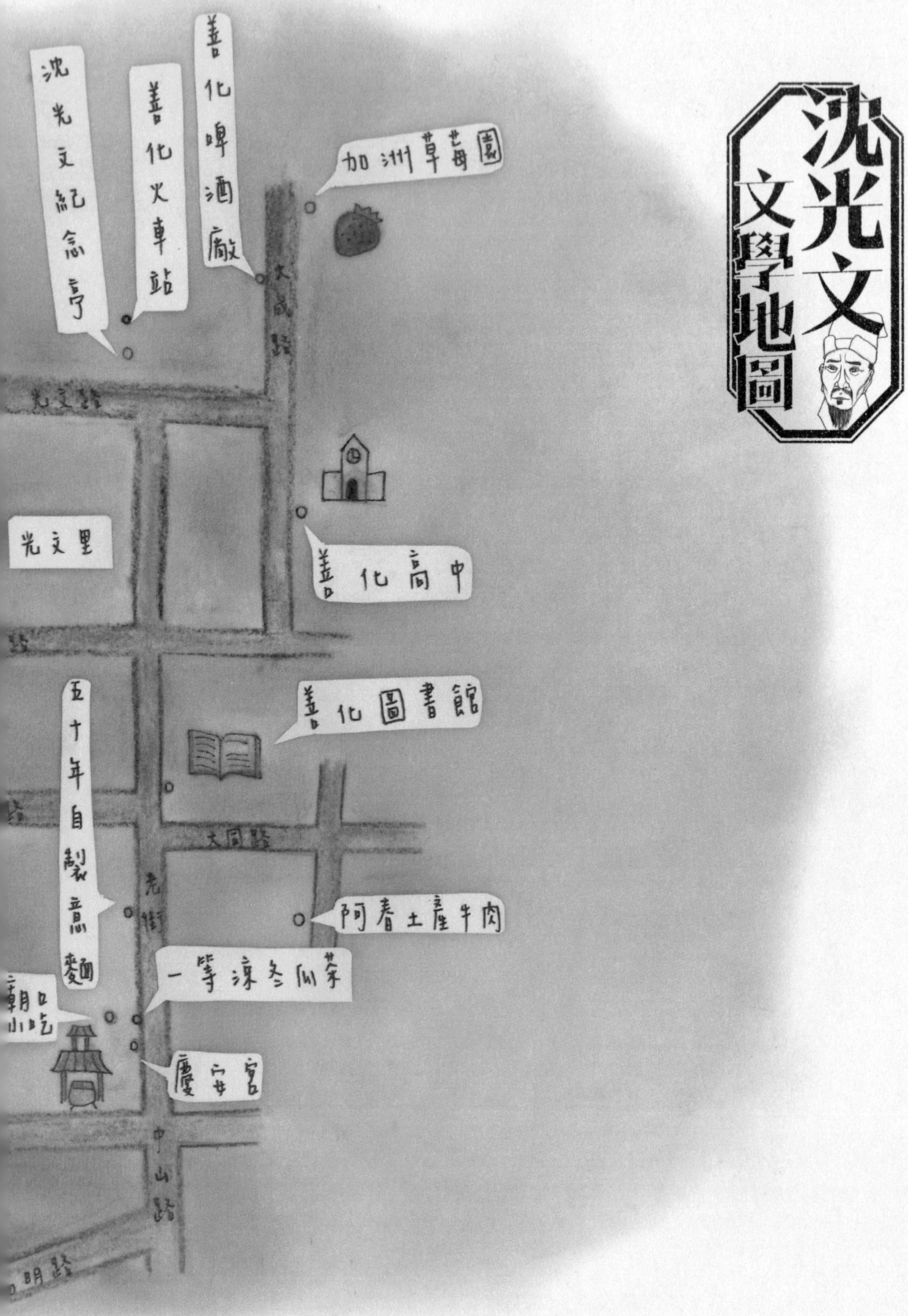
沈光文文學地圖
沈光文紀念亭
善化火車站
善化啤酒廠
加洲草莓園
大成路
光文路
光文里
善化高中
善化圖書館
五十年自製意麵
大同路
老街
阿春土產牛肉
一等涼冬瓜茶
慶安宮
中山路

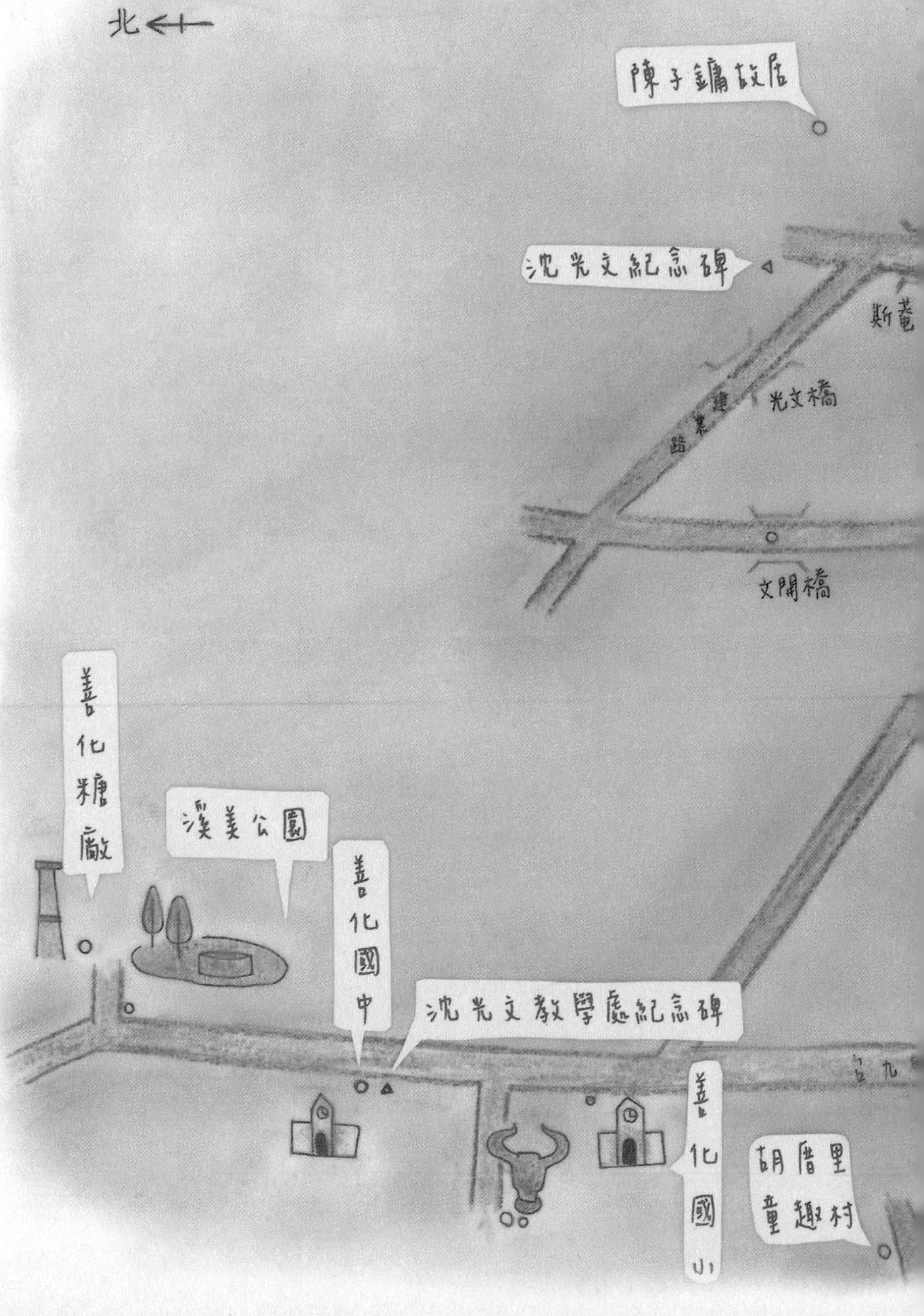
北
陳子鏞故居
沈光文紀念碑
斯菴
建業路
光文橋
文開橋
善化糖廠
溪美公園
善化國中
沈光文教學處紀念碑
台九
善化國小
胡厝里童趣村

一朵白菊在露水中綻放清新光采

大橋之下，曾文溪悠悠流過，繞了一個大彎，像菩薩慈悲的目光一般，凝視著整個善化地區。溪水滾滾向西，奔流入海。夾岸數十里，金黃的稻穗垂下了頭，在風中徘徊沉思；蔚藍的天空底下，雲影在田野上跳躍追逐。

如果說，臺灣文學就像這條美麗的溪流，那麼，溪流的源頭在哪裡呢？我們幻想著，那群山靄靄的白雪間，有一股清澈的水泉汩汩而出，彷彿峭壁間一叢綻放的白色野菊花，默默傳送出幽微的清香，盈溢了整個山谷。

清代偉大的史學家全祖望曾為沈光文寫作傳記，並讚美他：「海東文獻，推為初祖。」簡單的幾個字，便清楚地告訴我們，臺灣文學的源頭，就是沈光文。

沿著麻善大橋往南直馳，跨越了曾文溪，就進入善化了。很長一段時間裡，沈光文在這裡設帳講學，行醫濟世。命運的軌道上，他或許曾經落魄，曾經困頓；而文化的軌跡裡，他卻留下了巨人的足印，踏開了蒙昧的莽叢，帶著人們勇敢地往前走去。

車子來到善化糖廠。小路兩旁是日據時期引進栽植的大王椰子，高大聳立，為這片土地增添了些許日本人對於南國的想像。三百多年前，這裡是一片低濕的平野，遠方的烏山山巒在雲霧之間朦朧縹緲。幾隻鳥兒在田野、水澤間飛翔棲息。海洋就在附近，濤聲隱隱約約在耳邊呼號。

一場意外的颶風，將沈光文吹來這海上的島嶼，扯斷了他與故鄉的聯繫，也攪亂了他心中對於未來的想像。那天際的候鳥、海浪的呼吼，在他心中所掀開的風起雲湧，日以繼夜，一波接著一波，即便在夢中也不能平息，唯有將澎湃的巨浪化為晶瑩的詩句。

外來的小葉欖仁在臺灣落地生根。

遇晴常聽月，無月聽偏難。海怒聲疑近，溪喧勢作寒。閒枝驚鳥宿，野渚洽魚歡。夢與詩爭局，詩成夢亦殘。（〈夜眠聽雨〉）

糖廠外的溪美森林公園植滿了小葉欖仁。這裡的小葉欖仁高大挺拔，枝幹筆直向上崢嶸。起頭，天空的水藍從葉隙間流洩而下，日光映照閃爍。整齊排列的樹林間，設置了磚紅的步道和休憩的座椅。這樣的景致，似乎只存在於國外的風景畫片中，例如北海道大學的白楊道、東京的銀杏道。自海外移植而來的小葉欖仁，如今在這塊土地上成長、茁壯，在微風中悠閒的搖曳。它們已然克服了異鄉的恐懼，落地生根。那麼漂流來臺數十年的沈光文，是否認同了這塊土地呢？

晚年的沈光文曾有機會透過福建總督少保姚啟聖的安排，回到故鄉，但他拒絕了。拒絕的原因或許是險惡的政治現實，或許是難以捉摸的人心，但當中是否摻雜了一絲對臺灣這片大地的留戀？

欲聆佳信頻西望，卻訝離群又北飛。但令雙魚無或間，困窮亦足慰周饑。（〈移居目加灣留別〉）

無論臺灣的土地是否住進了沈光文的心裡，沈光文都深深住進了善化人的生活中了。這個世界上，再也沒有第二個地方像善化一般，張開雙臂，敞開心胸，讓沈光文住進來，像神明一樣，也像家鄉令人景仰的賢哲耆老一樣。

慶安宮裡主祀媽祖，護衛著海島的子民。而敦厚的善化人在廟裡特地留下了一個專屬的空間給沈光文。走進沈光文紀念廳，他的塑像嚴肅的端坐在中央。兩旁牆面上掛滿了當地名士的書畫作品，他們用手中的筆與墨紀念沈光文。

這一廛之地並不只是留給棲居的沈光文，也留給每個人心中的沈光文。在那小小的方寸之間，人們留下了一個席位，開了一扇窗，讓陽光照進來，也讓那漂流的靈魂安穩地走進來。

沿著慶安宮前的中山路往東走，會通往交通的樞紐：善化火車站。兩旁的老屋帶著「藝術裝飾」

的風格，造型簡潔、線條流暢，不同於巴洛克的繁複華麗。一路上會經過光文里、光文牙醫、沈光文紀念亭等以光文先生為名的地點。

來到光文路左轉，經過光文陸橋下的斯菴橋後，便可抵達沈光文紀念碑。紀念碑坐落於鐵道旁，南北往來的列車不時從碑前呼嘯而過；或許，那高潔雪白的碑座能在旅人疲累的眼中留下驚鴻一瞥。據傳，沈光文曾與鄭經不合，遁逃至羅漢門山，而後來到了目加溜灣社，卜居於此。真正磊落的人格不會因為命運的擺布而有所變異，就像這座紀念碑一樣，經過時光的洗滌，只有更加潔白。碑前種植著各色菊花，菊花同時也是沈光文最喜愛的植物。時至今日，我們猶可想像，流浪至目加溜灣社的沈光文，居住在簡陋的房舍裡，身著布衣短褐，饔飧不繼。故鄉在遙遠的海角，眼前的政局如風浪一般從未平靜過。屋舍之外，是過往不曾接觸過的族群；胸口呼吸的，則是逐漸熟稔的空氣。此刻的他，步出屋外，眼前有感嘆，也有閒適。庭院裡，他沒有忘記栽下幾株白菊。

新粧入夜洗胭脂，移向燈前賞一卮。不覺更深花共醉，影隨斜月舞遲遲。（〈庭中白菊新開〉）

如果說，每個人心中都有一個關於自己的模樣，那麼沈光文心中的自己，就是一朵白菊，在露水的洗滌中綻放清新的光采，在月色之下翩然起舞，在秋風中昂然挺立。

光文里

善化是早期「目加溜灣社」所在地。目加溜灣社是西拉雅族的四大社之一。荷據時期，占領臺灣的荷蘭人在赤崁社修築城寨，為了蒐集建材，曾派出四十餘人至此地採集竹子，遭到西拉雅族人的襲擊；不久荷蘭人便展開報復性入侵，西拉雅族人獻出檳榔椰子來謝罪。

鄭氏時期，目加溜灣社劃屬天興縣善化里的管轄範圍，軍隊曾在此屯田駐守。據傳鄭成功曾親自率領何斌、馬信、楊祥、蕭拱宸等人，帶兵至此處巡視，並會見部落首領。善化一帶土地平坦肥沃，原住民的茅屋竹樓別有幽趣，令鄭成功留下深刻的印象。

清領時期，此地曾稱為灣裡街；日治時期曾設置善化街。一九四六年成立臺南縣善化鎮；二〇一〇年臺南縣市合併升格為直轄市後，則改制為善化區。

善化很可能取自「首善教化」之意，代表此地很早便受教育啟發，民情善良，文風興盛。而對當地教化具有不可磨滅之功者，首推沈光文。

善化區下轄二十一個里，其中「光文里」便是以沈光文的名字來命名，以紀念這位臺灣先師對地方教化的貢獻。「光文里」可說是善化區的交通樞鈕，以善化火車站連結鐵路系統；呈十字交叉的光文路及中山路，也可連接到通往麻豆、新市、安定等地的公路系統。善化區公所便位於光文里，公所邀請各里人士一起彩繪牛寶寶，畫著溪水、農田、古厝等善化意象。其中一隻牛寶寶身上畫了一支毛筆，便是象徵沈光文所帶來的文風與教化。

彩繪牛寶寶，畫著善化意象。

在沈光文之前，也有文人渡海來臺，以他們敏銳的眼光觀察臺灣的風土，留下出色的遊記，例如陳第的〈東番記〉便可視為詳實的報導文學。但是陳第等人僅短暫停留，並未長久居住。而沈光文是真真實實在臺灣生活，踩著溫潤的土壤，與這塊土地上的一草一木共同感受細雨的滋養與暴風的侵襲，並用一顆多愁善感的心，將這些真切的體驗轉成動人的文學，再化為甘霖普降。

抗日名將陳子鏞的故居，也位在光文里，

下了光文陸橋後往左轉，便可抵達。陳子鏞本名陳允博，是鄭成功部將陳起龍的後裔。《馬關條約》簽定後，日本出兵接收臺灣。陳子鏞加入臺灣民主國的陣營，擔任籌防局長，並捐獻部分財產，編練義勇軍，投入抗日行動中。抗日失敗後他渡海至中國大陸，回臺後發現大多數家產已經遭到侵占，而日本官方更嚴密監控他的行蹤，最後抑鬱而終。他在善化的故居已有超過百年的歷史，經過整修之後，現在已成為社區公園。雖然身處不同時代，但沈光文與陳子鏞同樣展現出可貴的民族氣節。

光文路

光文路是位於善化火車站前的一條重要道路，連接光文里及牛庄里。路上的光文陸橋、斯菴橋，也都是為了紀念沈光文而命名。

沈光文來臺灣時，究竟是從哪裡上岸的呢？根

位於光文里的陳子鏞故居。

據《斗南沈氏族譜》的記載，沈光文漂流到臺灣的打狗山（在今高雄市）。也有人認為沈光文漂流到宜蘭，之後再南下至現在的臺南寓居。當時臺灣為荷蘭人所占據，沈光文受贈一處宅地，做為棲身之所，生活艱辛困頓，並與家鄉斷絕了聯繫。除了渡海來開墾的漢人之外，臺灣各地尚有許多原住民部落，風土民情與中國大不相同。初來臺灣的沈光文，心中想必盈滿了思鄉之情。

光文路的一旁種植著小葉欖仁。這個樹種是從非洲辛巴威移植過來的，但因為樹性強健，在臺灣生長得很好，被廣泛用作行道樹。從外地漂洋過海，來到臺灣生根的沈光文，或許有著同樣的精神。

行走在光文路上，陽光灑落，小葉欖仁枝幹上翠綠的細葉像花朵一般綻放開來，我們也彷彿感受到了春光的明媚。

行走在光文路上，陽光灑落，小葉欖仁枝幹上翠綠的細葉像花朵一般綻放開來。

位於建業路東段的光文橋，是以沈光文的「名」來命名的。

光文橋、文開橋、斯菴橋

在善化，有三座橋以沈光文的名字及字號來命名，分別是光文橋、文開橋、斯菴橋。其中，光文是他的名，文開是他的字，斯菴是他的號。光文橋位於建業路東段，文開橋位於中正路北段，斯菴橋則位於光文路的光文陸橋之下。

三座橋都是極簡風格，兩側的水泥牆微微豎起，純白的色澤融入周遭的景觀之中，只有一塊小小的大理石牌，書寫著橋的身世及名字。簡單而樸實，靜靜地守候在道上，護衛每一個走過的人。

沈光文在來臺之前，曾在南明朝廷中任官，他擔負的，便是橋樑一般的工作。

一六四五年，清軍已攻下杭州，眼看就要以迅雷之勢掃蕩南方。鄭遵謙、張國維等人擁立魯王朱以海於紹興即位，成立監國政府，各地義軍紛紛前來助陣，一時聲勢浩大，在錢塘江南岸列營駐紮，

位於中正路北段的文開橋，「文開」是沈光文的「字」。

號稱「畫江之師」，與北岸杭州的清軍隔江對峙。

此時，沈光文也在「畫江之師」裡輔助錢肅樂、張煌言等將領，魯王封他為太常博士。雖然只是一個閒職文官，但這也代表著，面對天下的變局，沈光文不願坐以待斃，不願當一個沉默的人。

然而，另一群人擁立唐王朱聿鍵於福州即位，年號隆武。福建、浙江都有南明政權建立，分散了抗清的力量，再加上戰略運用上的失誤，紹興城被攻陷，魯王逃難出海，沈光文也一度追隨腳步，輾轉於海上小島之間。

一六四七年，魯王來到福建，於長垣（今福建省漳州市長泰縣）重建政權。而桂王朱由榔也在廣東肇慶建立永曆政權。清軍把矛頭指向桂王，揮軍南下，進逼肇慶，卻也給了身在福建的魯王可趁之機。於是，魯王率領軍隊進駐琅江，接連攻下建寧、紹武、興化等地，打算進一步光復福州，史稱「琅江之師」。此時沈光文受封為工部郎，繼續在抗清

位於光文陸橋之下的斯菴橋，是用沈光文的號「斯菴」所命名的。

大業中貢獻心力。

可惜，在清軍強力反攻之下，魯王所有的州縣又相繼失守，「琅江之師」最終仍是功敗垂成。

在「琅江之師」節節敗退的時刻，沈光文並未絕望，他積極地在南澳與鼓浪嶼之間奔波，希望在魯王與另一股抗清勢力——鄭成功之間，架起溝通聯絡的橋樑。魯王潰敗後退出福建，轉往浙江，沈光文來不及跟隨，只好隨著鄭成功前往肇慶，投效桂王。瞬息萬變的天下局勢令人措手不及，但沈光文抗清的意志堅定不移。這段期間，沈光文被升任為太僕寺少卿。太僕寺少卿的官階為正四品，這也是沈光文所擔任過品位最高的官職。

這三座為紀念沈光文而命名的橋，底下皆有嘉南大圳的水潺潺流過。橋樑雖然位處不同地區，但隱隱中似乎有一條相互貫通的命脈，將它們緊密串連起來。流水滋養著兩側的農田，稻苗逐漸茁壯，我們也彷彿觸碰到了那股生命的脈動。

沈光文斯菴先生紀念碑

臺南市善化區建業路和光文路交叉口

沈光文斯菴先生紀念碑位於建業路和光文路交叉口，臺鐵北子店平交道旁。沈光文的故鄉位於浙江寧波，一九七六年四月，臺北市寧波同鄉會理事長沈友梅親自來到善化勘察沈光文史蹟，並決定在光文路西、斯菴橋附近建碑。一九七八年，當時的臺灣省政府撥款興建紀念碑。二〇一三年，時值沈光文四百零一週年誕辰，紀念碑重新整治，增設了鰲魚御路、鰲魚鐘、鼓、報榜鑼及許願池等設施。

走近紀念碑，迎面而來的是一座高大的牌坊。上方「山高水長」四個大字，典故出自范仲淹〈嚴先生祠堂記〉。兩側則刻有當年的省主席林洋港所題的對聯：「為明朝存正朔，臺灣文獻推初祖；以漢學授先民，華夏精神奠始基」。

牌坊前的許願池設計成了臺灣島的形狀。淺淺

沈光文斯菴先生紀念碑，碑前種植了許多菊花。

的一方池水中，水草交橫，錦鯉游泳。

沈光文來到臺灣，或許是一次偶然，卻為這塊島嶼的未來帶來了美麗的改變。

一六五一年，清軍已橫掃大半個中國。清廷福建總督李率泰大肆收攬南明遺臣，秘密派人攜帶銀幣和書信勸沈光文投降清廷。沈光文退回錢財，將招降信焚毀，拒絕投降，展現堅毅的民族氣節。此時，將根據地轉移至舟山島的魯王軍隊被清軍擊破，魯王與群臣逃亡至廈門、金門一帶，沈光文亦前往拜見，並努力協調魯王和鄭成功陣營之間的嫌隙。但清軍威不可擋，歷經多次兵敗的魯王明白勢不可為，放棄監國稱號，並表明願意支持桂王的永曆政權。魯王的政治生命，至此可說是步入尾聲。而所謂的南明政權，在福王、唐王、魯王相繼失敗後，也僅剩桂王獨力支撐，風雨飄搖。

沈光文愛菊，曾為菊花寫下許多感人的詩篇。

沈光文跟隨魯王在紹興揭竿，號召天下群雄共同為抗清大業而努力，充滿了革命情感；而今又親眼見證魯王勢力走向終局，心中百感交集。

面對難以捉摸的變局，沈光文有了更進一步的規劃，打算應施琅的邀請，與家人離開金門，前往泉州定居。經由海路坐船前往泉州的航程中，沈光文在圍頭洋口遇到颱風來襲，猛烈的暴風使得沈光

先敲響右側的鰲魚鐘，接著擊動左側的鼓，象徵一鼓作氣。

文漂泊海上，來到了臺灣。

紀念碑前種植了非洲菊、麥桿菊、萬壽菊以及勳章菊等四種菊花。菊花可說是沈光文的最愛，他曾為菊花寫下許多感人的詩篇。

有處可尋菊，還當冒雨行。久因詩興懶，徒覺海潮鳴。（〈重九大風〉）

當時的目加溜灣社距離臺江內海並不遠，海潮的聲音在孤獨的耳中翻湧，外頭正下著雨，孤單的他只希望能有菊花相伴，即便雨滴浸透了衣襟，沾溼了身軀，也不能阻止他尋菊的意念。

透過種菊的象徵，當地的人們也取「一菊種地」諧音，祝福學子考運昌隆，「一舉中第」。

來到沈光文紀念碑，可以透過一套獨特的禮敬儀式，祈求自己在學習的路上站穩腳步。儀式首先要敲響右側的鰲魚鐘，接著擊動左側的鼓，象徵一

敲響報榜鑼，象徵成就盈滿全臺。

鼓作氣；而後站立在鰲頭御路上，代表獨占鰲頭；最後向臺灣造型許願池許願，並敲響報榜鑼，象徵成就盈滿全臺。

南一中的校歌歌詞裡，有這麼兩句話：「思齊往哲，光文沈公。」哲人日已遠，但我們總能找到一條與他交流對話的路徑。

善化火車站

臺南市善化區中山路一號

善化火車站坐落於臺南市地理位置的正中央，站前矗立著一座「沈光文紀念亭」，結合休憩的功能與藝術的展現。紀念亭的左右兩側分別呈現「沈光文」與「開台先師」兩種不同的字樣，以流利的書體象徵沈光文的文教地位。

涼亭前的「沈光文紀念亭」字樣是出自善化耆老孫江淮先生之手。享壽一百一十二歲的孫老先生在世時曾是臺南市最年長的人瑞，他一百零五歲向書法名家謝永田拜師，開始學習書法藝術，終身都在學習的道路上努力邁進。紀念亭字樣的背面則鐫刻有沈光文先生的傳略，由善化著名的文史工作者賴哲顯所撰寫。賴哲顯先生長期投入地方文史的整理與踏查，也是研究沈光文的專家。善化各地所刻寫的沈光文傳，幾乎都是出自他的手筆。

在地方人士齊心合力之下，善化火車站成了一個富有文藝氣息的公共空間。有這樣一群為在地文化付出心力的人們，是善化這塊土地上最令人感動之處，也不負首善教化之名。紀念亭旁邊設置了玻璃帷幕，刻印有沈光文的詩文。字體也都出自善化當地書法名家的手筆。其中一片屏幕上書寫著沈光文的〈詠籬竹〉：

> 分植根株便發枝，炎風空作雪霜思。看他儘有參天勢，只為孤貞尚寄籬。

詩中的籬竹，就是沈光文自己的寫照。

一六四四這一年，沈光文三十二歲。闖王李自成率軍攻入北京，崇禎皇帝在煤山自縊；而後，吳三桂引清兵入關，國家遭逢巨變，沈光文毅然奔向抗清的戰火之中。

一六六一年，鄭成功攻克臺灣，結束荷蘭人在臺的統治。沈光文與鄭成功皆曾致力於抗清大業，不過沈光文屬於魯王陣營，鄭成功則奉桂王為主，分屬不同勢力，彼此關係頗有微妙之處。鄭成功知道沈光文身在臺灣後，十分欣喜，而沈光文也以賓客之禮面見鄭成功。「以客禮相見」這段記述，顯

837

紀念亭的左右兩側分別呈現「沈光文」與「開台先師」兩種不同的字樣。

示鄭成功與沈光文是朋友關係，而非君臣或主從關係；也可以看出鄭成功對沈光文的敬重。但沒有紀錄顯示沈光文受到鄭成功的重用，而在鄭氏的政府中擔任官職。

一六八三年，施琅攻克臺灣，臺灣歸入清朝版圖。施琅與沈光文乃是舊識，聽聞沈光文此刻正在臺灣，立刻派遣部下去迎接。當時的福建總督少保姚啟聖答應要資助旅費，送沈光文回到故鄉。但此刻遣返沈光文回大陸，恐怕只是清廷集中控制明朝遺臣的一種手段。沈光文年歲已高，不能承受長途舟車勞頓，最終仍選擇留在臺灣。

在他鄉落了地，生了根，卻也無法忘記哺育他的故土。而不論身處何地，心中那份對理想的堅持，始終沒有卸下。

慶安宮

臺南市善化區中山路470號

慶安宮位於中山路最熱鬧的地段。荷蘭人占據臺灣時，曾在此地設立天主教堂，一方面傳教，一方面教化百姓，還挖掘了井水以供飲用。慶安宮牌樓下即有荷蘭井的遺跡。不過環境幾經變遷，現在荷蘭井的井口正位在大馬路上，以鐵蓋掩覆著，承受來往車輛的輾壓。

清康熙年間，臺灣府於此地興建文昌祠，主祀文昌帝君，並設有學堂，教導學子識字讀書。同治年間，嘉義、臺南一帶發生大地震，居民死傷超過千人，文昌祠也不幸倒塌。而後在洪精義等人的倡議下，重新集資興建廟宇，成為慶安宮。

沈光文紀念亭旁邊設置的玻璃帷幕，刻印有沈光文的詩文

慶安宮位於中山路最熱鬧的地段，為全國唯一奉祀「六文昌」的廟宇。

日治時期，日本政府實施皇民化政策，拆毀廟宇，改建為神社。二次大戰後，地方仕紳號召，在原址重建慶安宮。所幸日治時期拆卸下來的廟宇建材，有部分保存於善化國小，重建時再度回歸。

慶安宮主祀媽祖，護佑海島子民。後殿祀奉五文昌：倉頡先師、魁斗星君、文昌帝君、純陽祖師、朱衣神君。另合祀關聖帝君、觀音佛祖、註生娘娘、十八羅漢及玉皇大帝。一九八二年，開臺先師沈光文入祀慶安宮，也使得此處成為全國唯一奉祀「六文昌」的廟宇。

慶安宮現已列為三級古蹟，建築、雕飾、壁畫、剪黏等，都是上乘的藝術創作。

入口的門神出自名家丁清石手筆，衣著、鬚髮、眼神精細傳神，栩栩如生。正殿左右牆上的壁畫：三顧茅廬及渭水聘賢，則出自大師潘春源之手；題材是民間熟悉的禮賢下士典故，畫面的構圖融入傳統陰陽調和的理念。

廟內東西兩面牆上，有一系列以三國故事為題材的剪黏作品，此為「長阪坡趙子龍救主」。

拜亭上方的藻井層層堆疊，精雕細琢，設色鮮麗中不失莊嚴，既擔負了建築的功用，又兼顧了藝術的價值。藻井四個角落設置了四尊天將，分別執劍、撫琴、持傘、弄蛇，象徵「風調雨順」。

廟宇廊牆上的左右墀頭各塑了一尊「憨番扛廟角」的造型，光頭袒胸，樸實而有趣。廟內東西兩面牆上，有一系列以三國故事為題材的剪黏作品，如單刀赴會、長阪坡趙子龍救主、轅門射戟、水淹七軍、空城計、甘露寺等。構圖上截取動態過程中的一瞬，人物的動作、表情各不同，卻又環環相扣，彼此牽繫，融為一體。

東側二樓的廂房，現已整建為沈光文紀念廳。中間安放光文沈公的神像，神像兩側備有文房四寶。牆上有地方名家手書的沈公詩文作品，包含不朽鉅作〈東吟社序〉及〈臺灣賦〉，這些墨寶匯聚著整個善化地區的知識份子對於光文沈公的禮敬，也是不同時代文士的心靈交會。

善化老街

在熱鬧的街市成形之前，沈光文便已來到善化定居。晚年的沈光文備受清朝官方禮遇，不僅施琅以禮相待，派駐臺灣的官員也十分敬重他。諸羅知縣季麒光更時常餽贈糧食肉品，每十日便親自拜訪慰問。沈家宅第之中也常有名士鄉紳前來聚會，沈光文藉此機會，與季麒光、沈朝聘等人共同創立「東吟社」（又名「福臺新詠」），並撰寫〈東吟社序〉來記載此一盛事。

在漢人匯聚後，善化也漸漸繁榮，產生了街市。依據乾隆年間余文儀編修的《續修臺灣府志》記載，舊時善化東堡有兩個街區，分別是灣裡溪墘街及灣裡街。而張溪南先生認為，灣裡溪墘街極可能就是其他文獻所說的新社溪街。灣裡街距離當時的灣裡溪河道較遠，免受溪水氾濫之苦，逐漸吸引漢人大量聚集，益形熱鬧，商家櫛比鱗次，人潮絡繹不絕。而灣裡街大約就在今日善化三民路一帶。

一九三六年，日本政府實施街市改正計畫，在三民路的中段開闢出一條垂直交叉的中山路，直通火車站，而商業重心也逐漸移往中山路。許多新興店家及西式洋樓開始興建，綿延於中山路兩側。現在的善化老街通常指的是中山路慶安宮附近的段落，古厝新屋交錯，車水馬龍，傳統與現代變換交替。

善化地區的街市改正計畫推行時間晚於鄰近的麻豆、新化地區，此時的建築形態也不同於以往的華麗風格，轉而朝向現代主義的過渡。

一次世界大戰結束至二戰爆發期間，西方思潮走向科學與理性，現代主義的發展達到顛峰。建築華麗而繁複的的古典風格，逐漸被視為不合時宜，建築師和藝術家們開始摒棄傳統的思維，以新的方

善化老街上「藝術裝飾」風格的老街屋。

式思考建築的意義。

此時發展出的「藝術裝飾」（Art Deco）風潮，強調簡單的造型、流暢的線條，喜歡採用幾何圖案。逐漸將建築引導向全新的面貌。而所謂的現代主義，則著重於科學性與實用性，認為建築的主要目的應該是為居住，過度的裝飾反而是一種混亂，應該重視簡單、簡潔與規律。

以這樣的角度來觀看善化中山路上這些日治時期所留下來的建築，便更能體會它們的時代意義。這裡的老房子多半採二層樓式的建築，一樓做為店面使用。牆面上保留建材的原色，沒有過度的塗裝。二樓經常開設三扇大窗，而陽臺或是窗戶上的鐵欄杆，則多採用方形、菱形的幾何圖案。屋牆正面的雕飾多半止於上方，以漢字標示出姓氏或堂號，再佐以古典風格的線條裝飾，這便是整棟房屋最華麗的地方。

善化圖書館

臺南市善化區中山路 377 號 3 樓
週一至週五　8：00～21：00
週六至週日　8：30～17：00
每月最後一週週二及國定假日休館

沈光文是公認的臺灣文獻初祖，他的著作遍及文學、歷史、地理、社會學、人類學、博物學等層面，文體包含了韻文、古文與駢文；寫作主題觸及了臺灣本地風物、人文風情、地景面貌，以及詩人的情思與感懷。他勾勒了早期臺灣的輪廓，也表現了文字藝術與人文情志。

想要一覽沈光文的著作及研究資料，善化圖書館是最佳選擇。

善化區圖書館於一九九二年開館，原址位於三民路，後來遷移至善化第一公有市場四樓，一九九四年再遷至三樓，館藏圖書超過七萬冊，曾獲得教育部年度圖書館獎績優館與臺南市公共圖書館營運績優績效館。

善化區圖書館最具特色之處，便是設立了地方文獻專區，詳盡保存了在地文史學者、藝文名家的著作、墨寶。

館中最具特色之處，便是設立了地方文獻專區，詳盡保存了在地文史學者、藝文名家的著作、墨寶。諸如百歲耆老孫江淮先生、文史專家賴哲顯先生，以及書法家汪崇楹、謝永田等人的文物，皆設有專櫃收藏，保留了第一手的文獻與史料。

除了豐富的館藏之外，圖書館更時常舉辦各式活動，推廣閱讀。曾經舉辦過沈光文深度閱讀及繪本製作活動、臺灣大儒俠沈光文傳布袋戲演出，帶領不同年齡層的讀者親近沈光文。

《臺灣大儒俠沈光文傳奇》布袋戲是由人稱「蘇大俠」的蘇俊穎先生編導並演出。蘇俊穎在善化慶安宮旁長大，看盡精采的廟口表演，愛上布袋戲後，自學自編自演，學習口技，製作戲偶，編寫劇本。後來乾脆跟友人合創偶劇團，把地方文史知識改編成生動有趣的布袋戲。他將沈光文的生平事蹟改編成《臺灣大儒俠沈光文傳奇》，讓人們在歡樂的氣氛中認識沈光文這位「臺灣孔子」的偉大。

蘇俊穎木偶劇團的自製布袋戲戲偶。

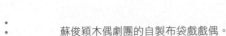

沈公光文教學處遺址紀念碑

臺南市善化區溪美里 656 號（善化國中）前

三百多年前，沈光文離開羅漢門山，來到目加溜灣社，設帳教學，教化當地百姓，並行醫濟世，此後便長期寓居於此。

沈光文所使用的教材包含經、史、子、集，學生則是漢人與原住民皆有。除了以漢語授課之外，沈光文也能以閩南語講學；而要能教導當地的平埔族人，沈光文可能也懂得平埔族語。

沈公光文教學處遺址紀念碑，不只感念沈光文的貢獻，也象徵著臺灣教育的起點。

當時的沈光文身無長物，簞食瓢飲，收教生徒並不是為了謀取利益；對於百姓的教化，更不同於荷蘭人及教會組織等，帶著明確的政治或傳教傾向，而純粹是出自教育本身的目的來教授學生，對於臺灣教育及文化的推動具有開創性的意義。

沈光文當年設帳講學的地方，可能位於現在的進學路東側，目前屬於私人的土地，且地點隱於阡陌小路之間。因此，地方人士選擇在附近的善化國中前設置「沈公光文教學處遺址紀念碑」。紀念碑另一側刻有敦品勵學的字樣，勉勵每天進出校門口的學子。這個紀念碑不只感念沈光文的貢獻，也象徵著臺灣教育的起點。

走進善化國小，橙紅色的大葉欖仁與黃綠色的小葉欖仁，交織出夢幻的色彩。

善化國小

臺南市善化區文正里進學路63號

善化國小的前身是一八九八年成立的臺南國語傳習所灣裡分教場。一九一八年成立灣裡公學校，不久改稱善化公學校。善化國小向來以棒球隊聞名，曾兩次奪下美國威廉波特世界少棒錦標賽的冠軍，著名的職棒好手陳金鋒就是來自善化國小。

庭園裡，橙紅色的大葉欖仁與黃綠色的小葉欖仁，交織出夢幻的色彩，彷彿是大自然的印象畫作。鞦韆旁，團團的矮仙丹微微吐露著鮮紅的花蕊，像是停駐的蝴蝶一般，點染著春季的生機。

跑道一側，聳立著大王椰子。大王椰子原產於中南美洲，日治時期才引進臺灣。但沈光文來到臺灣時，就已見過在地土產的椰子，並寫下詩句記載：「殼內凝肪徑寸浮，番人有法製為油。窮民買向燈檠用，祗為芝麻歲不收。」他注意到椰子果實內豐富的油脂，而原住民採集來製成油。貧窮的居

善化國中為紀念沈光文而命名的「光文樓」。

民因芝麻欠收，便買椰油來做為點燈之用。透過椰子，他看見了窮苦百姓為生活而努力的一面。

善化國中

臺南市善化區溪美里 656 號

善化高中所在的位址在日治時期是善化尋常小學，光復後改為善化第二國民學校。一九三六年設立善化初級中學，九年義務教育推行後改制為國民中學。

善化國中正對校門的大樓於一九九七年落成啟用，為紀念沈光文而命名為「光文樓」。兩側高懸的對聯為賴哲顯先生所撰：「善導學子諄諄教誨良師必興國，化育菁莪欣欣向榮棟樑茁壯中」，寄寓對學子成材的深切期許。

校園中東西兩側的教學大樓，也擬以沈光文的字號命名為文開樓及斯菴樓。

沈光文出身書香世家。根據《斗南沈氏族譜》

的記載，沈光文是崇禎皇帝時候的進士，通過會試與殿試的考驗，甚至高中第三名。

沈光文的師承，重要者有張廷賓、錢啟忠、倪文璐、劉道周、劉宗周等人。張廷賓曾擔任沈光文故鄉鄞縣的教諭，而成為他的老師。在明末清初朝代變革之際曾入雪竇山削髮為僧。劉宗周則為鼎鼎大名的理學大師，學者稱為「蕺山先生」。曾講學於證人書院，沈光文便受業於此。為官期間他多次直言勸諫，也多次遭到貶謫，乃至革職。清兵南下時，他效法伯夷、叔齊首陽高義，絕食而死，保全了士人的氣節。

時代在改變，每個人所走的學習道路都不一樣，但有些教育家的理念與精神會永遠刻鏤在我們身上。

善化高中

臺南市善化區大成路 195 號

善化高中於一九五五年創立，最初是臺南一中、臺南二中與臺南女中三校的聯合分部。一九五六年正式獨立為「臺灣省立善化中學」，二〇〇〇年再改制為「國立善化高級中學」。

善化高中所在的坐駕里曾經是鄭氏統治時期軍隊屯田駐紮的地方。鄭成功初到臺灣時，聽聞沈光文也在此地，十分驚喜，曾經給予禮遇。一六六二年，鄭成功病逝，鄭經繼任統治之位，鄭家與沈光文的關係也發生了重大的變化。

魯王在取消了監國之號後，寓居於金門。過往擁戴魯王的臣子們，計劃請魯王再次監國，領導抗

善化高中所在的坐駕里曾經是鄭氏統治時期軍隊屯田駐紮的地方。

清義軍，而沈光文也打算加入。魯王勢力如果再起，對鄭經而言形同是增加了一名對手，據傳鄭經因此派人至金門毒殺魯王，並打擊魯王勢力。而鄭經即位後對父親的施政措施做了若干變革，沈光文寫作了〈臺灣賦〉，寄寓諷刺之意，卻也因此遭到小人中傷，沈光文於是升起隱遯的念頭。據全祖望所作的傳記，沈光文在羅漢門山中搭建茅屋，過著隱居的生活。人生縱不能兼善天下，至少也要有獨善其身的氣魄。

善化牛墟

臺南市善化區建國路通往什乃社區方向

每月2、5、8、12、15、18、22、25、28日12：00前

善化牛墟歷史悠久，約可上溯至清道光年間。當時地方上有許多貧民子弟無力讀書，為了推廣教化，政府在大武壠設置義塾，並規定牛墟內每交易

現今的牛墟已不從事耕牛買賣，而成為百貨雜攤的交易市集。五花八門，應有盡有。

一頭牛納稅一百文錢，做為辦理義塾的經費。

目前臺灣尚存善化、北港、鹽水三處牛墟，為了錯開趕集的時間排定不同的開市日。鹽水墟期為每月尾數一、四、七，善化墟期為每月尾數二、五、八，北港墟期為每月尾數三、六、九的日子。

善化牛墟原本位於南關里三民路與文昌路交界處，占地約半公頃，後遷移至光文里，現今的牛墟則位於通往什乃社區的道路旁。而原來的牛墟則改建為公園，並設立「善化牛墟遺址紀念碑」。

由於社會形態轉變，現今的牛墟成為百貨雜攤的交易市集。大馬路兩旁，生意人將自己帶來的貨物一一陳列。有的販售農具機、除草機，有的販售衣服、首飾、皮包，有的賣水果、蔬菜，有的賣盆栽、種苗……五花八門，應有盡有。日常生活及農工所需，幾乎都可在這裡得到滿足。

轉入街巷，進入牛墟的主要集散地，各式攤位集中陳設，上方鋪有黑色的紗網用以遮陽，趕集的人潮絡繹不絕，摩肩接踵，熱鬧非常。市集裡已不販賣耕牛，但此處仍是著名的牛肉買賣市場。其餘的攤位販售的各式商品，也足以反映臺灣物產的豐富。

沈光文〈臺灣賦〉裡頭，運用了賦這種文體「鋪采摛文」的特質，羅列了許多臺灣的物產：「西瓜蒔於圃者如斗，甘蔗毓於坡者如菘；瓠盧瓜彷彿懸瓠，薏苡依稀編琲。檨瞫異味，椰瀝奇漿；龍眼較庚嶺尤佳，荔枝比清漳不足。桄榔孤樹，華茇叢株；檳榔木直幹參天，篔簹竹到根生刺。夭桃四時皆灼，芳梅五臘咸香。」文章裡所提到的西瓜、甘蔗、薏仁、芒果、椰子、龍眼、荔枝、檳榔、桃子……等，現在的牛墟市集中仍隨處可見。

沈光文還有許多詩歌提到了臺灣的風物，如：

稱名頗似足誇人，不是中原大谷珍。端為上林栽未得，只應海島作安身。（〈釋迦果〉）

種出蠻方味作酸，熟來黃玉影欒欒。假如移向中原去，壓雪庭前亦可看。（〈番柑〉）

枝頭儼若掛繁星，此地何堪比洞庭。除是土番尋得到，滿筐攜出小金鈴。（〈番橘〉）

現在臺灣農業發達，釋迦、柑橘早已栽培出多種香甜可口的品種，不再是當年又小又酸的土產了。對現代人來說，「趕集」這個字眼彷彿只存在童謠「小毛驢」的歌詞裡；但對善化人來說，這卻是真真實實的生活經驗。每月的二、五、八日上午，走一趟善化牛墟，你也可以體會現代人趕集的新鮮滋味。

善化糖廠

臺南市善化區溪美里 262 號

9：00～19：00

善化糖廠的前身是一九〇四年由王雪農、陳鴻鳴、蘇有志等人集資所創辦的臺南製糖株式會社。一九六一年更名為「善化糖廠」，是臺灣糖業公司現存仍在壓榨甘蔗的兩座糖廠之一。沈光文〈臺灣賦〉寫到：「甘蔗毓於坡者如菘。」可知當時臺灣島上已有茂密的甘蔗生長。而後經過漢人、日人的開發，更使臺灣成為世界上重要的蔗糖輸出地。

糖廠所在的地區，舊時有灣裡溪從旁流過，地勢平坦而低窪，水澤與田野交織，水鳥飛翔棲息，白雲悠悠飄浮，視野十分開闊。天氣晴朗時，可以清楚的望見遠方的烏山頭。

三百多年前，居住在附近的沈光文，飄泊來臺已有很長一段時日，與家鄉、親人的離別之苦縈繞在心頭。他把當時的心情寫成了〈感憶〉這首詩：

暫將一葦向東溟，來往隨波總未寧。忽見游雲歸別塢，又看飛雁落前汀。

夢中尚有嬌兒女，燈下惟餘瘦影形。苦趣不堪重記憶，臨晨獨眺遠山青。

渡過重重濤浪來到這座海中之島，數十年來奔波的日子與不定的心思也像海浪一般起起伏伏。游盪已久的浮雲與空中翱翔的飛雁似乎都找到了歸宿，得以棲身，而自己呢？夢醒後，兒女的形影已然

流經善化糖廠的東勢宅中排溝，很可能便是古河道遺跡。

散離，孱弱的燈火中只有自己孤獨的身影。這個早晨，太陽依舊會緩緩升起。而心頭彷彿還有一點什麼懸掛在遙遠的他方。

流經善化糖廠的東勢宅中排溝，很可能便是古河道遺跡。而今淺淺的溝水中散落著鵝石與青草，兩側蒼翠的樹木令人難以想像此處曾有的沙洲、水澤與平野。樹上啁啾的小鳥也不是北方飛來過冬的大雁。但我們仍可想像，飽經滄桑的沈光文，心中那分「生活在他方」的愁緒。

現在的善化糖廠設有文物館、親水休憩公園、販賣部等開放空間。鄰近的善糖國小及溪美森林公園景致也十分優美。

文物館中展示著百年糖業的文獻、文物、照片。這些曾為人們生活奉獻心力的各式機具，如今已安然退役；耳中鳴響的火車鳴笛聲，留存在往日人們的記憶中。

親水休憩公園中還擺放著舊式的蒸汽火車頭。

百年糖業中，曾為人們生活奉獻心力的各式機具，如今已安然退役；耳中鳴響的火車鳴笛聲，留存在往日人們的記憶中。

黝黑的色澤、堅毅的車身，吸引著遊客的目光。公園後方有一株百年大樟樹，樹幹雄偉壯碩，必須數人合圍。樟樹是臺灣中低海拔主要樹種之一，散發著淡淡的清香，十分迷人。

廠區內隨時可以見到高大的芒果樹，春天時細細的淺黃色花朵悄悄綻放，夏天時枝頭結實纍纍，秋冬時則兀自聳立如沉靜的巨人。在沈光文生活時代，目加溜灣一帶茂盛的芒果樹隨處可見。沈光文〈臺灣賦〉提到：「檨瞫異味，椰櫪奇漿。」顯然他也曾親自品嚐過芒果獨特的滋味。

糖廠外圍，位於臺十九甲省道、善化溪美郵局之間有一塊面積約半公頃的樹苗苗圃，栽種了兩三百棵的小葉欖仁，林相優美，吸引許多遊客駐足觀賞。臺糖為了敦親睦鄰，便將這塊土地整治為「溪美森林公園」。這裡的小葉欖仁生長得十分高聳，漫步在林間步道中，彷彿置身煙霞之外，忘卻來往的人群與車潮就在不遠外。

溪美森林公園林相優美，吸引許多遊客駐足觀賞。

善化啤酒廠

臺南市善化區成功路 2 號
廠區
週一至週五　09：00 ～ 17：00
產品推廣中心
週一至週日　09：00 ～ 17：00

順道一遊

善化啤酒廠於一九七三年建廠，二〇〇四年成立啤酒文化園區，並設有啤酒文物館、展售中心及特色餐廳，開放民眾參觀。

廠區內可參觀啤酒的製程。展售中心最受歡迎的是由啤酒酵母所製作的麵包。「啤酒酵母」是釀造啤酒時所產生的副產品，長時間沉澱在啤酒桶槽的最底層，充分吸收了麥汁最營養的部分，含有豐富的維生素B群和蛋白質。因此每天出爐後，立刻就被搶購一空。

沈光文〈郊遊〉詩云：「和風催我出郊去，好鳥還宜載酒聽。草色遙聯春樹綠，湖光倒映遠峰青。」走出郊外，暖和的春風、翠綠的草色、青蔥的山巒、清澈的湖光以及好鳥的鳴啼，在微醺的氣息中，都醞釀成了紓緩憂愁的解藥。

在善化胡厝寮有個特別的彩繪村，原本斑駁的牆面經過巧手彩繪後，填滿

胡厝寮彩繪村

臺南市善化區胡家里（陽明路直走到底）

了純真的色彩。

小時候家住胡厝寮的李梵榳，因為擔心外婆住在老家會孤單無聊，於是動起腦筋，在牆上畫起了可愛的卡通角色陪伴外婆。

李梵榳找來各地的幫手，先一點一點用砂紙去除牆面的汙垢，塗上白色的底漆後，利用夜晚以投影機投射卡通圖案在牆上，再一點一點描摹下來，填上色彩。創意也引起居民的群起響應，彩繪牆一面接著一面的完成，將胡厝寮妝點成充滿童趣的彩色世界。

近年來善化郊區開設了許多觀光草莓園，讓遊客自由穿梭在田梗間，親手剪下沐浴在陽光中的草莓。

這座加洲草莓園就位在啤酒廠不遠處。黑色

加洲草莓園

臺南市善化區小新營成功路 2-12 號

的紗網下，草莓白色的小花綻放著，吐露鮮黃的花蕊。片片青綠的葉片間，鮮紅的草莓隱隱遮住半張嬌羞的面容。即便不採果，也自有迷人的景致。

二五八牛肉

臺南市善化區什乃里什乃 190 號
（善化牛墟內）
每月 2、5、8、12、15、18、22、25、28 日
08：00～12：00

老臺南人一定都明白，牛肉最美味的吃法就是清燙牛肉湯。全臺灣能夠品嚐得到清燙牛肉湯的區域並不多，臺南可說是得天獨厚，而善化更是其中佼佼。

二五八牛肉湯就位在善化牛墟裡頭，老闆是生鮮牛肉的直營商，主要銷售現宰的臺灣牛肉，在生鮮牛肉攤旁又附帶開起了料理店。因為善化牛墟每逢二、五、八日開市，店家也只在開市之日營業，因此店名直接取為二五八。這裡不用隔夜的冷凍肉，只用新鮮的溫體牛肉。

招牌是清燙牛肉湯，牛骨高湯、火紅的牛肉片，只再加點薑絲提味，不用沾醬直接入口是最實在的吃法。如果喜歡口味重一點的，這裡也有特製的牛肉羹，醬油勾芡的鹹甜味，與牛肉的鮮美緊密調和。

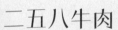

阿春土產牛肉

臺南市善化區永福路 126 號
07：00 ～ 18：00

阿春土產牛肉則是許多在地人的最愛。老店開了四十多年，從農業為主的時代一路經營至今，現在由第二代經營。早期善化地區務農的人口居多，許多人以吃牛肉為禁忌，老闆卻選在這樣的地方開店，依靠的也只是一股傻勁與拚勁。而今，料理的滋味已廣受肯定，是許多善化人心中牛肉美食的首選。

牛肉高湯是將牛大骨與老薑放進鍋裡熬煮，與其他店家最大的不同是，牛肉湯在上桌前會加入些許酸菜提味。店內還提供牛肉火鍋、各式快炒、滷牛肉、內臟料理等選擇，將牛肉料理的可能性發揮到極致。

冬瓜茶在臺灣約有百年歷史。據傳清朝時，安平與西港間濱海地帶的農民遇到冬瓜豐收的時候，加糖一起熬煮，而發明了冬瓜茶。

「一等涼冬瓜原汁」擁有六十年歷史。店裡的冬瓜茶遵照傳統製法，嚴選品質上等的新鮮冬瓜，手工逐一削皮，切成塊狀，再以一比一的比率與砂糖熬煮八個小時，直到冬瓜變成金黃色，琥珀般的冬瓜露才大功告成。最後再將冬瓜露與水以一比四的比例混合，就成了原汁原味的冬瓜茶了。

在許多善化人心中，一等涼的冬瓜茶是全臺灣最好喝的。老闆已傳承了三代，小小的樸實店面、古早味的鐵製冰櫃，舀上一杯便可抵擋高掛的豔陽。

五十年自製意麵

臺南市善化區中山路 444 號

週一至週六　11：30 ～ 14：00、17：00 ～ 23：00

喜歡日本拉麵的人，對於師傅製作拉麵的講究精神，必然不陌生。在善化也有一家意麵店，擁有同樣的堅持。店面位在中山路老街上，店名就是簡潔明瞭的「五十年自製意麵」；沒有花俏的招牌，沒有華麗的宣傳，甚至連多餘的店名都沒有，直接用口味與顧客正面對決。因為麵條不放防腐劑，所以必須現做現吃，無法隔夜享用。店家雖然宣稱十一點半開始營業，但手工無法量產，撲空的機會很高。如果你偶然嗅到意麵的香味飄出，請務必好好

一等涼冬瓜茶

臺南市善化區中山路 468 巷 1 號

08：30 ～ 22：00（週一公休）

把握住難得的機會。

在這裡，意麵就是主角。大大的碗裡鋪排著淡黃色的麵條，配上簡單的肉片、豆芽菜，再加上一匙特製的麻醬，點綴著意麵的滋味。

廟口小吃

臺南市善化區中山路 468 巷 3 號

將食材塞入腸衣之中的吃法，在朝鮮人、維吾爾族、錫伯族和廣東人、臺灣人之間極為常見。而糯米腸和香腸，則是臺灣小吃中很受歡迎的組合。

位在慶安宮旁的這家廟口小吃，沒有店名，只有一塊小小的招牌寫著店裡所販售的料理。「寫在上頭的就是我們賣的東西。」店家似乎想用最直接的方式與客人溝通。

招牌底下，小小的攤車上放置著炭火烤爐，糯米腸和香腸在橘紅色的火光中翻滾，糯米腸清淡的滋味，搭配香腸的鹹香，再經過蒜頭或醃薑的點綴，這就是臺灣人記憶裡頭，廟口最誘人的味道。

壓不扁的玫瑰綻放於此

楊逵

勇敢地向世界呼喊

文字：王敏齊、李廷威、鄭丞傑／攝影：黃彥霖、王敏齊、李廷威、鄭丞傑／繪圖：郭哲毓、陳逸婷、駱佳駿

・楊逵小傳・

楊逵（一九〇六～一九八五），原名楊貴，出生於臺南州大目降街（今臺南市新化區），曾就讀於大目降公學校、臺南第二中學校（今臺南一中）。一九二四年赴日本求學，回臺後積極投入農民運動，並因此與葉陶結識。一九二九年，與葉陶回新化結婚前夕被捕，出獄後才順利完成婚禮。一九三五年，移居臺中，兩年後開闢首陽農園，實踐簡樸勞動的生活理念。

一九四九年，楊逵因起草〈和平宣言〉遭判刑十二年，並移送綠島新生訓導處，他曾自嘲說這是：「我領過世上最高的稿費，我只寫了一篇數百字的文章，就可吃十餘年免費的飯。」服刑期滿後，在臺中開闢東海花園，此後長年居住於此，直至病終。

楊逵的雙腳深深地踩進人世的糞臭與稻香之中，在這泥土與夢田裡，不斷地挖掘人們的心坎。面對人生的苦難，他勇敢地向世界呼喊：「我們豈不是應該更加努力，設法將失去的生活必需品尋回來？」

一生致力於社會運動，入獄十二次。他相信文學能喚起民眾對公理、正義、愛與和平的意識，而社會運動能將這些理念確切的實踐。作品〈送報伕〉獲得東京《文學評論》第二獎，是臺灣文學在國際獲獎之始。代表作還有〈鵝媽媽出嫁〉、〈模範村〉、〈壓不扁的玫瑰〉等。楊逵對臺灣文學的巨大貢獻，使他獲得「臺灣新文學之母」的稱譽。

延伸閱讀暨參考書目

・《楊逵全集》，楊逵著，彭小妍主編（一九九八），臺北市：國立文化資產保存研究中心籌備處。
・《楊逵的文學生涯》，陳芳明主編（一九八八），臺北市：前衛出版社。
・《楊逵及其小說作品研究》，吳素芬（二〇〇五），臺南縣：臺南縣政府。
・《冰山底下綻放的玫瑰：楊逵和他的文學世界》，樊洛平（二〇〇八），臺北市：人間出版社。

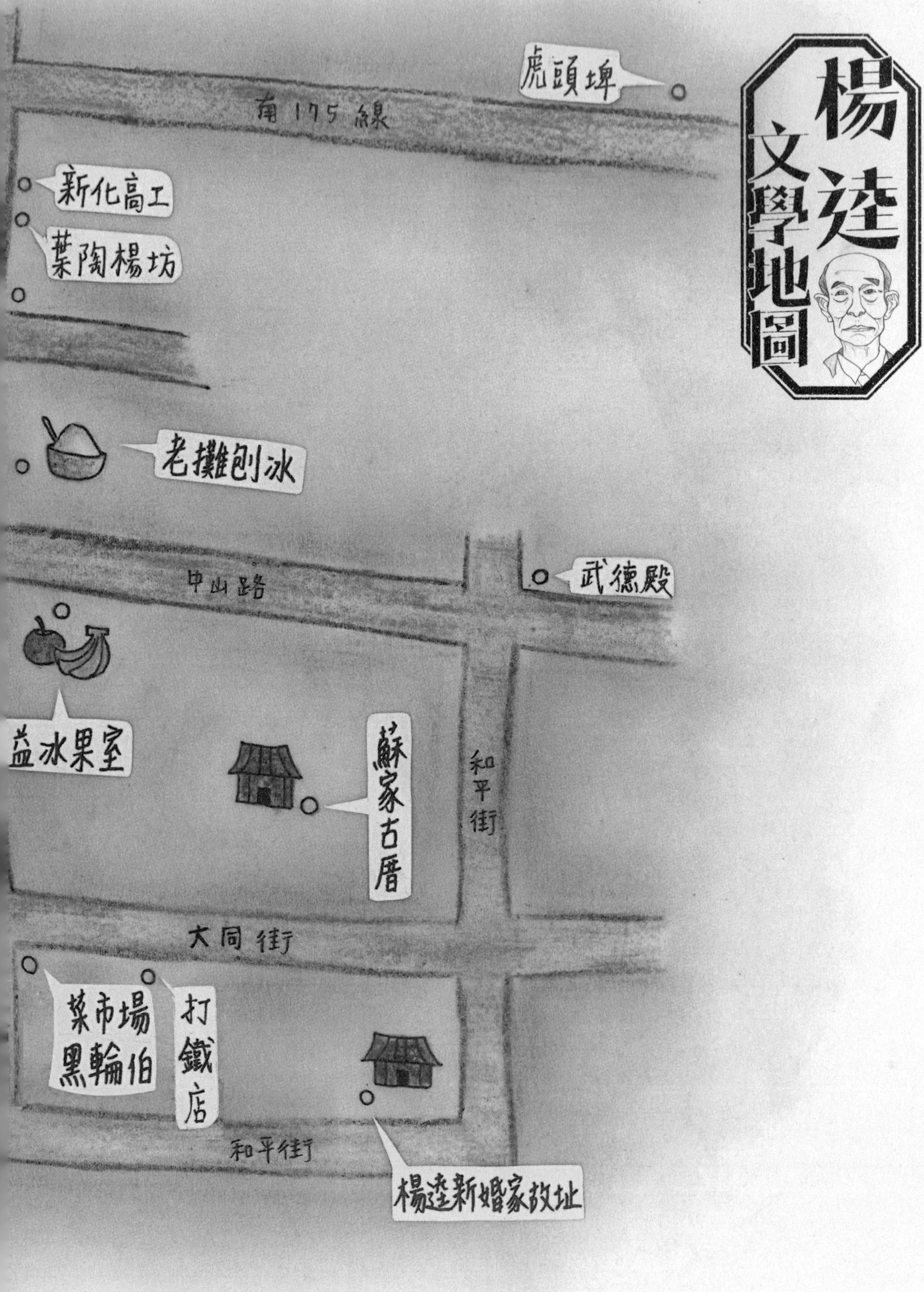

楊逵文學地圖
虎頭埤
南175線
新化高工
葉陶楊坊
老攤刨冰
中山路
武德殿
益冰果室
蘇家古厝
和平街
大同街
菜市場黑輪伯
打鐵店
和平街
楊逵新婚家故址

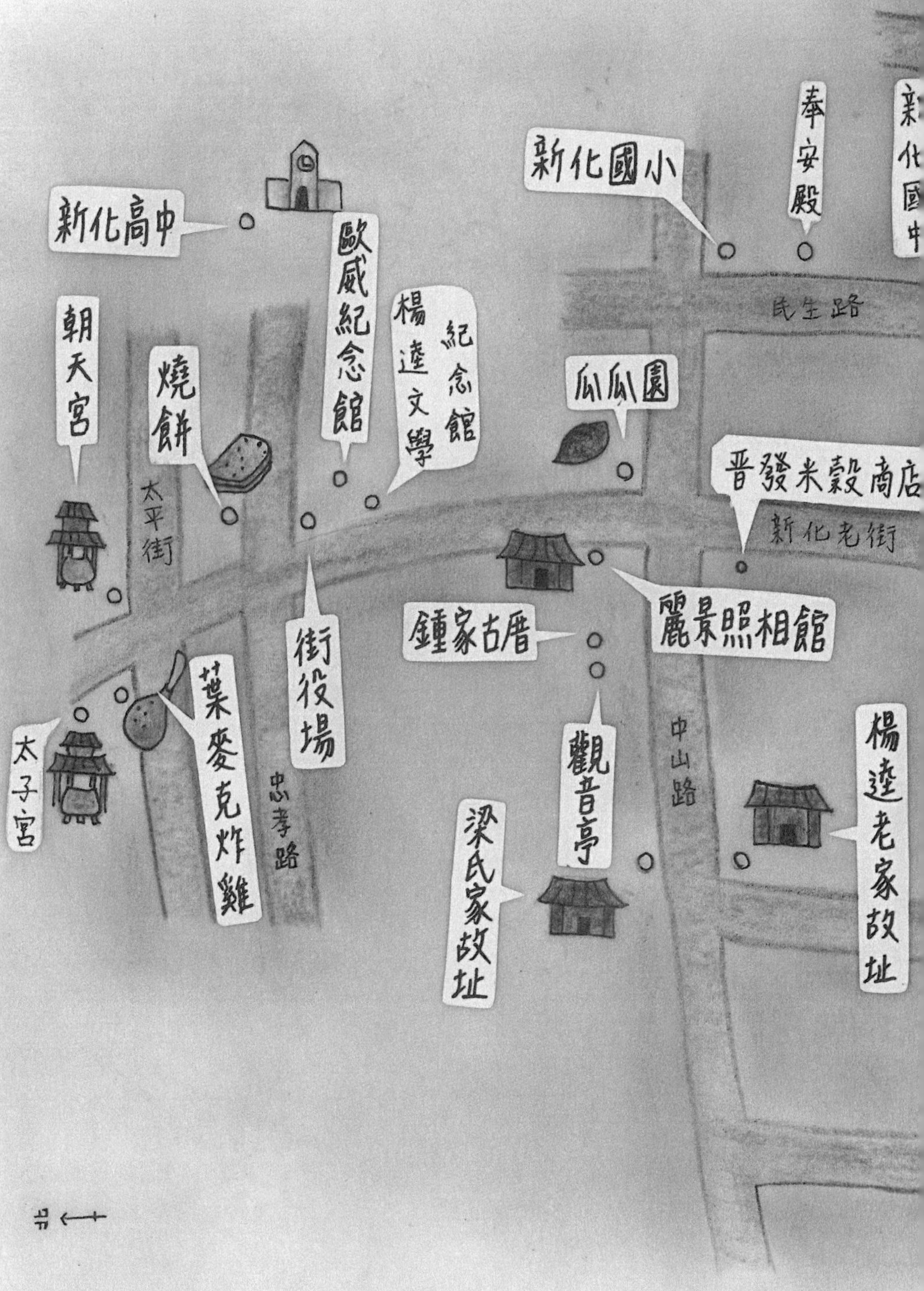
新化高中
歐威紀念館
楊逵文學紀念館
新化國小
奉安殿
新化國
民生路
朝天宮
燒餅
太平街
瓜瓜園
晉發米穀商店
新化老街
麗景照相館
鍾家古厝
街役場
葉麥克炸雞
太子宮
忠孝路
觀音亭
中山路
梁氏家故址
楊逵老家故址

堅信總有一天走向百花齊放的新樂園

人，因為他曾做的事而偉大；夢，因為被實踐而偉大。要了解一種大人格，不光只是要看他的自傳，讀他的作品，更應該走他走過的路，呼吸他呼吸過的空氣。

在大目降出生的楊逵，用自己的堅持，走出了獨一無二的人生道路。當大家做著白日夢時，他早已將理想落實在生活中。他的民本思想在社會運動中、在文學史上大放異彩，他以悲憤的血淚痛訴社會的不公不義，在作品中展現人世永恆的希望。

楊逵文學路，在新化地區文史工作者的規劃下，早已清晰呈現，映現在楊逵文學紀念館之中。紀念館於二〇〇五年落成啟用，新潮的外表底下承載著無數楊逵的作品、字跡和夢。解說員滔滔訴說楊逵的故事和他在新化文學史上的重要地位。「壓不扁的玫瑰」是這個特展的名稱，跨越戰前戰後八十載，楊逵正如他的這篇著作般展現著臺灣精神，孜孜矻矻地開拓他腳下的這塊土地，更用筆耕種自己的心田。

楊逵文學紀念館中，玻璃上的文字是楊逵的自傳。

下午兩點，新化老街上並沒有太多人潮。風格相異的舊式洋房夾道而立，早期居民的一番用心，使得這個臺灣小鎮的街頭揮灑著歐風色彩，在紅磚與黑瓦之間，以希臘羅馬的柱式、西方古典的圖紋，鐫刻出另一種風情。

離開大街，轉進小巷中蜿蜒前進，楊逵結婚後的居所就在菜市場附近，但原本的屋子已被拆除，剩下綠色的鐵皮與私人的停車場。一九二九年楊逵與葉陶在新婚前夕被捕，出獄後在此居住不到半年，便被迫離開了。看著路旁淺綠的鐵皮寂寥的依附在水泥建築邊，似是格格不入，彷彿極權統治下楊逵的處境。他為農民抗爭、為自由奮戰，即便被日本政府和國民政府視為麻煩人物，他仍然不改初衷，為窮苦人民奮鬥著。

菜市場附近，紅磚小路引領著大家走向新化最古老的建築：蘇家古厝。傳統三合院式建築，中間走道兩旁掛滿了蘇氏家族所寫的書法，包含各種字體。樑柱、牆上刻寫著多副對聯，坐在高椅上，有如置身於古代的書院裡，感受到一種大家族的風範。

觀音亭，這座祭拜觀世音菩薩的廟宇，雖然是極為莊嚴的宗教勝地，卻也與庶民生活緊密相連。廟前廣場是楊逵和同伴一起玩樂的地方，現在兩旁排列著民家與商店，默默看守著這塊園地。

觀音亭前的廣場帶給楊逵歡笑，而他在舊家前的大馬路上，卻遭遇到極大的衝擊。現今的中山路與大同街口，就是楊逵小時候的住所，幼時的他目睹日本鎮壓西來庵事件的軍隊，從家前隆隆而過，猶如黑水中竄出的惡龍，吞噬了革命的火苗。

舊家對面，曾是童養媳梁氏的家。楊逵最後拒絕了與梁氏的親事，他不願自己的人生像舊時婦女的小腳一般，扭曲變形，因此從臺南第二中學校退學，遠渡日本，尋找自己的夢。而今，中山路上車潮川流不息，街市喧囂，楊逵與梁氏的老家都已不在。昔人已逝，但舉目四望，周遭的景物卻都鮮明起來，彷彿擁有生命，在自我述說一段故事。

沿著中山路直行，來到了新化國小，這裡曾是楊逵就讀的公學校。在沼川定雄老師的指導下，楊逵開啟了文學閱讀的世界，進入到一個嶄新的天地。雨果的《悲慘世界》裡，那驚天動地的大革命，那改過自新的尚萬強，都來到楊逵的眼前，帶領著他撥開眼前的迷霧，看清自己要走的路。

天色逐漸昏暗，文學之路通往了楊逵與葉陶曾經同遊的虎頭埤。經過七月的接連大雨，大量的塵泥湧入，湖水不再清澈，呈現混濁的土黃，在暮色中更顯暗沉。湖泊周圍，綠樹依舊蒼勁，滿溢著清脆的鳥鳴。或許這看似塵埃滿布的土黃，才是人間真正的顏色。

楊逵深深期許這社會能夠互助合作，一起努力，而非階級對立，互相攻擊。他冷靜的論調、質樸的風格，發揚了不屈不撓的臺灣魂，和一種執著的行動力量。

他背負著農民的希望，寫出一篇篇批判極權、喚回公義的文章，對他而言，整段人生就像一場馬拉松競賽，一路上遇到了許多阻礙，但仍然賣力地踏出每一步，期盼地注視前方無比耀眼的未來。

一生入獄十二次，歷經日本殖民、二二八事件、白色恐怖，現實將他的臉龐刻鏤成老朽的枯木，但他仍堅信有這麼一天的到來：

老幼相扶持一路走下去，走向百花齊放的新樂園。

楊逵與葉陶曾經同遊的虎頭埤，或許這看似塵埃滿佈的土黃，才是人間真正的顏色。

楊逵文學紀念館

臺南市新化區中正路 488 號
週二到週五　09：00～12：00、13：30～17：00
六日中午不休息
週一及國定假日休館

一件歷史事件，能被記錄，被人們存放在腦海深處的並不多；一個人，能流芳百世，甚至建了一間展館來紀念，更是少之又少。楊逵，被譽為「臺灣新文學之母」，不僅開啟臺灣人的民族意識，更開拓了臺灣文學的版圖。

楊逵文學紀念館，一個接觸文學、感覺文學、聆聽文學的殿堂，藉由文物、資料的展示，我們近距離接觸楊逵，緬懷這永遠「壓不扁的玫瑰」。漫步在館內，時時可以感受到設計者的用心。

入口處的玻璃面上鐫刻著楊逵的自傳，道盡自己一生秉持的理念。玻璃後方的櫥窗展示著楊逵長

藉由文物、資料的展示，我們近距離接觸楊逵。

年寫作的空間。一張老舊的躺椅隨意鋪著簡單的毯子，暗色的拖鞋散落在榻榻米上。前方一張小小的桌子是他寫作的地方，桌上深深淺淺的紋路是他動筆的手長時間摩擦桌面留下的痕跡。

進入展覽室中，左側是他的友人資料，象徵他人格的精鍊過程；右側則是文人和楊逵子女對他們敬重的楊氏夫婦的各種描述。楊逵和葉陶的頭像分立兩側，遙遙凝視著來訪的遊客。

〈春光關不住〉，背景為皇民化時期的臺灣，主角是一名數學老師。由於年紀較長的青年都被徵調前往戰場，主角和學生們變成為國家勞動的「皇軍」，一名娃娃兵發現一株被壓在水泥牆下的玫瑰花開始，它頑強地生長著，甚至含苞待放。娃娃兵要求主角將這株玫瑰花寄給家中孤單的姐姐，希望她能得到一些溫暖。後來，這株送到姐姐家的玫瑰花，生長得十分茂盛，開出了鮮紅的花朵。

楊逵的英靈寄宿在這紀念館裡，與每個炙燙的靈魂共鳴。

人生固然有許多艱難困苦，特別在異族侵佔之下；但我總覺得，只要不慌不忙，經常保持鎮靜，就是被關在黑壓壓的深坑裡，時間也會幫助我們解決問題的。這一棵重重地被壓在水泥塊底下的玫瑰花的故事，不是蠻有意思嗎？（〈春光關不住〉）

這是楊逵被監禁在綠島時寫下的作品，即使失去自由，他依然讚美困境中茁壯的生命，驚嘆高壓統治下，依然有璀璨的前景等著我們。

楊逵的英靈寄宿在這紀念館裡，與每個炙燙的靈魂共鳴。

新化街役場

臺南市新化區中正路 500 號
古蹟餐廳週二至週日　11：00～22：00
週一公休，寒暑假無公休

坐落於楊逵文學紀念館旁，遠遠看去就像一間歐洲的戲院，仿歐洲晚期的文藝復興式樣，有著特別的圓弧門廊和黑色系的磚牆襯托著它的安靜和典雅。這裡是新化街役場，跳脫當時公共建築的做法，展現東西文化交流和工匠們的無限創意，到現在都是新化重要的歷史指標。

「新化移動的古建築」其實本來就是一隻充滿熱忱的蒼鷹，左右兩扇方形窗，像一雙銳利明亮的眼，而兩側的裝飾簷牆，更如一對伸展的翅膀。站在街役場的前面，不僅感受到四面八方的喧鬧烘托出的片刻安寧，向前望，那延伸兩旁的水平簷線彷彿老鷹展翅，盯視著人們。

「街」是日治時期行政區的名稱。臺灣在二戰終戰當時，共設有五州、三廳，下轄十一市、五十一郡、兩支廳，與六十七街、兩百六十四庄。街、庄差不多等同於今日的鄉、鎮、區。街役場則是當時公部門的辦公處所，類似今日的鄉鎮區公所。

新化街役場落成於一九三四年，由當時的街長梁道先生捐出土地而興建，二戰後也一直是新化鎮公所的所在地。一九九六年，鎮公所遷離原址，加上政府推行都市更新計畫，這老建築被拆除的命運似乎無可避免，地方人士愛惜它的價值與歷史地位，在二〇〇〇年籌款以移屋的方式，使得新化街役場得以保存下來，成為現在的古蹟餐坊。在各界努力下，這看似不可能的任務被大家的熱情和愛心化解了，十條大繩子牽引出現代經濟發展與歷史文物之間的戰鬥。以陸上行舟的方式，將建築物移動了數百公尺，數千參與活動的民眾本著同樣的心，傳承了新化在地的人情味。

新化街役場是日治時期新化地區的行政中心。對於日本政權的統治，楊逵常在作品中表露不滿。〈犬猴鄰居〉裡穿和服的鄰長陳輝被比喻為犬，穿洋服的甲長劉通被比喻為猴。劉通經常將政府配給制度中的豬肉、布等物品據為己有，甚至變賣圖利。村子裡有個盲婦，每天辛勤種菜，養活唯一的兒子林堅。後來林堅要入伍當兵，陳輝跟劉通居然連林堅要去哪裡服役都搞不清楚，一個說要去印度，一個說要去美國。淳樸的盲婦仍視為國出征為莫大的榮耀，仔細的替兒子打點行李，卻不明白人民的性命就被這些無良的官員們盲目地擺弄著。

〈模範村〉則描述某個村子獲得了模範村的榮譽。但實際上對百姓生活的改善一點幫助都沒有。為了建設模範村，所有樹枝都必須修剪整齊，水溝也要鋪上水泥；房子整體外觀要一致，因此沒人住的破房子也要裝上統一規格的鐵柵欄。屋外不能堆放雜物，因此農具、木柴等物品都搬進屋內，壓縮了生活空間。廳堂要換上日式的神龕與日本國歌的掛軸，百姓只得將平日祭拜的媽祖偷偷藏在床底下。而建設過程所需的經費都要百姓負擔，戇金福就因為不斷被保甲催繳款項，最後自殺身亡。

有人說，楊逵身上具有一種永不妥協的反抗精神。現實的政局變化萬千，而不變的是人們心中對

新化街役場是日治時期新化地區的行政中心。對於日本政權的統治，楊逵常在作品中表露不滿。

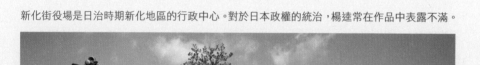

於幸福國度的追尋。

觀音亭

臺南市新化區中山路 292 號

童年是人生中的精華，對於一個人一生的成就有很大的影響，對於楊逵來說，童年就是在觀音亭前廣場建構起來的。

觀音亭就在楊逵老家斜對面，幼時家中依賴著父親的錫店過活，生活不算富裕，楊逵常到觀音亭前廣場和朋友同樂。他們無所不玩，但是比武這類的遊戲，他只能站在旁邊看。因為楊逵從小體弱多病，甚至被嘲笑為「鴉片仙」。童年的他，就有著反暴力的性格，直到後來面對霸道的強權時，亦復如此。

觀音亭包含了楊逵的童年，雖然楊逵舊家已不復存在，但觀音亭仍屹立於中山路上的小巷子裡，等著我們去探索。

對於楊逵來說，童年就是在觀音亭前廣場建構起來的。

楊逵舊家故址、梁氏家故址

臺南市新化區中山路 301、318 號一帶

楊逵老家的住址是大目降街觀音廟二四七號，在現在新化中山路和大同街的交叉口。當年簡單的小屋已經不存在了，改成了現代建築，做為商店和住宅使用。

楊逵的父親楊鼻在大目降街經營錫店，是當地有名的師傅。母親蘇足出身農家，兩人一共生了七個孩子，卻只有三個活了下來。有一天楊逵在外玩耍，回來後看到家裡多了一個小木盒子，裡面裝著嬰兒的屍體。窘迫的生活環境與死亡的威脅，成為他心中永遠揮之不去的陰影。

不滿十歲的楊逵，在老家親眼目睹從臺南開往噍吧哖的軍隊轟隆而過，前往鎮壓反抗份子。讀中學時，他親自前往噍吧哖，果然只剩老弱婦孺，幾乎看不見成年男子。他長大後，讀了一本日本人編撰的《臺灣匪誌》，其中記錄了包括西來庵事件在內的十餘次「匪亂」。殖民者美化自我形象，貶損臺灣人的抗爭精神，扭曲了一節中空直挺的竹子，使年輕的楊逵心頭受到極大的震盪。

這事件使楊逵受到啟發，也許年幼的他並未明白，但深層的心裡已深信「人道的社會主義」，把「利他」擺在「利己」之前，並且用一生來奉行、實踐它。他在回憶錄中提到：

> 這種因為大肆屠殺生命所帶來的恐怖的印象，在我後來的一生當中，起了相當大的作用，不管在從事反對日人的社會運動，抑或是在二次大戰結束後發生的二二八事件中，使我始終反對以武力、暴力來做為解決問題的意圖。

還沒讀完初中就輟學離開這舊家的楊逵，心中藏了無數的詩篇，種種思考與學習注入腦中，他把這些當作養分，慢慢滋潤著他的筆尖，鑄刻眼淚在這塊土地上。〈送報伕〉末段：「這寶島，在日本帝國主義的統治下，表面雖然裝得富麗肥滿，但只要插進一針，就會看到惡臭逼人的血膿迸流！」楊逵的文字，不會隨著時代推演而消逝，都在我們心中，端看我們有沒有勇氣揭開。

楊逵十二歲那年被安排了一個童養媳梁氏。梁家就在楊家的正對面，僅一條馬路的距離，與楊家十分友好。楊逵幼時體弱多病，民間習俗說，若將小女孩的衣服套在身上，到廟裡拜拜後會較容易撫養，因此楊家便向梁家借了女孩的衣服。這一因緣，使得雙方家長商議，讓梁氏嫁到楊家當童養媳。

中學未畢業就赴日求學的楊逵，不想就此屈從沒有感情基礎的婚姻，也不想耽誤女孩子的未來，到日本後寄回家的第一封信就要求要解除婚約，但家人表示梁氏就算當小妾也願意。楊逵再度寫了一封措辭強烈的信，家人終於不再堅持，梁氏也嫁給了楊逵公學校的一個同學，婚後生活和諧美滿。

梁氏的老家就在中山路上郵局的旁邊，也就是楊逵老家的對面。舊屋早已拆除，現在是鋼筋水泥的建築，一樓做為店面。

楊逵要為自己的婚姻作主，當個人人生的主宰。如同他的作品〈送報伕〉，主角楊君與許多同樣受迫害的派報員連結，採取罷工的手段，最終成功推翻老闆的箝制，獲得勝利。心中的那枝火柴被擦亮，在伸手不見五指的黑暗中，燃出一團光亮，視所有受迫害者為家人，無畏地扛起歷史帶來的所有責任。

新化老街

臺南市新化區中山路，中正路口至和平街口

新化中正路老街成排的街屋華麗而典雅，是臺南最有特色的景觀之一，曾榮獲南瀛十大歷史建築票選第一名，全國歷史建築百景票選第二名。

新化的市集首先從朝天宮廟口開始發展。當時朝天宮位在現在中正路、中山路交叉口南側，約於學仔巷至現在第一銀行之間，也就是新化老街的中心地帶。小時候的楊逵喜歡到朝天宮前，聽人講《三國》和《水滸》的故事。

十四歲時，楊逵曾在街上親眼目睹一個走販當街被日警打死的慘劇。走販名叫楊傳，是個單身漢，也曾受楊逵父親照顧。他在路上走賣商品，只要有人呼喚他，他就會停下來進行交易，因而遭到日本警察取締。警察生起氣來，動手將他毆打致死。

楊逵小時候就在新化街上走路，對於百姓生活的苦難有深刻的體察。〈無醫村〉描寫街上所謂的名醫只為有錢人診治，並且壟斷大部分的醫療資源，窮苦的百姓根本沒有錢看診，只能依賴草藥和簡陋的民俗療法。

在楊逵讀中學的時候，新化街道的景觀開始有了巨大的改變。一九二一年，位於現在中正路四三五號，林茂己所經營的布行自己花錢請來專門建造西式房屋的師傅，花了三千元建起了街上第一棟洋樓。由於做工精細，屋面裝飾華麗，引起百姓的注目，附近鄰居紛紛仿效。到了一九二六年左右，中正路西邊便矗立著整排華美的樓面。

新化中正路老街成排的街屋華麗而典雅，是臺南最有特色的景觀之一。

這些街屋樓高兩層，一般都說具有巴洛克風格，但仔細觀察會發現，這些屋面融入了多元的西方建築元素，並非單一風格，可說是當時臺灣匠師的巧思。西側的建築大幅更新後，東側仍是土角厝。接著日本政府鼓勵居民進行街市更新，由農會提供當時日幣兩千元的無息貨款給東側居民。一九二八年，東側靠南的段落先行改建，再延伸至北側，朝天宮也在此時遷移至今天的位置。一九三七年左右，東邊街整體也改建完成，成就了這條獨一無二的洋樓街。

走在一條街上，可以同時欣賞到臺灣不同時期的建築，體會各種不同的藝術風潮，這是新化老街最特別的地方。

麗景照相館

臺南市新化區中正路 469 號

麗景照相館在日治時期就開始經營，歷史超過八十年。第一代老闆鍾景畫是當時的大文青，喜歡攝影、養蘭，他開設的麗景美術院，是新化文藝青年的大本營，許多樂團成員、藝術工作者都來這裡聚會。鍾景畫同時也是楊逵在公學校的同學。

第二代老闆鍾永泉繼承父親的藝術細胞，將相館業務發揚光大。他甚至賣掉了一塊土地，只為籌措購買日本新款相機的經費。他以美國青春偶像詹姆斯．狄恩為藍本，為臺灣演員歐威打造一系列的寫真照，使他順利打進演藝圈，成為一代巨星。

麗景照相館是新化第一間相館，也為地方保留了許多珍貴的影像資料。如歐威的寫真、大目降公學校的畢業生合照、居民的結婚照、青年樂團的團體照、新化重大活動的紀錄等，都還保留著。當年為了輸出高品質的彩色照片，還不惜重金將底片寄到美國去沖洗。

鍾永泉過世後，麗景照相館一度歇業。後來在文史工作者康文榮先生的接洽下，鍾永泉的太太林

新化數十年新化歷史的縮影，一塊一塊地打印在麗景照相館的玻璃後頭。

月霞以早年的寫真照片、攝影書籍、照相及沖洗用具布置成時光走廊般的櫥窗。數十年新化歷史的縮影，一塊一塊地打印在玻璃後頭，像是重新沖洗的底片，得到新的生命。透過這些照片，我們也可以認識到，楊逵所處的老新化，原來是一個充滿文藝氣息，薈萃著許多熱血青年的美麗小鎮。

晉發米穀商店

臺南市新化區中正路 439 號
06：00～21：00

晉發米穀商店由第一代老闆楊源創立於清同治十一年（一八七二年），歷史超過百年。楊源來自福建晉江，因此店名取作晉發，也蘊含著不忘本的意義。至今新化超過百年的老舖，僅存此店與新勝興布店。

晉發米穀商店的建築本身也有九十年的歷史，一九二〇年代實施市區改正的時候，由第三代楊火

晉發米穀商店歷史超過百年，建築本身也有九十年的歷史。

松與弟楊金水一起規劃，將一樓平房改建為二樓磚造的建築。店裡的陳設如辦公桌椅、算盤、量具和秤，都是古董。老闆還收藏著日治時期使用的米斗。當時日本政府對度量衡的製作、修復、販賣以及取締有嚴格的做法，後來更收歸專賣，因此米斗上面有總督府的標記，並註明部類番號。而牆上懸掛的記帳黑板，仍以日文書寫著。

米店裡最引人注目的，就是具有百年歷史的木造碾米機。當時特地聘請唐山師父前來製作，以臺灣檜木為材料，裝置有七匹馬力的電動馬達。

現在米店由第五代楊明憲接棒。雖然世代賣米，但楊家人從第三代開始就接受新式教育，堪稱是書香世家。

楊金水是楊逵在公學校的學長，他曾讚美楊逵讀書是全心全意地投入，因此能用很少的時間獲得極大的學習成效。而楊逵的同學李朝泉也提到：「不常看到他讀書，而老是我們班上的第一名。」只要遇到自己喜歡的書，楊逵總是專心致志的閱讀，彷彿沉浸在另一個世界之中，自得其樂。

蘇家古厝

臺南市新化區武安里中正路341巷

蘇家古厝是新化地區歷史最悠久的古厝，據傳為蘇德家族所興建。

蘇氏家族中最有名氣的人士是抗日烈士蘇有志。蘇有志的父親蘇振芳與蘇德是堂兄弟，他白手起家，從餅店學徒做起，慢慢建立了自己的商業王國，擁有多間糖舖、米廠與魚塭。他的三子蘇有志

蘇家古厝是新化地區歷史最悠久的古厝，入口的門額上用書法寫著「瑞氣盈門」四字。

繼承家業後，更是發揚光大，列名臺灣十二大實業家。他也曾積極幫助貧苦子弟就學，回饋鄉里，很受到當地百姓尊敬。後來，蘇有志遭到一個日本商人詐騙，慘虧嚴重，以致家道中落。

蘇有志在擔任西來庵董事時結識余清芳，兩人同樣對日本政府有諸多不滿，於是合謀抗日，不料遭到官方查獲，處以絞刑。余清芳則潛入山區，在噍吧哖一帶與日軍對峙，最後也兵敗被殺。民間甚至流傳出「余清芳，害死王爺公；王爺公無保庇，害死蘇有志」的諺語。

蘇家古厝位於新化區武安里中正路三四一巷內，是傳統三合院的建築形式。興建時，遠從中國大陸運來上等福杉做為樑柱，牆上有精緻的彩繪，柱頭斗拱雕花細膩，樸實中帶有富貴氣象。

古厝入口的門額上用書法寫著「瑞氣盈門」四字，門上有一對銅製八卦門環，正廳祀奉蘇家祖先牌位，兩邊的窗楣上有書卷樣式的泥塑，房屋裡外都懸掛著蘇家人的墨寶，書香盈溢。

蘇家古厝另一項特色是，門廳下方設有「地下防空避難室」，左右兩邊還有通氣孔，以維持防空地下室的空氣流通。

蘇家當中的蘇遠明是楊逵的小學同班同學，他是著名的書畫大師，後人蘇友泉、蘇俊維父子承襲家風，是當代書畫、篆刻藝術名家，享有盛名。父子兩人還曾攜手在楊逵紀念館舉辦書畫印聯展。楊逵的母親蘇足則是蘇家遠房親系。楊逵曾提到，母親雖然不識字，但在色彩、圖形與美術方面具有專長，常常替鄰居畫頭巾、肚兜以及刺繡花的圖案，賺點零星的費用。

市場打鐵店

臺南市新化區大同街89號

楊逵的老家經營錫店，父親楊鼻是一個沉靜而溫和的工匠，製作錫器、燭臺、祭具等日常用品來販售，當地人都叫他是「鼻師」。楊逵曾描述錫器製作的流程：

工作的過程大約是將那時裝煤油的鐵桶收購回來，再將銜接鐵桶上的錫料以火燒熔，錫料即熔開濾下，把這些濾下的錫料集起來，就是製造原料，用來做燭臺、祭具、香爐、酒瓶等物品出售，賺一點蠅頭小利。（〈楊逵回憶錄〉）

楊逵自己也曾試著依照這樣的流程來操作，卻因為沒有將鐵桶裡的煤油倒乾淨，引起轟燒，灼傷了左手臂。當時新化街像他父親這樣的工匠，還有很多。他的回憶錄中提到：

我所住的新化街，一般的生意人生活大致都還可以。現在記得起來的是當時的街上，有鐵材行、有棺材行、雜貨店、做木桶的，也有類似茶室的妓院。(〈楊逵回憶錄〉)

而今，這些鐵材、棺木、木桶等等工匠幾乎都自街頭上消失了。新化區內僅有的一家手工打鐵店，位在市場裡。

打鐵店開設於一九六七年，老闆莊登旺十八歲退伍後，到府城當學徒，學習打鐵，後來回到新化市場開店。他說當年新化打鐵店就有五家，到現在只剩他一家。

打鐵店裡擺放著客人請託修補的鐮刀、菜刀，烈火鍛燒後，重又煥然一新。

莊登旺還以傳統手工的製法來打造鐵器，在鼓風爐中，夾起燒紅的鐵塊，再以鐵鎚反覆敲打，一方面打出剛性與韌性，一方面敲出器具的形狀。工作過程費力，工作環境悶熱又嘈雜，產量稀少，不敵工廠規格化的生產，現在已經找不到人接棒了。

店裡擺放著客人請託修補的鐮刀、菜刀，烈火鍛燒後，重又煥然一新。小小的店裡，傳來鏗鏗的敲打聲，規律而執著。只有手工打造，才能做到完全的客製化，順應每一位顧客獨特的需求；也只有在反覆不懈地敲打中，才能賦予手中器物獨一無二的生命。

楊逵新婚家故址

臺南市新化區和平街轉角處

縱觀歷史洪流，一個部落總有一個領袖，他不一定是最兇猛的，也不一定是所有條件都比別人好，但無可否認，他的思想方式遠遠超越別人。而楊逵亦是如此，他超越金錢，超越種族，超越時代。受到臺灣農民組合的召喚返臺，過了兩年後他與葉陶準備結婚，卻在新婚前夕被捕。楊逵在接受戴國煇的訪談時，提到這件事：

那晚上住在文協會支部，打算第二天一清早就回到新化老家舉行結婚典禮。老家那邊已萬事齊備，只等著我們。可是不幸一清早我和葉陶都被抓，帶了手銬腳鐐兩人連在一起在街上行走。由於我和葉陶連在一起，所以街上的人看見了就說這是私奔被抓的。以後我聽到類似笑話的流言。那時，從當地的警察署被送到臺南監獄，更被送到臺中監獄，被拘留十七天。在臺灣全島布下搜查的天羅地網，凡是黑名單上有名的人物一起被檢舉。我受到這種事件的牽累，被釋放後，我和葉陶舉行結婚典禮。對於被迫拖延十七天結婚的拘留，我給葉陶開了個玩笑說，那是官方蜜月呢！（〈一個臺灣作家的七十七年〉）

回到新化完婚後，沒多久，楊逵又遷往高雄，最後定居臺中。這個新婚之家並沒有參與到楊逵生命中太多的部分，卻扮演了一個重要的轉捩點。

第一，他不再孤軍奮戰，不管生活艱苦或是監禁獄中，他都有塊強力而厚實的盾牌，擋住政府的拘捕，更擋住他心中的缺口，織起一塊夢想的錦繡，畢竟能理解楊逵心情的女人不多。第二，他將一切付諸在寫作上，共產思想、諷刺政府、普羅文學、婦權崛起，無所不察，無所不寫。他承擔日治下臺灣人共同的苦難，用抗議的精神，平實表達出一種浩然正氣。

來到新婚家舊址時，當地已成了一片鐵皮搭建的停車場，黃綠色的鐵皮外布滿了青翠的盆栽。

武德殿

臺南市新化區東榮里和平街53號

新化武德殿屬於郡市級的武德會支所。依據建築本身的棟札顯示，上棟的時間是大正十三年（一九二四年）。日治時期以此做為公務員、警察及學生學習柔道、劍道或相撲的場所。每年還會在

新化武德殿屬於郡市級的武德會支所，二次大戰後，一度變成榮民的住所，而後荒廢，二〇一二年才整修完成。

臺灣各地舉辦武道大會或演武大會，選出優勝者，再集中進行決賽。二次大戰後，一度變成榮民的住所，而後荒廢，二〇一二年才整修完成。

武德殿發源自日本的警察系統，是修習武道的會場。對於警察來說，武術是保護人民、維持治安所必須，武道精神更是警察團結效忠所必備。一八九五年，「大日本武德會」於日本京都成立，會員中有許多警察，武德會在各地建築武德殿，以推廣武道為宗旨。日本統治臺灣時，也將武德殿引進臺灣，在北中南多處地方皆有設置。

不過日本警察對待臺灣人民時，常常違背自身的武道精神，並未堅持道義，保衛弱勢，奉公守法。日警對於臺灣人民的欺壓，是楊逵小說中重要的主題之一。小說〈死〉描寫地主陳寶僱人向佃農阿達叔催繳田租，阿達叔無力償付而撞火車自殺。陳寶面對法律責任時，竟花錢買通警察企圖脫罪。

楊逵對於日本警察無法無天的行徑深惡痛絕，

不過並未以偏概全，他的生命中也有一位很特別的日本警察朋友，名叫入田春彥。

入田春彥於一九〇九年生於日本宮崎縣，警官訓練結束後被派往臺中州，他曾被交付監視楊逵舉動的任務。但入田平日喜歡文學，傾慕社會主義，又受小說家芥川龍之介的影響，對資本主義社會的弊端感到憤恨。他讀了楊逵的作品〈送報伕〉、〈模範村〉後，心中景仰，希望與楊逵結交。而此時楊逵身上染病，咳血不止，又積欠米店二十元，被告上法庭，處境艱困。入田春彥前來拜訪時，二話不說拿出一百元資助楊逵，使他度過難關。楊逵也靠著這筆錢還清債務，並在臺中開闢了首陽農園，生活轉趨安定。

入田偏激的思想受到當局關切，總督府下令，要他限期離開臺灣，回到日本。此時入田寄了張紙條給楊逵，希望他前來家中。楊逵依約前往時，卻在門外聽見苦悶的喘氣聲，心中焦急，立刻向管理員要來另一把鑰匙，開門後，入田已是服下了大量的安眠藥，神智不清。楊逵緊急將他送醫，仍挽回不了性命。入田留下了遺書給楊逵夫婦，書中寫著，只有楊逵了解他的心思。

寫小說抨擊日本警察的楊逵，與當過警察的入田春彥透過文學而結成知己。因為文學，他們跨越了鴻溝，成為彼此生命中無法抹去的一頁。

新化國小

臺南市新化區中山路 173 號

楊逵小時候就讀大目降公學校，在這裡遇見了一位日本老師沼川定雄，對楊逵十分照顧，常常邀

楊逵小時候就讀大目降公學校，現在已經改建成了新化國小。

楊逵去他家玩，也允許楊逵閱讀他家的藏書。楊逵時常在老師家中過夜，老師也不以為意，甚至還順便教他中學的代數和英文。

楊逵上中學後，因為對中學的學科不感興趣，因此整天打瞌睡，回家就熬夜看沼川老師借給他的藏書，他看了許多日本、俄國、法國、英國作家的作品，影響了他未來的寫作和行動。

沼川老師對楊逵的好，讓楊逵領悟到無論是哪個國家，一定會有好人存在，而楊逵的作品〈送報伕〉便寫出了一位對主角很好的日本人，而主角卻不屑用他那當了日本走狗的哥哥來比喻他。

對於日本人的教育，楊逵覺得活潑生動，遠非後來填鴨式的教育可比。楊逵曾經代表臺南州參加大型演講比賽，抽中的題目是「河裡的魚」，他一時愣住，表現不佳。但事後他覺得，對一個小學生來說，這樣的題目比起背誦八股式的大道理要好上幾十倍。

新化尋常小學校御真影奉安殿興建於一九三一年，是臺灣僅存的兩座奉安殿之一，原本位在大目降尋常小學校之中，後來遷移到現在的位置。

現在大目降公學校已經改建成了新化國小，而楊逵和沼川老師也已不在人世，只留下了一段令人稱頌的師生情誼。

原新化尋常小學校御真影奉安殿

新化國小與新化演藝廳之間

奉安殿是用來供奉日本天皇與皇后的照片（御真影）以及「教育敕語」的建築。「教育敕語」是明治天皇於一八九〇年十月三十日所頒布的教育文件，成為日本戰前教育的核心理念。

平常學生或教職人員從奉安殿前面經過時，都要整理好服裝，向它行最敬禮。在重要節日時，學校人員會將「教育敕語」從黑色的匣子裡取出，恭敬地遞給校長，接著捧讀「教育敕語」的內文，而全程之中，所有的師生都要穿上整齊的服裝，反覆致禮。

新化尋常小學校御真影奉安殿興建於一九三一年，是臺灣僅存的兩座奉安殿之一，原本位在大目降尋常小學校之中，後來小學校改制成為新化國民學校。為了興建新化鎮文化中心，曾將奉安殿向後移動。文化中心拆除後，又因為興建新化演藝廳，而遷移到現在的位置。

楊逵雖然不是就讀小學校，但公學校裡每天的朝會儀式中，也都必須公開誦讀天皇詔書，過程冗長，對體弱多病的楊逵來說，不論在生理或心理上都是一項痛苦的折磨。有些老師還會斥責臺灣學生是「小清國奴」，更令楊逵厭惡。

林梵的《楊逵畫傳》裡提到：楊逵五年級時，沼川定雄老師要上理科實驗，沒有磁鐵，於是要楊逵到小學校去借。小學校雖然全校人數只有數十人，但設備比較優良，地面鋪設木板，必須脫鞋才能進去，楊逵不曉得這個規矩，穿著草履就走進去，受到了羞辱。

楊逵心中感到十分不公平，公學校有六七百人就讀，連一塊磁鐵都找不到，校舍是幾間破房子，裡頭的臺灣人面黃肌瘦；而小學校設備高級，學生個個紅光滿面，簡直是兩個不同國度的人。

楊逵的心聲告訴我們，無論強加怎樣的莊嚴華麗的儀式在人民身上，如果不能設身處地的給予關懷和尊重，都不可能贏得他們的心。

新化高工

臺南市新化區信義路 54 號

一九二一年，楊逵從大目降公學校畢業。老師沼川定雄很看好他的實力，建議他到臺北考高等學校的初級部，但楊逵卻鎩羽而歸。原因是當時的入學考試題目以日本人就讀的小學校教材為主，對於就讀公學校的臺人子弟而言，那多是從未讀過的內容。

考試失利，楊逵便到大哥服務的新化糖業試驗所當了一年的工友。雖然暫時沒有入學，但楊逵也利用工作之餘的時間讀書。每天晚上登著一枝竹竿上閣樓，在小小的空間裡彎著腰，點著煤燈，在昏暗的光線中讀書。第二年，楊逵順利考入南二中的初級部，也結束了在試驗所打工的日子。

新化糖業試驗所的所在地就是現在的新化高工。校方在校園內一條樟樹林蔭大道上興建「楊逵文學步道」，步道全長一百五十公尺，鑄鐵板上刻著他每段生命歷程與作品名句。

盡頭設置了一座石臺，鐫刻著楊逵的《和平宣言》，讓人們永遠明白楊逵渴求臺灣成為純淨樂土的願望：

楊逵在大哥服務的新化糖業試驗所當了一年的工友，所在地就是現在的新化高工。校方在校園內一條樟樹林蔭大道上興建了「楊逵文學步道」。

我們相信，以臺灣文化界的理性結合，人民的愛國熱情，就可以泯滅省內省外無謂的隔閡。我們更相信：省內省外文化界的開誠合作，才得保持這片乾淨土，使臺灣建設上軌，成個樂園。

新化高中

臺南市新化區忠孝路2號

新化高中創設於一九五九年，原本是臺南一中的新化分部，一九六六年獨立設校，定名為「新化高級中學」。

新化高中校園裡充滿了以楊逵為主題的公共藝術。新建的圖資藝術大樓戶外八根大圓柱上，以橘紅色的馬賽克拼貼出「壓不扁的玫瑰」。一片片細碎的瓷磚匯集成一朵朵破碎的玫瑰；但玫瑰雖然破碎，卻不凋零，仍舊綻放著泣血一般鮮豔的顏色。而校門口則樹立著藝術家賴佳宏的〈馬拉松向前跑〉。楊逵被稱為「一生的長跑者」，對於文學與理想，他總是像跑馬拉松一樣堅持到底，即便窮盡一生的歲月，也要一步又一步不斷的向前邁進。

楊逵一生入獄十二次，但他內心熾熱的花火始終未曾熄滅。綠島管訓期間，他寫作不輟，練習游泳，參加游泳比賽，更每年參加五千公尺的賽跑。他說這是對自我意志力的砥礪與淬鍊。在〈答孫女楊翠〉信中，年逾七旬的他豪邁地說：

阿公的話不錯吧！

能源在我身，能源在我心
在冰山底下過活七十年
雖然到處碰壁，卻未曾凍僵

新化高中原本是臺南一中的分部，而楊逵正是臺南一中前身臺南第二中學校首屆學生。當時同年級的學生共一百人，分成兩班，幾乎都是南部菁英，楊逵還曾擔任過副級長。

葉陶楊坊

臺南市新化區信義路 54-1 號
11：30～21：30

葉陶，生長在高雄旗後。海，就是她的性格寫照：寬闊、自由、熱情。早期的女性小時候都要纏足，但她揚棄陋習，在坐船的途中將裹腳布解下，丟到大海裡，這也是她與制度和社會結構對峙的開始。葉陶生在一個教師家庭，從小進過書房，其後入公學校接受新式教育。任教時結識同事簡吉，加入「臺灣農民組合」，致力於社會運動。但由於政治氛圍詭變多端，她遠離政治，轉而參與婦權相關活動。她始終是奉獻的，將一生放在楊逵子女和廣大的受迫婦女族群上，犧牲，卻從不叫苦。

葉陶楊坊，便是緬懷這位「母親楷模」的庭園餐廳，老闆因深受楊逵舞臺劇感動，而對他身後最大的支柱深感崇敬。餐廳採南洋式的建築風格，代表葉陶的熱情奔放，屋內屋外迴盪一種浪漫的聲音。

新化高中校園裡充滿了以楊逵為主題的公共藝術，校門口的〈馬拉松向前跑〉即為一例

葉陶楊坊是緬懷葉陶的庭園餐廳，老闆因深受楊逵舞臺劇感動，而對他身後最大的支柱深感崇敬。餐廳採南洋式的建築風格，代表葉陶的熱情奔放。

楊逵的作品〈才八十五歲的女人〉中，主人翁林秋生成天哀聲嘆氣，腰痠背痛，但醫生也診斷不出任何結果。直到一封家書來了之後，一切都不同了，精神振作，雙眼也再次閃出光芒，原來是他妻子捎來家中一切安好的消息，而他的病也不藥而癒。後來，林秋生隨家人上山砍柴，遇到一位老太太，健步如飛，當問到她的年齡時，竟說：「才八十五歲而已啦！」令林秋生吃了一驚，那是一劑藥效極強的強心針。

對照文中的主角，葉陶在楊逵被監禁綠島時，以賣花維持家庭生計，展現強大的韌性。楊逵心中那塊田園，他負責插秧、收成，而葉陶則讓秧苗茁壯結實，他織夢，她就圓夢。

朝天宮

臺南市新化區太平里3鄰中正路534號

新化朝天宮昔稱媽祖宮，相傳於清康熙五年

新化朝天宮昔稱媽祖宮，楊逵小時候喜歡在媽祖宮前聽人講古。

（一六六六年）創立於洋子港一帶，嘉慶年間遷建於今中正路老街中央，並逐漸發展出熱鬧的市集與商街。日治時期因中正路進行市街改正計畫，遷移至現在的位置，與太子宮為鄰。一九四六年的大地震摧毀了前殿，一九七二年決議重新修建，兩年後新廟落成。

楊逵小時候喜歡在媽祖宮前聽人講古，《三國》和《水滸》故事十分吸引他。除了講古之外，楊逵也提及自己常在廟前觀賞野臺戲和傀儡戲。這些歷史故事在他心中留下了鮮明的反抗英雄形象。楊逵這個名字即是源自《水滸》裡的黑旋風李逵。

楊逵對於自己的本名楊貴並不是很喜歡，在糖業試驗所工作時被日本人嘲笑是楊貴妃後，更加厭惡這個名字。一九三二年他的小說〈送報伕〉要在《臺灣新民報》上刊載出來時，賴和建議他使用楊逵這個筆名，從此臺灣文學史上便留下了這樣一個響亮的名字。

現今，朝天宮最著名的民俗活動是「新化十八嬈」。民間傳說大目降是風水師口中的「八卦蜘蛛穴」，而新化一帶古代分為八堡，其信仰中心分別為護安宮、北極殿、太子廟、觀音廳、清水寺、武安宮、朝天宮等七座宮廟，被稱為「七星墜地格局」。蜘蛛穴的蜘蛛精在農曆年後作祟，使得當地婦女像中邪一般放蕩胡來。必須請坐落於七星位上的宮廟眾神巡境遊街，才能去除妖氣。居民於是在農曆元月十八日晚間繞境，各廟宇皆會參與，稱作「十八嬈」。

神明的力量使人心安，但百姓的幸福有時並不會這麼輕易來到。楊逵的〈靈籤〉裡，描述林効夫婦為了繳田租、稅金，日夜不停的工作，但三餐仍難以溫飽，三個孩子相繼死亡。絕望的他們到廟裡求籤，籤詩的內容顯示情況會好轉，否極泰來。但林効嫂所懷的孩子卻還是流產了，靈籤並未靈驗。徘徊在飢餓與死亡邊緣的百姓，需要的不只是神明的守護，而是主政者的關注與人們的關懷。

虎頭埤

臺南市新化區中興路 42 巷 36 號

06：30～22：00

楊逵小時候喜歡到虎頭山下的水塘釣魚、游泳。而楊逵紀念館中的展牆上也記載，楊逵和葉陶結婚前曾攜手同遊虎頭埤，這裡等於是他們的定情之地，結下一樁好情緣。

楊逵與葉陶的認識，是在鳳山農民組合的一次宴會中。一九二七年，楊逵受到簡吉的邀請，加入農民組合，而葉陶比楊逵更早就投入農民運動，兩人可說是志同道合，理念一致。當晚的聚會中，葉

虎頭埤在臺灣歷史上應屬第一座水庫，曾被臺南縣文獻委員會評選為南瀛八大景之一，也有「小明潭」的美名。

陶請楊逵在自己的扇子上題字，楊逵左思右想，想起了日本政府匪徒刑罰令裡把積極從事反抗運動的英雄人物都稱為匪徒，於是便在扇子上題寫了「土匪婆」三個字，幽默又貼切的詞語逗得在場眾人哈哈大笑。這三個字也深深進入了葉陶的心靈。

這一對終身伴侶儘管受到外界許多異樣的眼光，卻始終相愛相敬，早就超越了世俗婚姻的制度和形式。楊逵在一次訪談中說：「我們對制度和形式並不重視。人的結婚，最要緊就是雙方談話會投機，興趣相同，志同道合。這樣結婚儀式就不重要了。」

兩人曾經同遊的虎頭埤，建於清道光二十六年（一八四六年），位於新化市區東方虎頭山下，水源是虎頭溪，水深約四十公尺，水域面積約為二十七公頃，曾被臺南縣文獻委員會評選為南瀛八大景之一，也有「小明潭」的美名。

虎頭埤在臺灣歷史上應屬第一座水庫，在清領時朝是供應著五百多公頃田地的水源。如此浩大的工程，在一百七十多年前便由先人用完成，讓我們在遊玩之餘，不禁讚嘆。

虎頭埤風景區內有明媚的環湖步道，長約四．五公里，步道貫穿全區，沿途樟樹、相思樹成林，路上可見八角亭、虎月吊橋、彩虹噴泉等美景，尤其是虎月吊橋已成了虎頭埤象徵，吊橋連接著湖心小島上的虎月亭至岸邊，清晨、黃昏立於橋上欣賞著湖面，立即感到神清氣爽。月景令人驚豔，在吊橋上欣賞潭中一輪明月，更是一絕，難怪它能博得「虎埤泛月」的美名。

新化太子宮

臺南市新化區中正路 611 號

新化太子宮主祀中壇元帥，也就是俗稱的哪吒三太子。相傳清順治十八年（一六六一年），福建泉州晉江一位林姓先民隨鄭成功來臺灣時，攜帶著太子爺神像求平安。神像安駐在大目降時常顯靈，百姓便於康熙五十年（一七一一年）建廟供奉。廟宇二次遭到地震震毀，多次重建。現在的太子宮則是一九八一年重建，廟宇較先前更巍峨高聳，並配祀保生大帝與註生娘娘等神祇。

三太子是民間傳說中的孩子王，因此新化百姓為求小孩順利長大，都會來此為幼兒祈福，甚至認太子爺作契父。

太子宮旁有一座「倪公修築大碑」。倪公擔任臺灣知府時，為大目降居民開挖大埤，建築水利工程，使農民得以耕種。百姓感念他的恩典，於雍正年間立碑致謝。倪公古碑是新化最古老的一座石碑，原本位在舊太子宮旁，太子宮遷移至新址時，碑身突然傾斜，太子宮人員乃請示神明，將其跟隨太子宮一同遷至現址。

歐威紀念館

臺南市新化區中正路 488 號
週二到週五
09：00 ～ 12：00、13：30 ～ 17：00
六日中午不休息（週一及國定假日休館）

歐威本名黃煌基，一九三七年出生於新化，是著名的電影明星。何基明導演的《青山碧血》中他首度參演，山胞角色的名字「歐威」也成為他的藝名。一九六五年，歐威以《養鴨人家》獲得亞洲影展最佳男配角獎。一九六七年以《故鄉劫》獲得金馬獎最佳男主角獎，一九七二年以《秋決》第二度奪得金馬獎。

歐威紀念館內有許多歐威主演的電影海報，還設置了仿五〇年代電影院的放映室，播放歐威的電影供民眾免費觀賞。

新化老攤刨冰位在新化舊市場附近，一九五七年開始營業，很多新化人是從小吃到大，現在傳承至第三代，排隊的人龍還是一樣綿長。

老攤刨冰、雞蛋糕

臺南市新化區信義路 213 號
09：30 ～ 21：30
四到九月底賣刨冰，冬天賣雞蛋糕

共益冰菓室

臺南市新化區中正路 385 號

06：00 ～ 22：00

店裡使用的糖水，用黑糖、冬瓜糖及蜂蜜一起熬煮。配料有紅豆、綠豆、芋頭、薏仁、仙草、杏仁豆腐、愛玉、鳳梨、粉圓、粉粿……等等，每一樣都是自家費時熬煮製作，品質自己掌控。

冬天到來的時候，老闆會改賣雞蛋糕跟紅豆餅。雞蛋糕的模具並不是直接連接在瓦斯爐上，而是像日本傳統的鯛魚燒一樣，一支支獨立操作，放在爐火上烘烤，更加考驗老闆的功力。

共益冰菓室位在新化老街上，是超過一甲子的老店，店裡的置物櫃、桌椅，都是古董級。早期還是鐵皮屋時，這裡製作的是冰棒和芋冰，主要批發給零售商，後來轉型成為冰果室，販售新鮮水果和現打果汁，也兼賣刨冰。

這裡最著名的是紅茶及水果冰。古早味紅茶是自家熬煮，喝一口就充滿了懷舊的風情。水果冰則是在雪花般的冰花上鋪了滿滿的水果，水果會因為時令季節而有變換，顧客吃到的總是時令當季美味。

老新化人都記得，共益冰菓室的二樓，是情人約會、新人相親的聖地，許多夫妻的初見面就在這裡。甜蜜的兩人時光，也伴隨著甜甜的果汁，慢慢暈開。

無名燒餅

臺南市新化區忠孝路 52 號旁（街役場對面）

14：00 ～ 售完為止

新化有一家開了數十年的燒餅店，沒有店名，只有斗大的燒餅二字。位在街役場對面。每天下午兩點開賣便大排長龍，常常不到五點就賣完了。

燒餅是當地老一輩的稱呼，現在一般叫做蔥肉餅，或是餡餅、蔥油餅。柔軟又富有彈性的餅皮，內餡是大量的蔥花加上新鮮豬肉，以黑芝麻點綴香氣，調味簡單。將飽滿的餡料包入餅皮後，壓製成圓圓的形狀，有如中秋夜空中的一輪明月。下鍋油煎，當兩面都煎得金黃香酥後，就可以起鍋，趁熱送到顧客口中。

葉麥克炸雞在新化太子宮前已經賣了一、二十年，許多七、八年級的新化人，年少的回憶就是跟著爺爺奶奶到寬廣的廟埕前玩耍，然後望

葉麥克炸雞

臺南市新化區中正路 611 號（太子宮）前

14：30 ～ 售完為止

著攤子上香氣四溢的炸雞流口水。

這裡的雞肉在醃製時加入中藥，使得味道更加醇厚。金黃的地瓜、外酥內嫩的鹽酥雞、口感多樣的雞翅，都是這裡的招牌。

菜市場黑輪伯

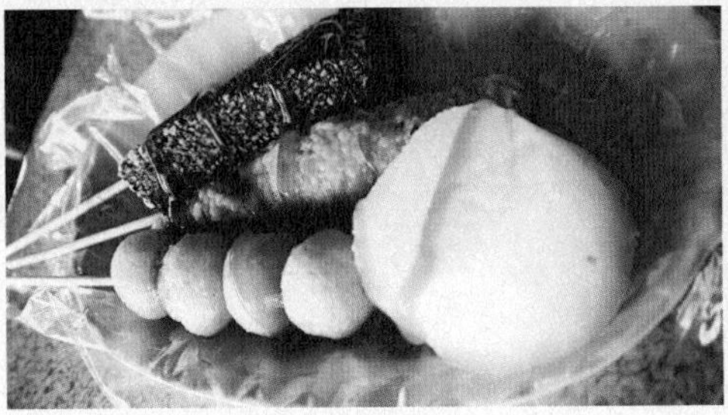

臺南市新化區信義路、大同街交叉口

14：00 ～ 售完為止

黑輪伯的攤子位於菜市場外，遠遠望去，坐落在街角，感覺不是十分醒目，卻又不可能不發現它的存在。黑輪的味道較為清淡，有別於市面上過鹹的味道，吃起來富有彈性。菜頭則是切成大大一塊，因此要用湯匙邊切邊吃，入口即化。此外，菜頭的甜味也被逼進湯裡，使得湯頭更加清甜芬芳。喝湯也是一門學問，因為食材浸在湯中，有部分味道融入湯中，建議在湯中多灑一些蔥提味。

店家也有賣大腸，搭配黑輪頗有一番風味。豬皮也是味覺的一大滿足，不但適合單吃也可搭配胡椒，又可以配合湯頭吃，軟中帶Q，嚼勁十足，滿口的豬皮香，令人不禁一口接一口。

不只醫人更醫世

吳新榮

鹽分地帶的文學領導人

文字：郭哲毓、陳逸婷、連盟家／攝影：黃彥霖、連盟家／繪圖：郭哲毓、陳逸婷、駱佳駿

吳新榮小傳

吳新榮（一九〇七～一九六七），字史民，號震瀛，生於北門將軍庄（今臺南市將軍區）。父親吳萱草為知名詩人，吳家在將軍、北門地區是世家望族。十九歲在回臺開業行醫的叔父資助下，赴日插班就讀金川中學，後考取東京醫學專門學校。留日期間，和吳三連、蔡培火等有志青年一同擔任東京臺灣青年會幹部，卻也因此被視為反政府份子，被捕入獄。同時也透過長輩介紹，結識元配毛雪芬。

一九三二年底，吳新榮回臺結婚，並接手叔父的佳里醫院。行醫之外，他積極推廣文藝，召集文學同好、地方青年，成立「佳里青風會」，以家中小雅園為聚會場。而後吳新榮參與成立「臺灣文藝聯盟佳里支部」。一九三九年開始投身政治，以最高票當選佳里街協議員；二戰後又當選縣參議員，但在同年挑戰省議員及佳里鎮長失利。二二八事件爆發後，擔任「二二八事件處理委員會北門區支會」主任委員，卻莫名入獄百日，為生平第二次入獄。

吳新榮愛文化，愛鄉土，曾加入臺南縣文獻委員會，主編《南縣文獻》，修纂《臺南縣志稿》，以在地的觀點保存臺灣歷史。

一九六七年，吳新榮因心疾猝發辭世。一九九七年，臺南縣文化中心於其逝世三十週年前夕，製作紀念雕像，置於今佳里公園，彰顯其對臺灣文學的偉大貢獻。

葉石濤曾說：「日治時期臺灣南部的新文學基地不在古都府城臺南市，而在北門郡鹽分地帶的佳里。」吳新榮正是鹽分地帶文學的領導人物。他的新詩、隨筆、日記、回憶錄及雜文、評論，都十分出色。妻子毛雪芬辭世後，寫下的《亡妻記》，情感真摯，被譽為臺灣的《浮生六記》。《震瀛回憶錄》以小說筆法寫家族歷史及個人際遇，格局恢宏。吳新榮不只是小鎮醫生，還是政治家、文學家，是鹽分地帶文學、臺灣文藝的領航者。

延伸閱讀暨參考書目

- 《吳新榮全集》，吳新榮著，張良澤主編（一九八一），臺北市：遠景出版社。
- 《吳新榮選集》，吳新榮著，呂興昌總編輯（一九九七），臺南縣：臺南縣立文化中心。
- 《吳新榮日記全集》，吳新榮著，張良澤總編撰（二〇〇七），臺南市：臺灣文學館。
- 《吳新榮傳》，施懿琳（一九九九），南投市：臺灣省文獻委員會。

吳新榮文學地圖

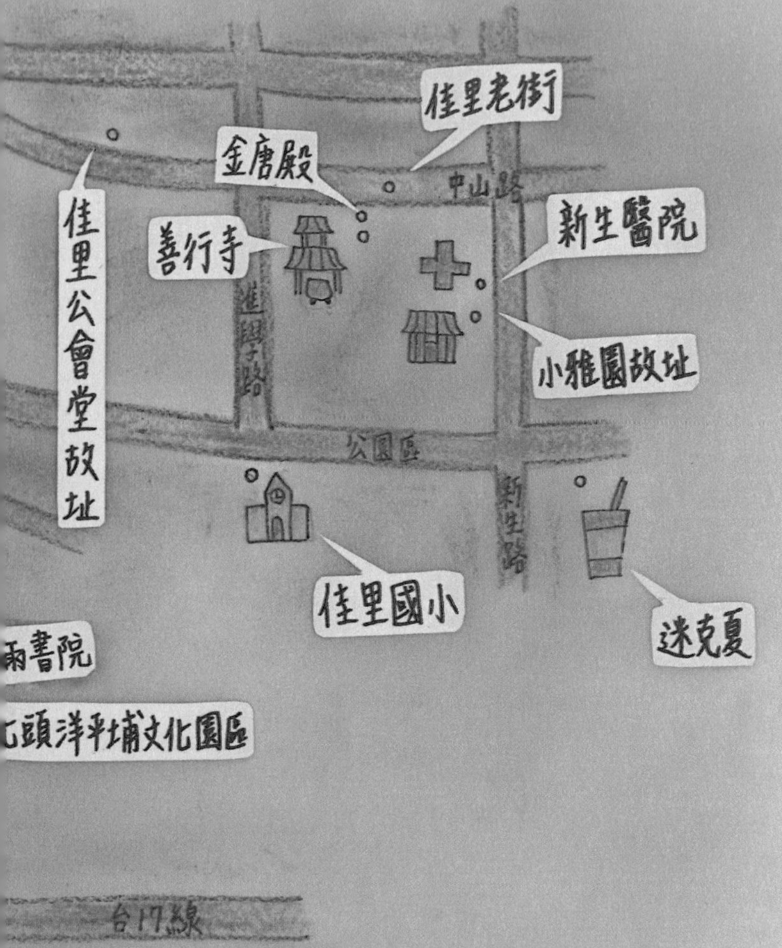

佳里老街
金唐殿
中山路
善行寺
新生醫院
佳里公會堂故址
進學路
小雅園故址
公園區
新生路
佳里國小
迷克夏
雨書院
頭洋平埔文化園區
台17線

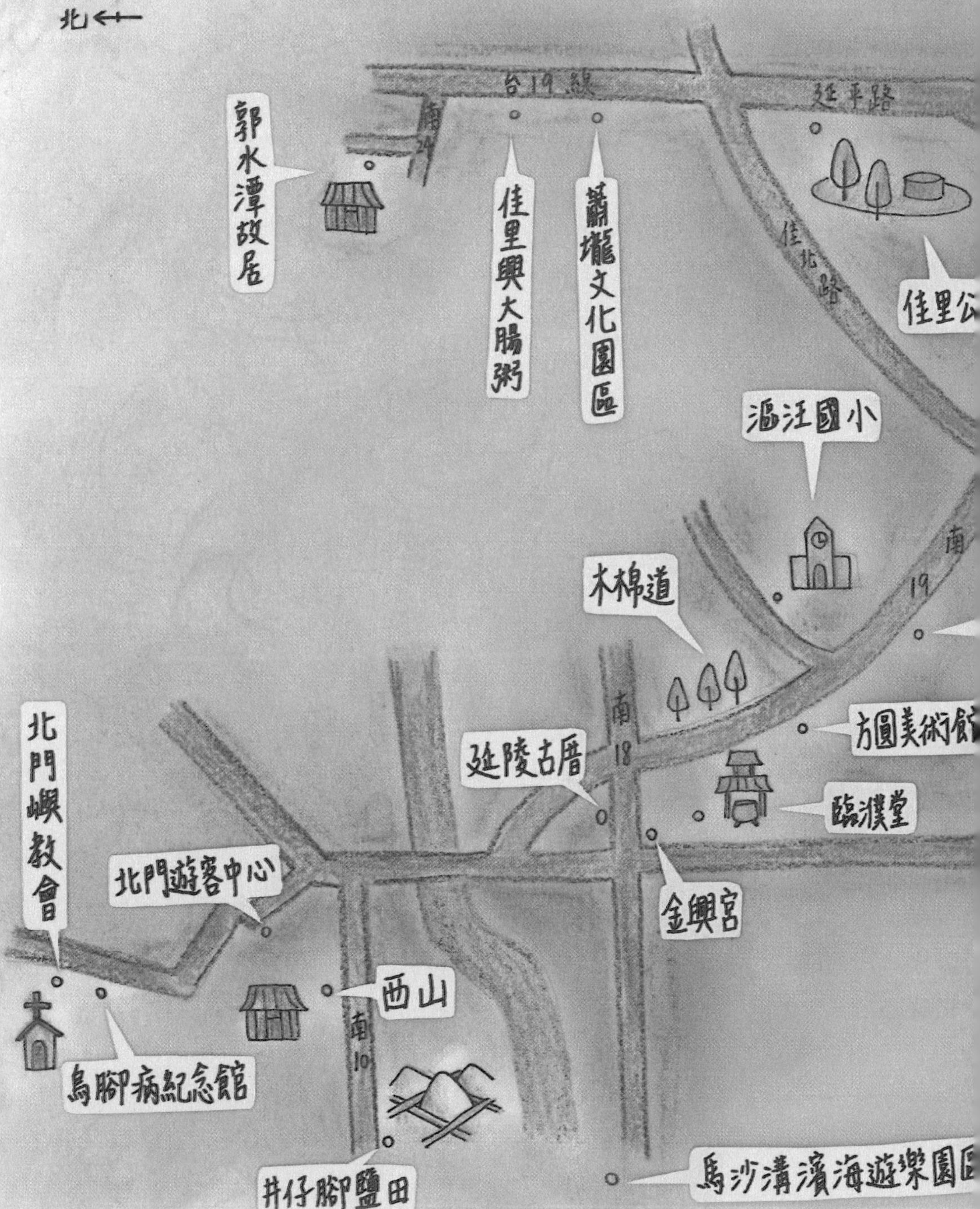
北
台19線
延平路
南24
郭水潭故居
佳里興大腸粥
蕭壠文化園區
佳北路
佳里公
漚汪國小
南
19
木棉道
方圓美術
延陵古厝
南18
臨濮堂
北門嶼教會
北門遊客中心
金興宮
西山
南10
烏腳病紀念館
井仔腳鹽田
馬沙溝濱海遊樂園區

文學之路

故里的將軍溪是他的動脈

由臺南市區前往佳里，公車一路走走停停，經過和順、新吉、海寮、西港，偶爾顛簸，偶爾飛馳。眼前樓房林立的景象逐漸消失，歸零成為農田、草地，路旁有幾方荒地，沉澱著墨綠色的心情，寧靜無波。

沿著臺十九線一路行向西北，遠方建築又開始密集了起來，車流也漸漸增大，佳里已然在望。要進入這座小鎮，得先穿過三十五甲的榕樹公，學會向造物主謙卑的彎身。百年老榕伸展出去的枝椏，柔和地在道路上劃出了一道斜斜的曲線，巍然佇立在路中央，就像一個神聖的出入口，輕輕地凝視著每輛行經的汽車、每位過往的學子。而那蒼勁的枝幹，也成了遊子離鄉時，回首佳里的最後一哩風景。

當年，吳新榮重又踏上故土時，他感受到家鄉的氣質變得陰鬱，變得市儈，變得煩躁不安。

睽違八年

我重又成為故鄉的人
坑凹不平寬廣的道路上
搖晃的骯髒底公共汽車
不載一個人駛去
一片片變得狹窄的田地上
欠缺奎寧的病患者
都以一樣的表情在對罵（〈故鄉〉）

患病的，或許不只是人，也還有這塊土地。行醫的吳新榮明白，醫人容易醫世難，但他卻選擇了最艱難的那一條道路，而且終身不曾後悔。

公車行駛到了總站停靠，一旁就是佳里的中山路老街與市場。老街上，舊式的洋房浮現出華麗的歐風雕飾，騎樓前攤商張開了大片大片的帆布，時而是綠色，時而是橘色，以一種刺目的姿態隔開了豔陽與人群。市集裡，攤販的叫賣聲、人群的談話聲，進進出出的車流、雜沓的腳步，展現出忙碌的

吳新榮曾說，將軍溪是他的動脈，溪水永遠波動的時候，他也將永遠歌吟著詩。（攝影：黃彥霖）

景象。生活的繁忙往往使人疲憊，疲憊的忘卻了曾有的遙遠夢想，也忘了去聆聽脈搏的淺淺跳動，吳新榮曾深深體會。

疲憊於生活
我長久忘記了一切
連同老同志
連同新的戀愛
呼嘯於遙遙的遠方
大砲的轟響
還有波動在心靈深處的
詩的旋律也都忘啦（〈再起〉）

市集的中心是一座雄偉的廟宇：金唐殿，就佇立在新舊交織的樓宇之間。三年一度的蕭壠香、精雕細琢的王船、曾打破世界紀錄的蜈蚣陣，都是此地的信仰特色。牆面上栩栩如生的剪黏，出自大師何金龍之手，波磔點畫之間，都是生動的故事。這間歷史悠久的廟宇，不只是信仰的中心、生活的中心，更是文化的中心。吳新榮曾擔任社長的「鯤瀛詩社」，便在此舉行成立大會。大殿裡飄然的薰煙，彷彿還隱含著琅琅的頌歌，鏗鏘有力地傳送著。

金唐殿的後方是古樸的善行寺，吳新榮曾於此地為妻子毛雪芬送行。寺院是中式傳統的三合院，前方的廟埕彷彿農家晒穀的空地。正殿兩側的空間祀奉著釋迦佛祖，佛祖身後便是成排成行的木主。微弱的光線照不進那幽暗的領域，木主上被煙燻黑的字跡有些已難辨認。不曉得那古老的木簡中，是否有一片正刻著雪芬的芳名。那個名字如同山谷間不斷迴響的餘音，反覆出現在吳新榮的《亡妻記》中，日復一日，形成一章優美動人的聖歌，繞樑不絕。

站在善行寺的廟埕中，就可以望見昔日的小雅園。雖然已拆除改建，換成了新潮的西式樓房，但微風中彷彿還送來了園裡淡雅的花香。繁花綠蔭間，吳新榮與佳里青風會的年輕人吟誦著詩句，望著廣闊的夜空、稀微的星光，想要伸手摘取那皎潔的月亮。

雖然人生中大部分的時光都在佳里度過，但吳新榮的老家卻是位在將軍區的延陵堂。離開了佳里，踏上詩人的尋根之路，往西北方延續今日的旅程。當年由吳家出資擴建的金興宮，規模日大，如今已是金碧輝煌；相形之下，延陵古厝則顯得古舊而樸實。有時，大江大河的源頭，只是一道細細湧出的泉水；參天大樹的根柢，只是靜靜地埋藏泥土裡，不願冒出頭。

踏上了臺十七線，道路寬闊了起來。將軍溪橋下，溪水映射著粼粼波光，像是被時間吹皺的面頰。吳新榮曾說，這條故里的將軍溪，是他的動脈，溪水永遠波動的時候，他也將永遠歌吟著詩。

省道兩旁，棋盤式的魚塭一格一格地劃開了大地。塭裡的水車轉動，濺起了潔白的水花，映照著閃爍的日光，彷彿撒向天際的鹽花一般。曾經，這裡有著廣闊的鹽田，晒鹽的人們赤著腳在淺淺的海水間走踏，辛苦地推動木耙，堆起了連綿不斷的鹽丘，一直蔓延至天際。

經常一到早晨野地的鹽分
就被太陽照著像霜一般閃亮發白
像處女似的溫馨卻不被凌辱
經常一到傍晚木麻黃樹梢
就因季節風捲起的砂塵起悲嘯
像荒野一般寂寥卻不被埋怨（〈冬天的早晚〉）

這片鹽分濃郁的土地，百物不生，難以耕作，似是一片荒蕪的貧土，但吳新榮與鹽分地帶的文學家們，卻捲起袖子，一畝一畝地耕耘，要讓這片世人眼中的瘠壤，開出鮮豔欲滴的花朵。生長在鹽土裡的詩人們知道，在寒天裡長出的菜葉最甜，在疾風中挺立的大樹最堅韌。

兄弟們喲
不管有怎樣的旋風
這座金字塔周遭
也許會悲慘地被吹打
但越接近中心
混亂總是會告煞尾的（〈混亂期的煞尾〉）

曾有的廣闊鹽田已變成了魚塭，塭裡的水車轉動，濺起素白的水花，映照著閃爍的日光，彷彿撒向天際的鹽花一般。（攝影：黃彥霖）

新生醫院

臺南市佳里區新生路272號

新生醫院是臺灣本島最西邊的地區醫院，服務對象包括佳里、學甲、西港、北門、將軍及七股等鹽分地帶的居民。

新生醫院的前身是佳里醫院，最早的創辦人是吳新榮的叔叔吳本立。吳新榮的祖父吳玉瓚處在新舊時代交替的轉折點。當嘉南平原上逐漸開出了嘉南大圳的水道與運輸蔗糖原料的鐵道，景象煥然一新時，親眼見識到現代科學威力的吳玉瓚畢生心願就是希望子孫能學習最新知識，成為西洋醫生。吳本立完成了父親的心願，自臺灣總督府醫學校畢業，並回到家鄉開設了佳里醫院。

吳新榮原本就讀的是總督府商業專門學校，商學校裁撤後赴日求學。為了因應家族的期望，同時效法偶像孫中山先生醫人醫世的胸懷，所以轉而學醫。一九二八年考進了日本東京醫學專門學校，接

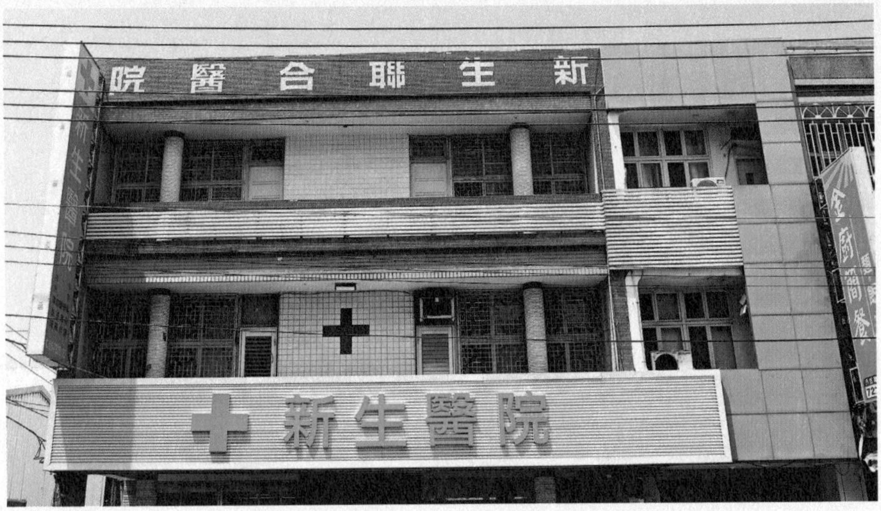

吳新榮的兒子為了紀念父親，取「新榮再生」之意，將佳里醫院改名為新生醫院。

受專業的醫學教育。從文科系統轉換至理科跑道，吳新榮仍順利在四千多名考生中脫穎而出，擠進只有兩百多人的錄取名額中，背後所下的決心與努力絕對是外人難以想像。求學時期的吳新榮就已經擁有崇高的抱負。從一首小詩中，可以看出他對自己的期許以及對未來的展望：

南方的青年呀！
我們學醫；
不但要治自己的空腹
不但要圖家族的幸福
我們學醫；
也要治社會的病毒！
也要圖民族的光復！（〈呈南方的青年〉）

學成回到故鄉後，叔叔吳本立已轉至府城開設醫院，並培養新進醫療人才，留下的佳里醫院便由吳新榮繼續經營。不過叔叔只留下一個破藥櫥和一幢租借的房舍，吳新榮表面上是接手，實際上是創業。當時佳里一帶只有三個醫生，吳新榮憑著精湛的醫術與服務的熱忱，很快就名聲鵲起，與其他兩位老牌醫師並駕齊驅。地方上流傳著一首唸歌，評價三位醫生：「高天王出名聲，瘦國聖有才能，新醫生若神明！」可見吳新榮受愛戴的程度。

施懿林《吳新榮傳》中轉述吳南圖的回憶，說吳新榮外出看診時，都會帶幾隻信鴿，看完病後將藥方綁在鴿子的腳上，飛回診所給藥劑師配藥，這樣病患家屬就可以很快拿到藥品回去給患者服用。〈一個村醫的記錄〉提到，有一天深夜，醫院外頭傳來巨大的敲門聲，吳新榮立刻起來跟去外診，患者是一位七十多歲的老太太，長期受到腹痛困擾。吳新榮發現她的上腹部有一個硬塊，按壓會疼痛，懷疑是胃癌，打了鎮痛劑和強心針後都不見好轉，家人本來做了最壞打算，但吳新榮憑自己的經驗，給老太太服用山道寧和甘汞，隔天硬塊奇蹟似地落下；再接著用藥，婦人排出了一隻像菸斗一樣大的蛔蟲和膿汁，經過一星期的調養後就痊癒了。

吳新榮看病時總是笑容滿面，對病人充滿關懷。遇到窮苦人家常常少收診金，甚至免費，還送錢給他們，要他們多吃點肉。因此吳家雖然行醫，卻不像一般醫生世家那樣收入優渥，常常是三餐不繼，連子女的學雜費都捉襟見肘。

醫人是吳新榮的工作，而醫世更是他進一步的抱負。他不只要當肉體上的醫師，也要當心靈上、精神上以及整個社會體制上的醫師。在〈社會醫學短論〉中，他認為醫師和政治家都是為社會大眾而存在的：

過去所謂仁術曾為滿足自己的名譽心而奉為最高的道德，現在仁術應該是為社會服務的犧牲精神來做最高的道德才對。政治家若不顧大眾生活而為一己奔走，這個後果當然是可怕的。假使醫師也是做過這樣行為，也是當然要予以排擊而加以唾棄。這樣道理我們未曾過問而看過。或者有人說政治家和醫師不可同日而論，那麼他們曾否考慮到政治家和醫師的存在理由和社會意義。他們兩者均不是以大眾為對象的嗎？可是大眾不是為他們而存在的，反之他們才是為大眾而存在的。

新生醫院現任的院長吳南河、副院長吳南圖正是吳新榮的公子，他們為了紀念父親，取「新榮再生」之意，將佳里醫院改名為新生醫院，院址則遷移至原址的北側。

小雅園故址

臺南市佳里區新生路 272 號（新生醫院）旁

新生醫院旁邊的小巷子，正通往小雅園的舊址。巷子盡頭，兩棵老樹巍然聳立，此地經過改建，當年的小雅園已不復存在，唯一保存的只剩這兩棵老樹。現在，縱然房屋都改為現代建築，居住在此的仍都是吳新榮的親人們，小雅園對他們來講，並不只是個庭院，更是個值得珍藏一輩子的回憶。

從吳新榮之子吳南圖所寫的〈記小雅園瑣琅山房主人〉這篇文章中，可以窺見小雅園昔日的面貌。小雅園佔地約一萬平方呎，周遭有紅磚砌成的短牆圍繞著。園中的花圃中蜿蜒一條紅磚道，植有桂花、樹蘭，以及薔薇、虹花、黃梔、茉莉、百合、日日春、扶桑、菊花、曇花等等，還有一些紫蘇、蘆薈、化石草等藥草免費提供病患摘取。吳新榮喜歡在夜裡帶著孩子在月光下守候著乍現的曇花。二二八事件後，吳新榮遭到監禁，情治人員時常前來巡查，醫院的生意一落千丈，吳新榮不得不在小雅園裡種起了蔬菜、地瓜，養雞養鴨。優雅的庭園也染上了現實生活艱辛的色彩。

園子的北方原本是病室，後來由吳新榮改建成書房，並取蕭瓏的諧音，命名為「琑琅山房」。山房分隔成三部分，東側是較年長孩子的寢室，西側是吳新榮夫婦與年幼子女的寢室，房裡書桌是吳新榮長年寫作以及教導子女讀書的地方，著名的《亡妻記》便是在這裡寫成的。而中間則是書房兼餐廳，東西兩面牆壁上各有一座落地書櫥，排滿了上千冊的書籍，包含日文、中文、德文與英文書。吳新榮把心愛的雜誌和書籍一一精裝且編號，命名「震瀛藏書」。他的日記水漬斑斑，歷經了二二八事件及白色恐怖，一度藏在天花板和地底下。書櫥中間是小孩讀書的書桌。書桌與大門之間就是餐桌。暑假時，吳新榮會在餐桌上親自料理壽喜燒給全家人享用。山房的屋頂、牆壁還留著二次大戰時軍機掃射的彈痕。

山房的南邊有一座八角形的涼亭，由木材打造，東側的樑上掛著樟木浮雕的「小雅園」三個字。涼亭裡有張八角形的石桌，搭配著八張圓形石凳。這裡是吳新榮與文友們聚會的地方，堪稱是南臺灣的文藝中心。青風會、臺灣文藝聯盟、鹽分地帶作家，以及來自全臺各地的文學同好，時常在此聚會，吳新榮也總是大方地提供庭園及房間供文友們煮酒論詩。

一九三三年十月四日，吳新榮與郭水潭、徐清吉等人在小雅園成立了佳里青風會，〈青風會宣言〉裡，可以看到他滿腔的熱血：

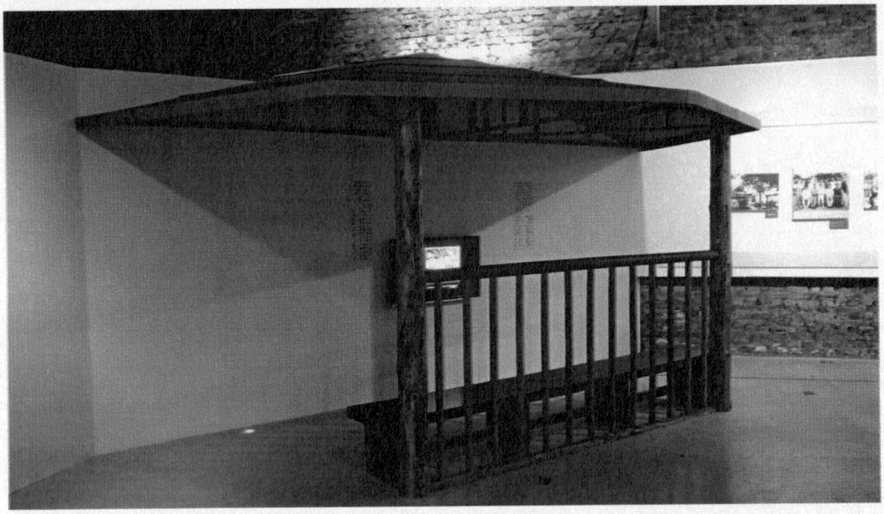

吳新榮特展中復刻的八角亭，當年來自全臺各地的文學同好，經常在設立著八角亭的小雅園裡聚會。

同志們喲！從厭世的人生觀之夢醒來，走向建設的社會觀吧。從宿命論的空想衝向辯證法的實際吧。悲歌哀曲和過去一起埋葬吧。等待著我們的只有歡悅的聲音，生活的韻律。

不過，青風會只成立短短兩個月便告夭折。一九三三年十二月，青風會成員在第一樓聚宴時，兩位友人一時衝突竟大動干戈，互相毆打。吳新榮感嘆，只有死亡才能帶來再一次的新生。這次的挫折沒有澆熄吳新榮的熱情，一輩子都用盡全力在地方上推動著文化建設的工作。

涼風輕輕吹來，小雅園的一草一木雖然已經如煙消散，但世界各地的茉莉花、野百合、太陽花仍欣欣向榮的盛開著，於是我們知道這陣青風不會止息，會永遠吹拂著人間。

青色的風是和平的景象

吳新榮曾經考察金唐殿的歷史，寫下了《金唐殿善行寺沿革誌》一書。

縱使荒野裡暴風雨不絕
人類最高的理想喲
願你永遠有榮耀
青色的風是清新的風氣
縱使舊習重壓沉沉
我們的年輕就是力量
我們的抱負就是抗議（〈弔青風〉）

金唐殿

臺南市佳里區中山路 287 號

金唐殿的創建據傳始於一六九八年。跟隨鄭成功來臺的林可棟到了今天的佳里地區開墾，他捐獻一塊地建立了一座小廟，最初的廟名可能是代天府。吳新榮曾經考察金唐殿的歷史，寫下了《金唐殿善行寺沿革誌》一書。乾隆年間，蕭壠一帶的居民因為協助官方平定林爽文起義，朝廷將蕭壠堡改為「旌義里」，頒賜御匾「旌義碑」，並於廟旁建

正在舉行慶典的金唐殿。

立「義民亭」，將廟宇敕封為「金唐殿」，還賜與「下馬碑」。現在金唐殿前方樹立著兩根紅色的大旗杆，象徵著朝廷的敕封。

一八五五年，金唐殿經過重建，由交趾陶名家葉王主持規劃，確立了今日規模。一九二八年重修時，又禮聘剪黏大師何金龍主持，留下了許多精采而珍貴的藝術創作。

金唐殿除了是信仰中心外，更是藝文人士會聚之處。一九六二年，擴大組織之後的佳里詩社便在此地舉行大會。同年十一月十二日，也就是吳新榮五十六歲生日那天，眾文友們會聚於金唐殿後殿，成立「鯤瀛詩社」，推選吳新榮擔任會長。一九六四年，著名的文學研究家黃得時遭逢喪妻之痛，吳新榮特別寫下了〈和韻慰黃得時先生悼亡詩四首〉，贈與好友：

燈前揮淚寫詩親。遙寄慇懃慰故人。病入膏肓難挽救。死因命運豈悲辛。
何須不寐銷成骨。勿再追懷損及神。好作達觀臨順變。免教慼慼夜連晨。（〈和韻慰黃得時先生悼亡詩四首・其一〉）

詩中可以看出吳新榮對友人的深切關懷，希望他珍重身體，不要悲傷過度。這群文學家所展現的堅定情誼，令人動容。

善行寺

臺南市佳里區中和街92號

善行寺創建於一九〇八年，由地方人士洪士、劉益等七人出資合建，原先只是一座簡易的佛堂。一九一七年借用黃祖厝崇榮堂重新整建。一九二三年借用金唐殿後方土地重新遷建佛堂，並於隔年完工落成，第一任住持惻淨法師在此修行弘法，而後改名善行寺。

善行寺的建築超過七十年，散發著斑駁古舊的氣息。建築樣式是中式的三合院，前有正殿，兩側有廂房，中間是寬闊的廟埕。紅色的屋瓦、木造的橫樑與門牆架構出簡樸清幽的修行之地。寺中主祀觀音大士，配祀祖師爺及地藏王菩薩。其中觀音大士的神像是千手千眼造型，象徵體察眾生苦難，積極救世。

善行寺附設有幼稚園，自日治時期開辦，其間曾有中斷，後又復辦，現今仍可聽聞小朋友歡喜玩

善行寺附設有幼稚園，自日治時期開辦，其間曾有中斷，後又復辦，現今仍可聽聞小朋友歡喜玩樂的笑聲。

樂的笑聲。

善行寺與小雅園緊緊相鄰，吳新榮的第一任妻子毛雪芬（本名毛雪）的喪禮，便是在善行寺舉行。

他與毛雪芬經由長輩介紹，於京都相識，隨後便墜入愛河，此時吳新榮寫了詩歌傳達心中濃烈的愛意。

雪喲
萬里都光輝的晨空
地上有冷酷的霜凍
我始覺我的旅裝
我始和你的相逢

一九三二年兩人訂婚後，分隔臺日兩地，其間不斷有書信往來，毛雪芬禁不住思念，搭上了前往東京的船隻，尋訪吳新榮，吳新榮曾在她的絹扇上題下了「如雪之芬」四個字。當年十一月，兩人正

善行寺的建築超過七十年，散發著斑駁古舊的氣息。吳新榮的第一任妻子毛雪芬（本名毛雪）的喪禮，便是在善行寺舉行。

式完成結婚典禮，成為終身伴侶。婚後他們連蜜月旅行都沒有時間去，就要開始面對眼前的生活。吳新榮忙著行醫創業，並推廣文化，毛雪芬則操持家務，成為他最強而有力的後盾。每當眾多文友到訪小雅園時，毛雪芬總是熱情接待，準備大家的點心和餐飲，十分忙碌。而吳新榮對待友人十分豪爽，甚至讓朋友在毛雪芬的閨房來去自如。若非毛雪芬有十足的包容力，不能如此。毛雪芬與吳新榮共育有三男二女，照護之辛勞可想而知。

一九四二年，毛雪芬因為流產，身體不適，回到娘家調養，不料竟一夜猝逝，令吳新榮措手不及，傷痛萬分，自責不已。當遺體送回佳里時，善行寺的五、六位和尚來到小雅園為她唸經。三月三十日，她的告別式在善行寺舉行，靈前擺滿了花圈、花瓶，儀式莊嚴，地方上的官員士紳都來弔祭，文壇好友也前來致意，連楊逵都派長子送來首陽農園的花束。

吳新榮把對毛雪芬的追思化成了動人的文字，以日記體裁寫下了《亡妻記》，刊登於《臺灣文學》雜誌上，感動了無數人。《亡妻記》也是臺灣文學史上至情至性的隨筆之作。林芳年認為，光復前鹽分地帶並沒有出現較特出的文學作品，直至《亡妻記》出現。

今天下了今年以來真正像雨的雨。對農民來說是甘霖，對國家來說是膏雨。一下雨，我就會閑，所以下午獨自去郊外。雪芬喲，妳底墳什麼時候看都是冷冷的石頭之墓。可是，今天被雨沖洗得雪白的瓷磚美麗地反射著，野地也因為雨，萬綠顯得清新。啊，我妻喲，只有我底心不管怎麼洗也不能變得清新是為什麼呢？（〈亡妻記・四月二十二日〉）

一九四三年，吳新榮的朋友們為了撫平他心中的傷痛，也希望為他找到持家的人，讓子女可以重新得到母愛，健康快樂的長大，於是為他介紹了林英良女士。林英良正是善行幼稚園的保姆主任，吳新榮的孩子也正在這裡就讀，十分喜愛這位老師。但這一介紹反而讓林英良感到為難，不再前往幼稚園上課。吳新榮親自寫了一封真誠而感人的信，終於使她點頭答應婚事。婚後也與毛雪芬留下的子女相處融洽，孩子們還常常吵著要她說故事。

一九六七年，六十歲的吳新榮北上拜訪文友，不幸於三月二十七日的夜晚因心疾發而病逝，逝世的日子竟與前妻毛雪芬相同。站在善行寺古舊的木門前，望著小雅園的故址，不禁令人俯首，因緣的牽連、命運之神的安排，果真巧妙無比。

佳里老街

吳新榮深愛故鄉的一草一木，對於地方文獻的整理與考察更是不遺餘力，曾經擔任臺南縣文獻委員會的編纂組長，更主修《臺南縣志》，主編《南瀛文獻》雜誌。

佳里老街歷史悠久，原先是先民移墾的聚落，而後發展成商業繁盛的街市，再經過日治、戰後的變遷，逐漸成為現今的模樣。

吳新榮在《金唐殿善行寺沿革誌》中提到蕭壠聚落的形成。現在的中山路東邊曾有一條蕭壠溪，最早來此地開墾的林可棟等人便在溪邊墾殖。當前來開墾的人數越來越多，與原先的平埔族往來密切，形成了漢番雜居的情形。漢人所建的聚落成為蕭壠街，附近散居著平埔族人。

康熙、雍正年間，聚落發展出漢人與番人共同交易的街市，並逐漸繁榮，形成了以金唐殿為中心的商業街。

日治時期推動街市改正計畫，現在的中山路老街上蓋起了新式市場，道路兩旁也開始興建起一棟又一棟的洋房。現在金唐殿的南側還保留著幾棟當時留下來的老街屋，其中雕飾最繁複細緻的當屬桔井藥行。它的正面山牆採多角造型，遠望宛如西洋城堡的剪影。山牆的雕飾以華麗的寶瓶為中心，圍繞著花鳥圖飾，兩側再加上仿科林斯柱式的浮雕，富麗堂皇，氣派非凡。

吳新榮在《震瀛回憶錄》中提到，他的父親吳穆堂從將軍前往佳里街市，看到了繁華熱鬧的景象，便希望在這裡找到適當的店舖開業經商。

金唐殿的南側還保留著幾幢當時留下來的老街屋，其中雕飾最繁複細緻的當屬桔井藥行。

穆堂回到佳里看這新興的地方，氣氛也萬分爽快，看看街容，點點頭顱，像心中已有什麼成算。他走到市場內，買一大串的皮刀魚，這是玉瓚素時最喜好的東西，他想這位老人家，也許久年沒有吃這種魚了。最後吳穆堂選擇在佳里開辦汽車運通事業，一輛輛新式的汽車開進這個小鎮裡，引來了許多驚奇的目光，可惜這個走在時代尖端的嘗試，最後宣告失敗。

二次大戰後，佳里鎮公所邀請吳新榮為當地的村里及街道重新命名，中山路這個名稱便來自他的建議。

而今的中山路依然是商販林立，絡繹不絕的人潮和車流中，可以深刻感受到一個知識份子對於故鄉、群眾的熱情與關愛。

佳里國小的校園裡，有吳新榮短暫求學於蕭壠公學校的足跡，也有對家鄉的注目。

佳里國小

臺南市佳里區安西里公園路 445 號

創立於一八九七年的蕭壠公學校，一開始是使用金唐殿後殿做為臨時教室，陸續興建新校舍，最後在一九四七年，確立名稱「佳里國民學校」，也成為示範國民學校。在國民教育延長為九年之後，改稱為佳里國民小學。

根據施懿琳《吳新榮傳》記載，吳新榮曾與吳宗榮、吳本立兩位叔叔一起就讀蕭壠公學校。在二戰後盡力幫助地方建設的吳新榮，也為佳里國小撰寫校歌，歌詞中說到：「兄弟姐妹啊，佳里的健兒，我們應邁進，自治的大路」，表達出他的政治理想；「東望玉山峰，西臨鯤鯓海」，看出他對文史地志的了解。

往昔從佳里國小向西遠眺，平野遼闊，一望無際；再過去即是濱海地帶，鹽田與大海遙遙在望。夕陽西下時彩霞滿天，掩映著綠野平疇，景致十分優美。吳新榮的日記裡，曾寫下佳里八景，紀念家鄉的美麗，其中第四景即是「公校夕陽」：

公學校西郊，平野無際，大陸景象，夕陽西下，壯觀之至。

佳里國小的校園裡，有吳新榮短暫求學的足跡，也有對家鄉的注目。

佳里公會堂故址

臺南市佳里區中山路 462 號一帶

日治時期曾在臺灣各地設立公會堂，做為宣導政令以及群眾集會的場所。佳里地區也曾有一座公會堂，設立於北門郡役所斜對面。北門郡役所位於現在中山路與進學路交叉口的黃東公園大飯店。二戰後，郡役所改為佳里警分局，而對面興建了佳里鎮公所與鎮民代表會，公會堂則改稱中山堂，仍是群眾聚會及文藝展演的處所。現在，佳里鎮公所已搬遷改制，鎮民代表會則是一棟方形的建築，簡潔的輪廓，藍白相間的外牆，在陽光下與藍天白雲輝映著。而中山堂則已遭到拆除，改建為一排店面式的住宅。

這一帶曾是佳里地區的行政中心，政府機關與民意機關皆設立

佳里公會堂故址，當年的郡役所、公會堂早已不見蹤跡，只憑著年長者的記憶，依稀指出昔日的位置。

於此，而今拆除殆盡，仍然存留下來的老建築，只有日治時期的警察宿舍，位在現在的警察局後方。走進小巷裡，在一大群現代建築的包圍下，仍屹立著紅磚砌成的圍牆與日式屋瓦，宛如世外桃源一般。除此之外，當年的郡役所、公會堂早已不見蹤跡，只憑著年長者的記憶，還能依稀指出昔日的位置。

一九三五年，吳新榮與文友們在佳里公會堂成立臺灣文藝聯盟佳里支部，臺灣文藝聯盟於一九三四年由張深切等人等籌設，是臺灣第一個全島性的文學組織，儘管受到日本警察的監督與關注，仍不減這群文學青年的熱情。而鹽分地帶的詩人郭水潭在第一次文藝大會中被推選為南部的負責委員，隔年便與吳新榮商量佳里支部的成立。關於臺灣文藝聯盟佳里支部的成立大會，吳新榮有詳細的記錄：

一九三五年六月一日於佳里公會堂，舉行了臺灣文藝聯盟佳里分會成立典禮，在這廣漠未開拓的鹽分地帶第一次組成歷史性輝煌的文化團體。當天做為來賓自臺南來了林茂生、王烏硈、毛昭癸各位。地方上來了石錫純、黃大賓、吳萱草、吳乃占和佐藤博諸氏，另外本部派來張深切與葉陶二位，嘉義來了徐玉書，屏東來了楊顯達，臺南來了水蔭萍各同志以及分會會員總共三十多人，極為盛況。

（〈佳里分會成立通信〉）

佳里公會堂雖然已經拆除，但人們的心中會記得，這裡曾是神聖又親民的文學殿堂，也是藝術活動的中心。

佳里公園

臺南市佳里區延平路與安北路口

佳里公園在日治時期是北門神社的所在地，供奉北白川宮能久親王。在臺灣民主國成立後，北白川宮能久親王率領日軍進攻臺灣，史稱乙未戰爭，由北而南一路進攻。根據日本的官方說法，在攻下臺南的一週後，北白川宮因為感染瘧疾，於十一月四日返抵東京，隔日病死於自宅。

但在佳里的傳聞不相同，他們陳述：北白川宮渡過曾文溪時，從漚汪騎馬至蕭壠，被埋伏在路邊叢林裡的義民軍殺死。然後軍隊一路走到佳里，平埔族人為了逃避追殺，便躲到一片竹林裡頭，人人噤聲。可是就在這個時候，一個嬰兒大聲地哭了，日軍一發現，又看到了自己的統帥受戮身亡，因此開始濫殺臺灣人，無論男女老少。事後鄉民只看見現今北門農工、蕭壠文化園區一帶的河水全部都是血，史稱蕭壠大屠殺。二戰之後，政府將神社改建為中山公園，之後改稱佳里公園。

漫步在佳里公園內，樹木枝葉扶疏，投下了濃密的綠蔭，陽光錯落閃爍，繁花爭相開放。枝條掩映間，有一座吳新榮的紀念雕像靜靜地坐在名為臺灣文學的史冊中，許多鹽分地帶文學作家的作品刻寫在地上。對佳里人來說，吳新榮不只是地方政治的重要人物，更是文學的領航者與開拓者，為故鄉注入了靈魂。

吳新榮在求學時代曾寫過一首名為〈巨人〉的詩，詩裡的巨人正是從母土中孕育、成長，而後成為帶領世界開拓出新紀元的人物。年輕時所寫作的這首詩，卻意外貼切的成為吳新榮一生的註腳。

不知何時
我已習慣住在太陽裡
我在永遠燃著的我身上
感到無限的力量
當我一叫喊出來時眾星紛飛
不久當一切染紅時
我微笑著踏上另一個宇宙的旅程（〈巨人〉）

蕭壠文化園區

臺南市佳里區六安里六安 130 號
09：00～17：00
每週一、週二、除夕休館

「蕭壠」是佳里的舊稱，原意為契約土地，荷據時期為原住民西拉雅平埔族的「蕭壠社」。也有一鄉野說法是因為蕭壠大屠殺，蕭壠若用臺語發音，就是「消郎」，人都死光了的意思。

蕭壠文化園區過去曾經是蕭壠糖廠，為日本明治製糖株式會社在臺灣的第一座新式糖廠。工業化的機械製糖，大幅提高產量與品質，也使得民間經營的傳統糖廍失去競爭力，逐漸遭到淘汰。

吳新榮的祖父吳玉瓚曾經營糖廍，日本統治臺灣時，蕭壠糖廠興建起來了，臺灣各地的製糖會社與新式糖廠也蓬勃發展，吳玉瓚的手工糖廍在時代的潮流中被沖刷得支離破碎，這也讓他明白了現代

佳里公園枝條掩映間，有一座吳新榮的紀念雕像靜靜地坐在名為臺灣文學的史冊中。

知識的重要，決定讓他的子孫進入新式學校學醫。

製糖會社對於臺灣農民極盡所能地剝削。平原裡聳立的糖廠，與不斷吐露著灰煙侵染大地的黑色煙囪，在吳新榮眼裡，就是資本家剝削的象徵。

然而一到冬天
從這座白色屋頂下
資本家就呵呵大笑起來
從這黑色煙囪上
勞動的嘆息就響了出來
啊，壓榨出來的是甘蔗汁
流出來的是腥味的人血！
而煤煙和沙塵
把平原把陰沉的灰色染盡
使天空變得鬱鬱悶悶的
最後腐蝕著人們的心胸
啊，任何畫家

佳里糖廠裁撤後，現在規劃成為蕭壠文化園區。

這幅栩栩如生的光景都無法描繪（〈煙囪〉）

北門郡一帶的鐵道陸續興建，運送甘蔗的小火車開始在田間穿梭，改變了農村的景觀。而吳新榮的大祖母卻不幸被火車輾死，造成吳家人心中巨大的衝擊。可是現代化的腳步畢竟無法抵擋，後來吳萱草搭乘著同樣的小火車往來新興繁華的佳里與故鄉將軍庄之間，並決心到佳里開創新事業。

火車噗噗前進，時代也加速腳步往前奔馳，跟得上的人駕馭著火車頭，跟不上的人只得在後方徒然喘息。佳里糖廠也無法抗拒時代的變遷，歷經了盛衰起伏，最終在一九九八年裁撤。

不過死亡就是新生的開始，政府「閒置空間再利用」的政策，委託多名國內建築設計師共同參與，將倉庫及鐵道以巧思設計和應用，規劃成蕭壠文化園區，使得原本就具備舒適的自然環境和文化古蹟的佳里糖廠，擁有了新的面貌。

蕭壠文化園區內的展場，舉辦著吳新榮特展。

延陵古厝

臺南市將軍區將貴里54之1號（金興宮）旁

位於將軍區的延陵古厝是吳新榮的老家。《震瀛回憶錄》中對於吳家的家族歷史有生動的描述。

先祖吳廷谷渡海來臺，在將軍溪南側開墾。傳到吳彙大時開起了商店，吳彙大的兒子吳玉瓚擴大了經營版圖，延伸至北門嶼、蕭壠一帶，最後甚至蓋起了釀酒廠與糖廍。

吳玉瓚因為罹患天花留下了滿臉的痘痕，所以得到了「貓瓚」的綽號。他身材魁梧，聲音宏亮，是吳家的英雄人物。從今日流傳下來的照片，可一窺當時吳家延陵古厝規模之盛。

吳家延陵古厝位於將貴里金興宮旁，現在只留下一面大門，還有一個正廳，供後人憑弔。其他的部分，多同吳新榮的小雅園一樣，由後人拆除改建了。從延陵古厝氣派的石砌大門，不難想像吳家當年的榮景，僅留下不足五米長的外牆，以磚石砌

延陵古厝是吳新榮的老家，現在只留下一面大門，還有一個正廳，供後人憑弔。

成，高而厚實，與門銜接處的曲線優雅，就像吳家子弟給人的形象典雅莊重。吳新榮在這裡長大，也在這裡成家，即便晚年生活重心都在佳里一帶，將軍才是吳新榮真正的故鄉，故里的一切始終縈繞著他的心。

暮色包圍住的部落
那是我底夢的誕生地
硓砧石造的槍炮倉
看得見在竹籔梢間
訴說著那歷史和傳統
生苔的牆壁上堞口坍塌著
啊，過去我們祖先以死
守護下來的村莊！
這村莊就是我的心臟（〈故里與春之祭・二、村莊〉）

金興宮 臺南市將軍區將貴里 54-1 號

金興宮據傳最早興建於光緒年間，奉祀保生大帝，最早的神像是從福建白醮鄉迎來的，應已有三百多年歷史。

金興宮是將軍地區的信仰中心，當年吳新榮的祖父吳玉瓚天天清晨都來這裡祭拜，祈求醫神保生大帝庇佑吳家能夠出一個醫生子弟，而他的兒子吳本立也果真考上臺灣總督府醫學校。吳玉瓚為了還願，決定捐款重建寺廟。重修時，還找來了當地的大老提供意見。其中有人建議寺廟坐南朝北似乎不曾見過，新廟應該改換方位。而過港地區的吳敬川則認為水神由東方來，維持目前北向的規制才能吃活水神。金興宮廟門朝向北方，正好面對著吳新榮的老家，許多當地人也相信，這正是吳家興旺的原因。

新廟興建完成後，吳玉瓚獻立了「保我生民」的匾額，而村裡面的人也自南鯤鯓廟迎來了五府王爺的神像，一時庄內陣頭林立，戶戶點燈，神明的大轎在群眾的簇擁中翩翩而來，村莊彷若不夜。吳新榮曾以詩句描繪家鄉廟宇春祭的情景，詩中雖未

金興宮據傳最早興建於光緒年間，是將軍地區的信仰中心。當年吳新榮的祖父吳玉瓚來祭拜，祈求醫神保生大帝庇佑吳家能夠出一個醫生子弟。

明言所寫的是哪間廟，不過字裡行間蘊含的迎神風俗與政治批判，是當時臺灣農村的普遍現象。

當神轎威風凜凜經過時
人們揚起歡呼來迎接
歉收不是這些神祇的過錯
不流水的埤圳
就是成熟也吃不到的收穫
當平時的積恨
乘上歡呼飛走時
人們的心頭才明朗起來（〈故里與春之祭‧三、春之祭〉）

高掛的日頭映照著金碧輝煌的廟宇，廣場上幾隻麻雀輕盈跳躍，祭典後的小村終將回復寧靜，而吳新榮的詩句至今讀來仍像是宏亮的鐘聲一般，鏗鏘有力。

漚汪國小

臺南市將軍區長榮里5鄰4號

吳新榮是漚汪公學校第一屆的學生，他每日不畏風吹日晒，花費一小時從家中沿著小路走到公學

吳新榮是漚汪公學校第一屆的學生，現在的漚汪國小，日治時期的痕跡多不復見。

校上學。

吳新榮在公學校裡表現優異，成績都維持在前三名。五年級時，寫了一篇〈我是黑板〉甚獲老師好評，發表在當時最大的兒童雜誌《子供之世界》，文藝才華逐漸展現。不過具有骨氣的他此時也展現出激昂的反抗精神。日本當局禁止學生說臺灣話，當時擔任級長的同學劉石總是檢舉說臺灣話的學生，吳新榮不認同這種違背天性人情的做法，一把撕去了劉石手中的檢舉簿，結果被校長罰站了一整天，又罰跑運動場兩次。

漚汪國小創校已逾百年，緊鄰漚汪地區的信仰中心文衡殿。如今日治時期的痕跡多不復見，取而代之的是國民政府時期留下的標語及黨徽，漆在椰子樹上藍底白字的「我能守法」、「我肯勤勞」，懸掛在校舍川堂的「禮義廉恥」、「忠孝仁愛信義和平」。數量雖少，卻可反映出那個時代的政治氛圍與教育導向。

臨濮堂

臺南市將軍區將貴里37號

走進金興宮旁的小路，路旁和周圍低矮房舍形成對比的，正是臨濮堂。臨濮堂的建立是為了紀念施琅。

吳新榮在《震瀛回憶錄》中，以小說的筆法精采地刻劃了施琅與吳家及將軍庄的淵源。話說施琅攻克臺灣時，部隊裡有一位副將吳英，與施琅同鄉，兩人一起進宮面聖。康熙皇帝龍心大悅，當場脫下御袍賞賜給施琅，並封他為靖海侯；而吳英也被提拔為四川提督。吳英因為年紀大，耳背，對於皇上的封賞一句也聽不清楚，出宮後詢問施琅：「皇上說什麼話？」施琅開玩笑回答：「皇上說你的鬍鬚太長，要剪短為妙。」沒想到吳英真的拔起長劍將自己的鬍子割掉了一半。朝廷賞賜施琅一片土地，讓他在馬沙溝至烏山頭間的這塊平野騎馬奔馳，所經之地都歸他統領。施琅從二重港登陸，跑到將軍庄時，馬匹的腳竟然斷了，所以就在此地蓋了他的將軍府。

從歷史與傳說的角度來看待自己的家族史，吳新榮的筆下有緬懷，也有風趣。

臨濮堂由施琅後代施鐘响和他的兄弟們出資興建，施鐘响先生是施琅後代，將軍一帶為清朝封給施琅的封地，紀念館旁的金興宮，便是原先施琅辦公的場所。施鐘响先生歷任市議員、省議員和兩屆監察委員，為將軍地區仕紳豪傑，南鯤鯓代天府為感謝他對地方的貢獻，致贈一面「鐵面御史」的匾額，現在懸掛在臨濮堂一樓大門。

臨濮堂外的小園，矗立著幾個巨石，刻著施鐘响的題字。左側的「鐘聲醒世喚庸人，响韻震通揚正氣」，藏著作者名稱「鐘响」，或可視為他對自己的期許。右側的「記得當年三百元，且看今日多家歡」，則勉勵勤儉的精神。在臨濮堂最左側，與農田接壤處，有塊最大的刻石，寫著「將軍子弟無弱兵，貴富兩地皆有靈」。貴富兩地，指的是將貴村、將富村兩個村莊，施鐘响先生對於地方後進的栽培與期望，表露無遺。

臨濮堂外的小園，矗立著巨石，刻著施鐘响的題字。

南鯤鯓代天府

臺南市北門區鯤江里 976 號
06：00～21：00

南鯤鯓代天府建於明朝，清朝時遷至現址，迄今已三百多年，為臺灣最老的王爺廟，也是國定古蹟。南鯤鯓廟不僅僅是南部信仰中心，更是全臺王爺信仰中心，根據文史工作者的調查，臺灣的王爺有一半以上是自南鯤鯓代天府分靈出去的。主廟祭祀五府千歲，為李、池、吳、朱、范五位神祇，相傳是隋末唐初，陪唐高祖李淵打天下的大將，後方則有萬善宮祭祀萬善爺（囝子公）。除此之外，還有凌霄寶殿、槺榔山莊、大鯤園、鯤鯓王會館。其中鯤鯓王會館、槺榔山莊是做為香客進香住宿用，

（右上）屋頂精采的剪黏。（右下）槺榔山莊。（左）純金打造的玉皇大帝御旨。

隨意捐獻香油錢即可入住。

大鯤園則是仿中國式庭院，內有文史館與各類展示館，展示館方收藏、創廟沿革、文化習俗等。凌霄寶殿更是一大精華，廟方花了近二十年的光陰雕琢出這一群建築。走入寶殿，金碧輝煌，引人目光。其中玉皇大帝御旨殊為奇觀，用了重達一萬八百兩的黃金，高近七公尺，寬約兩米，換算市價臺幣約六億。從香客大樓、槺榔山莊規模之大，與凌霄寶殿裝飾之輝煌，不難想見此地香火之盛。臺灣王爺總廟當之無愧。

南鯤鯓代天府不只是信仰中心，更是鹽分地帶的文藝中心，許多傳統詩社都曾經在這裡舉辦聚會。一九七三年，主流詩社在此地舉辦「第一屆全國詩人聯誼會」，有八十多位詩人與會，為文壇盛事。一九七九年創辦的鹽分地帶文藝營，也在槺榔山莊一連舉辦了三十屆，直到二〇〇八年才落幕。

吳新榮曾多次探訪代天府，寫下〈南鯤鯓廟代

歷史悠久的代天府建築，當年的吳新榮、郭水潭曾在此地舉行聯盟集會。

天府沿革志〉，在他逝世後才發表於《南瀛文獻》上。南鯤鯓廟的祭典於農曆四月二十六日舉行，吳新榮在〈南鯤鯓廟祭〉這首詩中提到，這一天也是鄭成功追趕紅毛拿下澎湖，登陸熱蘭遮城的日子。他覺得這一場祭典並不是迷信，也不是落伍，而是民族精神的象徵，是光榮的文化遺產。

這座廟宇是農民夢寐以求的宮殿
這座廟宇是漁民實現的龍宮
升天的龍柱蛛網的屋頂
啊，民族文化的象徵
鄉土藝術的精華
人們喲要銘記四月二十六日
不是迷信和廟會的歡鬧
這一天是回憶和暝思的日子
而這座廟宇是義民的紀念塔
要留給我們子孫的遺產（〈南鯤鯓廟祭〉）

將軍溪

將軍溪原名漚汪溪，溪水流過將軍區北側，於馬沙溝入海。原是曾文溪舊河道，曾文溪於道光年間因山洪暴發而改道後，將軍溪失去了水源，才變成了現在上游狹窄、下游寬綽的景象。

吳新榮小時候跟著母親回娘家時，牛車往往在傍晚時分走到將軍溪畔，遠方溪水與海洋交會的地帶，一輪火紅的夕陽浮在水面上，金色的陽光映照著萬千波浪，美麗的景色令母子倆留戀。

上學校念書後，將軍溪仍是吳新榮最喜歡去的地方。他時常坐在岸邊，欣賞水面上成群的白鷺，溪邊有一群孩童正撿拾著蝦蟳貝類。他望著遠遠逝去的溪水，想像溪流的盡頭是什麼？

這滾滾溪流，不只是童年的回憶，更是故鄉的象徵，閃爍的波光裡飽含著他對故鄉濃烈的情感。

圍繞著故里的這條河
這條河是我底動脈
你永遠波動著的時候
我將永遠歌吟著詩
在睽違的春祭回去的日子
我未曾忘記訪問這條河
映在波上的筏竿之影

將軍溪，不只是吳新榮童年的回憶，更是故鄉的象徵，閃爍的波光裡飽含著他對故鄉濃烈的情感。（攝影：黃彥霖）

我再也看不到啦
一叫就在對岸回答的
渡口的老爺怪異的聲音
再也聽不到啦（〈故里與春之祭・一、河〉）

記憶裡的將軍溪，宛若人們的動脈，牽繫百姓的心。隨著時代的變遷，溪流的樣貌也有了改變。早期在水上往來的竹筏已經不在，渡口的老人也消失了蹤影。漸漸的，河面上架起了新建的鋼骨水泥橋，公共汽車開始駛進村子裡。故鄉的淳樸也發生了點點滴滴的變化。然而這些樣貌的改變，不能影響吳新榮心中的這條母親之河的地位。

啊，這條河是我的動脈
一切的戀愛、思慕、懷古
將會運往現實的汪洋吧（〈故里與春之祭・一、河〉）

現在，將軍溪堤岸旁修築了景觀步道，可以散步、騎腳踏車，或是開車兜風。站在將軍溪橋上，看著溪水滾滾流向大海，夕陽西下時雲霞滿天，將水面染成五彩繽紛。或許，嘈嘈的溪水是因為浸滿了吳新榮所說的「戀愛、思慕、懷古」的顏色，所以才變得如此美麗吧！

井仔腳瓦盤鹽田

臺南市北門區永華里井仔腳

北門井仔腳鹽田是現存最古老的鹽田，位於永華里。據傳原本平埔族人製鹽，是利用煮鹽水、加速蒸發製成，味苦而澀，鄭氏政權接管臺灣後，被譽為臺灣諸葛亮的陳永華注意到此一問題，引進淋滷式製鹽法。雖然耗時，味道卻較好，因而成為早期的主要製鹽法。井仔腳位在西山之西，而西山就是吳新榮母親的娘家。

西南沿海一帶，曾有廣闊的鹽田，一望無際，連綿不絕。相鄰的佳里、西港、七股、將軍、北門、學甲等六個地區大多濱海，土壤含鹽量高，因此被稱為鹽分地帶。由於有吳新榮等人的帶動，文藝風氣興盛，鹽分地帶文學也成為臺灣文學中舉足輕重的一環。這群人鍥而不捨的努力耕耘，使荒野上開出了真理的花朵。

像聖者的誠實
像處女的純真
我們都應學習
學習是我們的力量
同志呀，要前進
鹽分地帶是我們的故鄉

讓真理的花朵
來開在這塊荒野上（〈歌唱鹽分地帶的春天〉）

瓦盤鹽田目前為觀光用途，遊客可自由下田，拿起推鹽、挑鹽的工具，體驗舊時鹽工的辛勞。看似小小兩擔的鹽，還真不輕，連血氣方剛的高中男生都難以挑起，而這塊土地上的人民、先祖，就這樣一步步地走了過來，辛勞、汗水不在話下。

除了教育意義外，美麗的景色、豐富的生態也是此地吸引遊客的因素。一年四季，還不到向晚，就常常見到攝影愛好者在鹽田旁，挑好想要的位置，架起腳架卡位。每年十月至四月，則有大批的黑腹燕鷗來鹽田外頭的潟湖過冬，吸引不少賞鳥、愛鳥人士前來觀賞。

西山

南10線往井仔腳瓦盤鹽田途中

從省道臺十七線轉入南十線，在前往井仔腳瓦盤鹽田的途中，會經過一個名叫「西山」的小聚落，據說因為位在北門「狗氤氳山」以西，所以稱為「西山」。現在可能僅有不到十戶的人家，是個極為迷你的小村莊。

村裡最醒目的建築就是西保宮，由當地居民集資興建，主祀吳府千歲，建築巍峨高聳，富麗堂皇。聚落雖然迷你，卻十分有味道。幽幽的小徑，路口有蒼翠的大樹鎮守，磚造的小屋在蔚藍的天空下寧

井仔腳鹽田是現存最古老的鹽田，目前為觀光用途，遊客可自由下田，拿起推鹽、挑鹽的工具，
體驗舊時鹽工的辛勞。（攝影：黃彥霖）

西山小村莊中的鑑湖古厝，古樸中具有現代趣味。

靜的蹲踞著，彷彿正瞇著午后惺忪的睡眼。村落後方就是魚塭，池水如同方形的石硯，泛著深綠色的墨水。

村莊中還有一座鑑湖古厝，是三合院的樣式，兩側的廂房經過多次增建，形成紅磚與水泥的色塊拼貼，古樸中具有現代的趣味。主屋的馬背採用窄而高的「木」形，純為磚砌，為了勾勒出完美的弧形，使用了大小厚薄不一的多種磚塊，磚面上以彩色的瓷片裝飾，不失大戶人家的講究。

西山也是吳新榮母親的老家。吳新榮曾在〈懷古——獻給阿姨〉這首詩中，藉阿姨的口吻描寫這個小村落：

二十七八年前的過往／我們的村子／只有四五
家屋頂／疏疏落落的／西邊／接大海　能出產鹽／
東邊／只有長草的平野／無涯無際綿延著／硬要找
變化／就是家前面的魚池和／村外的林投林

二二八事件爆發後，全臺各地風聲鶴唳，吳新榮曾到西山來避難。當時局勢動盪不明，人心惶惶。有一天清晨，吳新榮被孩子啼哭的聲音喚醒，這才發現街上已滿是不知名的武裝人員。他們制伏了當地的員警，同時闖進小雅園，向吳新榮索討武器庫的鑰匙。吳新榮表示自己並不負責保管武器，隨即被強押上街。最後，武裝份子自行打破武器庫，搬走了槍械，才將吳新榮釋放。情勢如此險峻，各地又謠言不斷，不久傳來了臺南市湯德章律師遭到處決的消息，吳新榮決定暫避風頭，等局勢平穩後再回家。期間，他與父親曾到南鯤鯓廟祈求平安，而後抄小路經由西埔內步行到西山。

抵達西山後，看到幼時遊玩的草野，吳新榮心中無限感慨。舅舅將他安頓在一處壚寮，為了避人耳目，藏身的這七、八日裡，他在日間不敢隨意踏出壚寮，三餐由他人接濟。情勢雖然危險，但他的心卻也有寧靜的時候。白天時，他躺在床上讀著威爾斯的《世界文化史》以及鄭坤五的《鯤島秘史》，聽著屋頂山斑鴿和白頭鵠的鳴聲，偷得一絲清閒。到了夜幕低垂時，他才走出壚寮，呼吸曠野中新鮮的空氣。

輾轉各地避難後，吳新榮的父親被誣陷入獄。吳新榮自信並未對不起國家，也不想再帶給家人困擾，並希望探知父親的消息，於是決定出面向警方自新，卻因此換來了近兩個月的牢獄之災。在逃難的路途中，吳新榮將抑鬱不平的心情化成了詩句，創作了〈讀洪水後〉一詩：

> 誰能料想三月會做洪水！
> 那突發的巨浪，沖破了那堅固的坊隄。

西山聚落裡的斑駁磚牆，曾經像是鳥兒的羽翼般，護衛著一個滿腔熱血的青年。

那無情的巨浪，流失了那美麗的田園。
那激怒的巨浪，淹沉了那平和的城市。
誰能料想三月會做洪水！
有一位勇敢的青年，曾有過洋的經驗，來到防堤就被狂浪淹沒去了。
有一位理智的青年，抱有新進的理論，來到田園就被泥海埋沒去了。
有一位熱血的青年，吐露無限的純情，來到城市就被崩山壓沒去了。

而今的西山仍有幾方水塘，也有荒廢的塭寮、寂寥的草野。斑駁的磚厝曾經像是鳥兒的羽翼般，護衛著一個滿腔熱血的青年。在這裡，他曾經困惑，曾經憤懣，曾經朝著巨獸般的洪水發出激昂的怒吼，希望為天地喚回一絲公理與正義。

郭水潭故居

臺南市佳里區佳里興禮化里 293 號

順道一遊

郭水潭是鹽分地帶重要的作家，一九三三年成立的佳里青風會，便是由吳新榮與郭水潭等多位文藝同好所組成。一九三五年成立的臺灣文藝聯盟佳里支部，郭水潭也是創辦的成員之一。他與吳新榮是文學道路上的戰友，也是撐起鹽分地帶文學版圖的支柱。

郭水潭於一九〇八年二月七日出生在鹽水港廳佳里興堡佳里興庄四七八番地。他是家中的長子，家裡還有一位弟弟跟兩位妹妹，手足感情深厚。走進他所誕生的村落，小路旁紅磚疊起的平房摻雜著透天厝，記錄了歲月交替的痕跡。

簡樸的故居隱身在彎曲的巷弄間，唯一能辨認出正確位置的就只剩下一個門牌，被放在鐵窗上。以紅磚砌成的矮牆圍起那棟房子，出入口是一扇類日式風格的門，高度卻不超過膝蓋。而在那小小的範圍中，種植著一些果樹，地上仍留著人們走過的小徑。

香雨書院

臺南市將軍區長榮里 182 號
週一至週五　採免費預約參觀
週六、週日　09：00 ～ 17：00

在廣闊的田野間一棟醒目的白色建築，就是香雨書院。

香雨書院是林金悔先生在退休之後自掏腰包所興建的。為了傳承當地文化，因此以鹽分地帶為主軸，典藏了千本文學作品以及寶貴的古文書。書院裡展示著一張很珍貴的照片，是日治時代吳新榮、郭水潭等組織臺灣文藝聯盟佳里支部，在一九三五年於佳里公會堂開會時所留下的合影。館內也有郭水潭、吳新榮、陳冠學等作家的文學展覽，以及張光賓、黃才松等畫家的美術展覽；另外，每年至少舉辦一次的鹽分地帶文化特展。

書院裡最美的地方就是「鹽分詩窗」和「鹽分詩橋」，將詩句以書法的方式優美地刻印在窗橋上，柔和的陽光從背後映照，搭配田園的風光共同欣賞閱讀，顯得格外愜意。到了黃昏時，晚霞輝映，更是迷人。

香雨書院有著對鹽分地帶濃厚的感情，如同一位當地的老先生，細細的述説著一切記憶。

方圓美術館結合巴洛克式洋樓、圓拱迴廊和四合院，展現出古典優雅的氣息。而它的前世是將軍鄉首任官派鄉長黃清舞先生的故居——遂園。黃清舞先生

方圓美術館

臺南市將軍區西華里 1 號

週四至週日　09：00 ～ 17：00

週三僅接受十人以上團體預約參觀

09：00 ～ 17：00

週一、週二休館

在日據時期畢業於臺灣醫學專門學校，回到家鄉服務民眾，是傑出的文學家、醫生和政治家，將一生貢獻將軍鄉。「遂園」是黃清舞先生的號，原本方圓美術館要命名為遂園美術館，但因為老一輩的爺爺奶奶認為「遂園」的臺語唸起來很像「衰園」，覺得不好聽，所以才會改名。事實上「遂園」好像不是這樣唸的喔，大家可以猜猜看，去方圓美術館找尋答案。

而遂園內收藏了許多珍貴的藏書，再結合建築、庭園景觀，及硓咕石的造景，雖然荒廢了一些年，但經過財團法人方圓文化藝術基金會接手整修後，成為今日的「方圓美術館」，重新散發出濃厚的文化古味。

方圓美術館內有遂園文物館、常民生活藝術館、當代陶藝創作展、館藏當代陶藝精品展、各類藝術發表展、生活美學主題展。常常會有許多藝文活動在此舉辦，也有文藝團體演出，讓將軍區多了一個文藝盛地。

民歌〈木棉道〉：「木棉道我怎能忘了，那是去年夏天的高潮。」鹽分地帶最有名的木棉道，當屬將軍國中前長約一公里的鄉道。每年春夏之交，總引來不少遊客、攝影玩家駐足。

將軍木棉道

南21線 將軍國中一帶

學徐志摩在康橋騎著自行車也好，學孔子安步以當車也好，漫步在這條開滿木棉花的道路，或許真有秋天的錯覺。但定眼觀察，秋天楓紅的色彩，是蕭瑟寒冽的紅；木棉花的紅，則是熱情放蕩的紅，為盎綠的春夏添上不同的風景。除了遊客、攝影玩家外，還有不少家長帶著小孩，撿起剛剛落下的木棉花，來做一場小小的生態教學。

將軍也是知名的紅蘿蔔產地，木棉道旁的農田常常種著紅蘿蔔。紅蘿蔔的葉子細細小小的，和香菜極為相似，抓著葉與莖，使勁一拉，技術不好的，紅蘿蔔就在土裡斷成兩半。將軍的紅蘿蔔有些春播夏收，木棉花季的末期恰和紅蘿蔔產季初期重疊，如果來賞木棉，碰見農人在採收紅蘿蔔，也可以問問是否開放體驗拔蘿蔔的樂趣。

一棟潔白的建築，正面大大的三角形上是金色的十字架，半圓形的窗面有著美麗的彩繪玻璃點綴，這就是北門嶼教會。

當烏腳病在北門一帶蔓延時，許多人受到感染，神經壞死，

（攝影：黃彥霖）

北門嶼教會

臺南市北門區永隆里北門 31 號

不得不截肢。被疾病的陰霾橫掃而過，許多病患失去求生的力量，選擇以自殺結束生命；而活著的人們不是飽受截肢之苦，終身殘缺，便是長期被死亡陰影籠罩。為了協助居民度過難關，臺南長老教會派遣孫理蓮女士到北門設立教堂，並與王金河醫師合作，開辦免費義診。這座北門嶼教會，就是當年教會人士帶著居民禱告的地方；而教會後方有著圓拱廊的房舍，則是當時的病房。

美麗的教堂、有「小白宮」之稱的拱廊，現在成為新人與遊客拍照的景點，在浪漫景致的背後，是一分無私寬容的心。

迷克夏就位在佳里國中附近，是學生飲品的不二選擇。迷克夏的飲料以奶製品系列為招牌，遠近馳名，近年更到中國上海展店。迷克夏是經典的農業轉型案例，老闆的父親就在佳里外圍開設綠光牧場養牛，農業轉型後，開始以自家牧場乾淨的牛奶製作飲品。珍珠鮮奶茶是店內招牌，Q彈有咬勁的珍珠，配上有著濃厚奶香的奶茶，令人難以忘懷。對佳中學生來說，若能被老師請上一杯迷克夏珍珠奶茶，是莫大的光榮。除了奶類飲品，也常常有客人指名要買家庭號鮮乳，取代市售品；當然，茶葉也是精心挑選，甘醇的茶才搭得上好鮮奶啊！

迷克夏綠光牧場主題飲品

臺南市佳里區公園路 285 號

週一至週五　10：00 ～ 20：00

週六至週日　10：00 ～ 21：00

佳里最著名的小吃非肉圓莫屬。佳里肉圓遠在日治時期就已出現，當時還不叫「肉圓」，而是稱作「包仔」，發明者名叫陳金福，居民因而喊他「包仔福」。現在佳里區延平路上的包仔福肉圓，依然聲名遠播。

佳里肉圓的內餡並不像一般的肉圓包的是肉末，而是以成片的豬肉塊下去料理。豬肉至今仍堅持以手工切成，以維持口感，不用機器代勞。以獨門醬料醃漬後的豬肉，與筍絲、香菇等混合成餡料，再覆以調味後的粉漿外皮，下鍋油炸，就成了外皮酥香、內餡飽滿的肉圓。

佳里包仔福肉圓

臺南市佳里區延平路 215 號

08：00 ～ 19：30

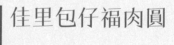

佳里興大腸粥

臺南縣佳里鎮興化里 442 號

點一份肉圓，老闆都會附上一碗高湯，你可以選擇乾吃，或者將高湯加入肉圓當中，成為湯肉圓。內行的饕客則是先沾上醬料咬一口酥香而有彈性的外皮，伴著肉片與筍絲等內餡入口，不同食材的口感彷彿交響曲般融合；接著再加入高湯，享受另一種風味，二種吃法便能一次滿足。

在佳里興震興宮附近的大腸粥，已有百年歷史，是此地特有的小吃。大腸粥的粥品以高湯加米粒熬煮而成。搭配的大腸則是以精製的滷汁費時滷製，滷製的時間與火候必掌握得恰到好處，才能讓大腸入味。滷大腸不能過份軟爛，以免失去口感；也不能滷不透，韌性太強，讓人咀嚼困難。

將熬好的粥盛入碗中，加上滷透切塊的大腸，再淋上特製的肉臊，灑上香菜提味，就是一碗傳承百年的小吃。許多人喜歡加點一塊油豆腐，放在大腸粥裡一起享用。油豆腐的滷汁滲進粥裡，增添了粥品的風味，軟嫩的豆腐搭配口感適中的大腸更是絕配。

生活與愛寫詩

以

陳秀喜

臺灣詩壇的陳姑媽

文字：謝岫倫、蘇琬婷、嚴詠萱／攝影：黃彥霖、謝岫倫、嚴詠萱、蘇琬婷／繪圖：郭哲毓、陳逸婷、駱佳駿

陳秀喜小傳

陳秀喜（一九二一～一九九一），活躍於臺灣詩壇，有「傳奇女詩人」之稱，並被晚輩暱稱為「姑媽」。

「詩是我的興趣，詩是我的神，詩是我的真理。」陳秀喜雖然自幼身為養女，養父母卻視同己出，對她疼愛有加。也因此，她自稱是「最幸福的養女，過了快樂的少女時代」。受了六年新竹女子公學校的初等教育後，十五歲起即開始使用日文寫作新詩、短歌及俳句，發表於《竹風》。生活與愛的信念，使她的詩經常取材於日常瑣事，洋溢著濃厚的鄉土情懷。「寫詩必須站在自己的位置，觀察周圍令你感動的事物，也要經過理性的處理。」然而，身為日治時期的女詩人，她在第二次大戰後面臨了語言轉換的處境。在「與其寫一千首日文詩，不如寫一首讓下一代兒女能看懂的中文詩」的體悟下，她於家事之外，撥冗自習中文。此時的她已屆三十，但仍跨越了語言的鴻溝重新出發，韌性可見一斑。

歷經了婚姻的失敗後，陳秀喜來到關子嶺定居，讓自然美景與溫泉水療養心中的傷口。而手中那枝寫詩的筆，從未停歇。她的居處笠園，也成了南臺灣的文藝中心，各地文友時來聚會。

陳秀喜先後出版了詩集《斗室》、《覆葉》、《樹的哀樂》及散文集《我的母親》，這位女詩人不幸因兩度婚姻變故重創心靈，卻仍然寫作不輟。儘管生活中相繼出現許多意外，她依然不間斷地出版了《灶》及《嶺頂靜觀》等兩本詩集。

延伸閱讀暨參考書目

・《陳秀喜全集》，陳秀喜著，李魁賢主編（一九九七），新竹市：新竹市立文化中心。
・《陳秀喜詩全集》，陳秀喜著，李魁賢主編（二〇〇九），新竹市：新竹市文化局。
・《陳秀喜評傳》，劉維瑛（二〇一〇），高雄市：春暉出版社。

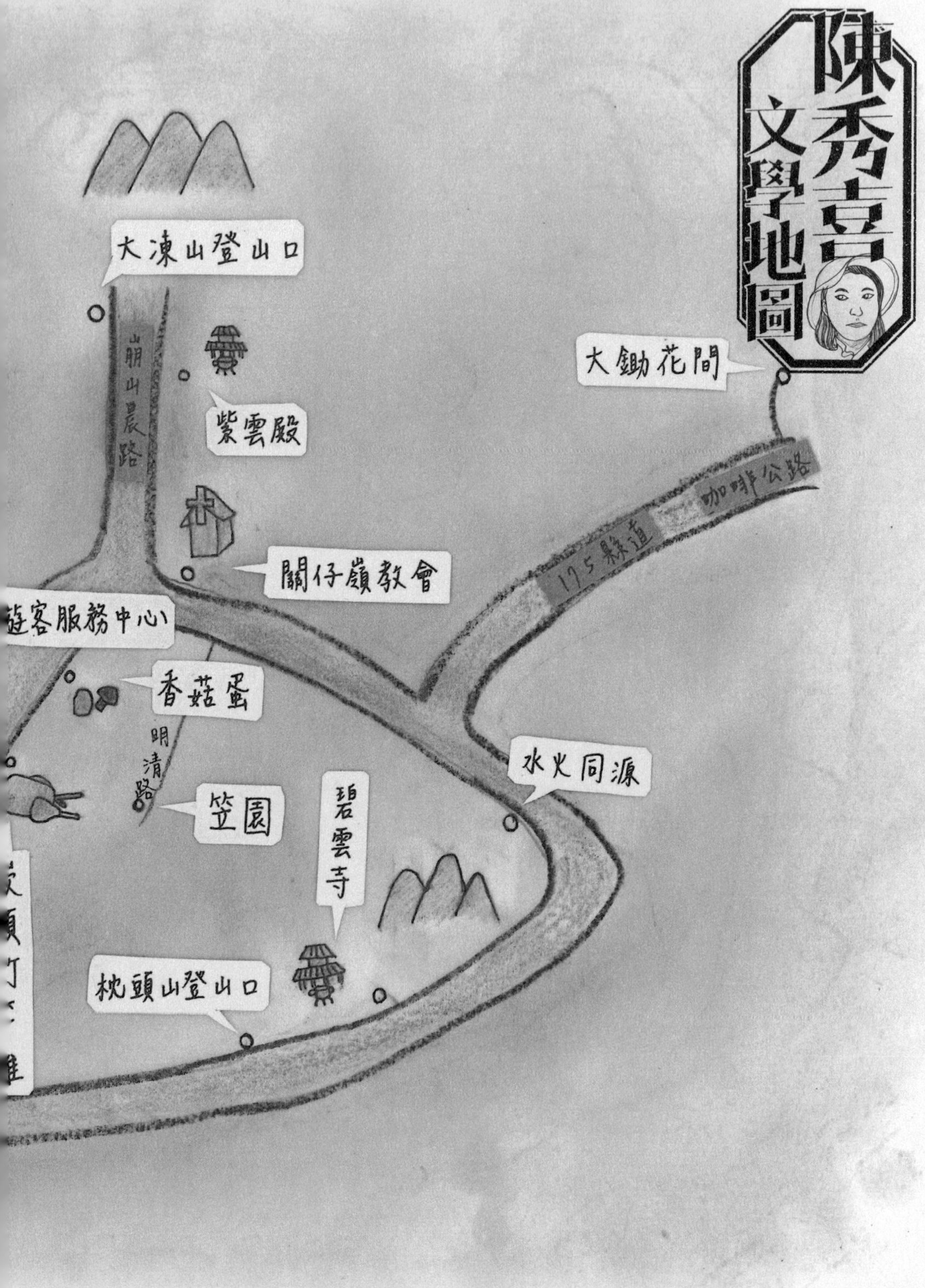
陳秀喜文學地圖
大凍山登山口
崩山晨路
紫雲殿
關仔嶺教會
遊客服務中心
香菇蛋
明清路
笠園
碧雲寺
水火同源
枕頭山登山口
175縣道
咖啡公路
大鋤花間

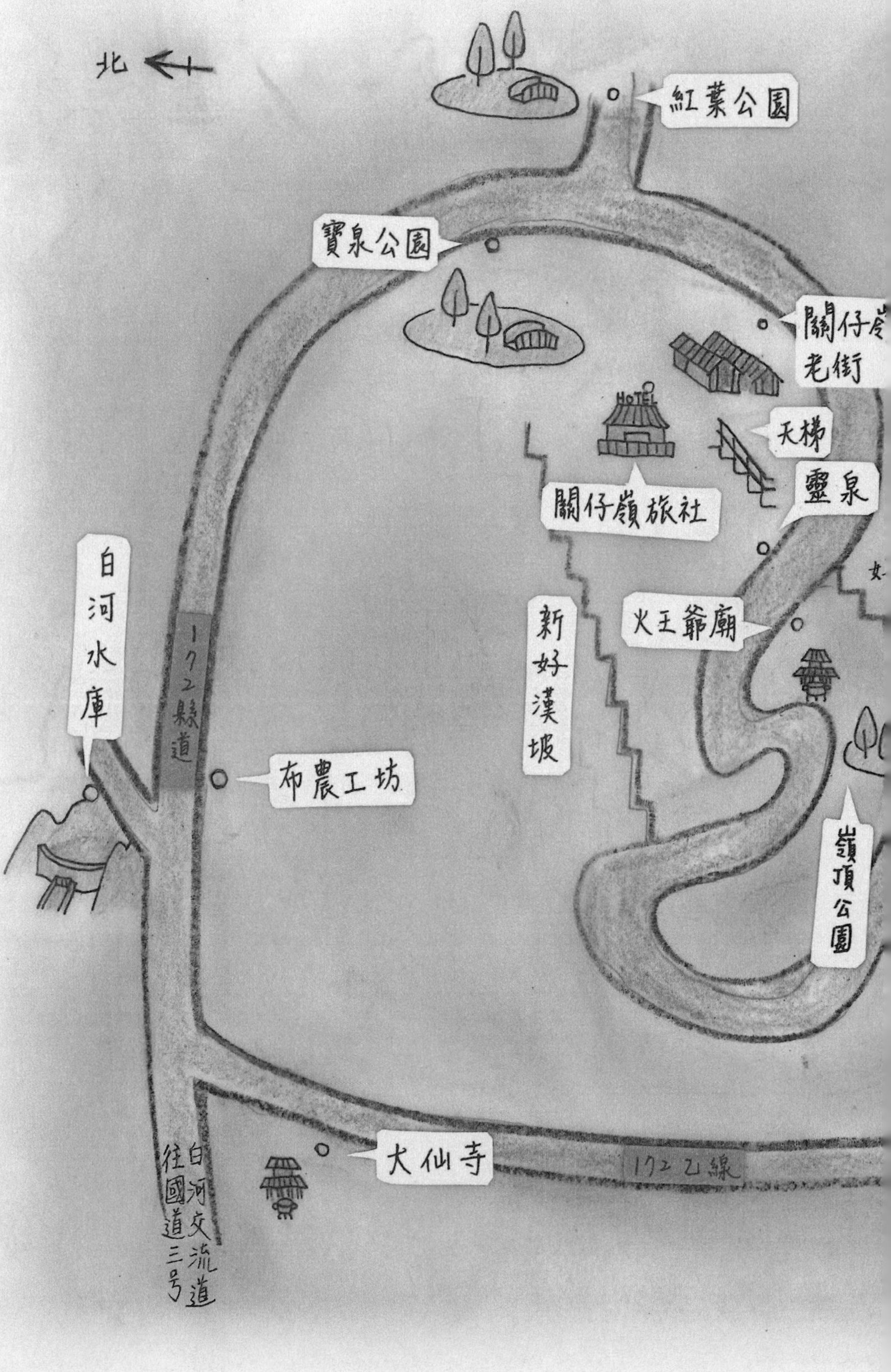
北
紅葉公園
寶泉公園
關仔嶺老街
天梯
關仔嶺旅社
靈泉
火王爺廟
新好漢坡
白河水庫
172縣道
布農工坊
嶺頂公園
大仙寺
172乙線
往國道三號
白河交流道

幻想自己是一座山，想抓住浮雲的衣角

乘著車，晃著晃著，來到了關子嶺，走往枕頭山。暮年的陳秀喜從笠園仰望此地時，心中沉澱的不曉得是喜悅還是孤寂。

沿著坡道一步一步往上爬，望著遠處的高峰，那座山似乎不那麼高了。是錯覺還是已經不知不覺處於高山之上？轉眼，嘉南平原已籠罩在一片雲海之下。

在愛情的道路上不斷跌跤的陳秀喜，曾幻想自己是一座山，想抓住浮雲的衣角，無奈飄流的雲沒有停泊的念頭。

向壯闊的雲海道別，寶泉橋附近有著溫泉的源頭，高達七十幾度的濁泉，冒著煙。在充滿祈願的火王爺廟下方還有另外一處溫泉的源頭稱為「靈泉」，混濁的泥漿溫泉從洞口流出，流出源源不絕的生命力。站在天梯上望著「登天梯，漫步關子嶺溫泉鄉」，這句刻在石碑上的話，深深地植入心房。

和空中廊道相連接，走向好漢坡，看似短而容易的好漢坡，卻不是那麼平易近人，在走了不久的

路後，雙腳猶如被拉扯，難以施力。踏上最後一階，猶如重生一般，可以高聲吶喊著：我到了！

如果　那隻鳥飛來樹枝上
樹枝會情願地承擔
最美好的粧飾
而且希望從此這隻鳥沒有翅膀（〈愛情〉）

到了嶺頂公園，穿越至另一邊，那頭有桂花巷、觀景臺。桂花樹的樹枝互相交叉著，獨自走過那條如巷弄般的隧道，總覺得有些美中不足。回頭一看，一對夫妻緩緩地散著步，圓滿了桂花巷的美麗景致。公園地板上刻寫著吳晉淮〈關子嶺之戀〉的旋律及歌詞，環繞著行走，耳邊似有美妙的旋律迴盪，遠眺山腳，底下綠樹依舊。

沿著一旁的商店街走下，路邊掛著的招牌「甕仔雞」，金黃誘人的酥脆外皮讓人垂涎三尺。再往

登上關子嶺，嘉南平原已籠罩在一片壯闊的雲海之下。（攝影：黃彥霖）

下走，是新好漢坡，通往一剛開始抵達的公路，但沿著下坡路走，還可以一窺嶺下的模樣，走著走著才發現，美景中也有失落的一幕。

突然目擊到
四十多歲的樹齡
被電鋸截斷
裸木分屍
橫在前方
拓寬公路
閃爍的小魚群散落
香胸也消失了
刮過鬍子的青年將出現
公路變成一個大人物（〈目擊拓寬公路〉）

傾倒的樹木、裸露的山壁、漂浮著油漬與垃圾的溪水，隨著公路的拓寬，魔鬼的影子也悄然降落。遙望遠方有一座山，樹立著許多電塔，那正是陳秀喜筆下的枕頭山。山上插著的利刃，減損了悠然的詩意。

嶺頂公園的附近有一座十分美麗的教堂：關子嶺教會，和民間的廟宇截然不同，但都給予人們和諧安詳的心靈寄託。

走進教會前方的小路，笠園就在眼前明清別墅裡頭。別墅屬於私人住宅區，有警衛控管，並未對外開放。因為有這樣嚴密的守護，陳秀喜所居住的笠園被保存得十分完善。

孤高如大象背脊的灰色
悠閒而沉重的
一塊醜石頭
儼然的氣派
給小花園生輝不少呢（〈醜石頭〉）

庭院中有著樸實的石桌椅，雲彩下，陳秀喜一定時常與來訪的文友坐著談天說地。眼前的灰色，儼然成了庭院最沉重的地方，望著這棟建築，凝視

笠園庭院中有著樸實的石桌椅，雲彩下，陳秀喜一定時常與來訪的文友坐著談天說地。

冬末初春的樹梢零星掛著幾片細葉，向著青空遙遙張望。嫩葉裡，寄託著希望與新生。
（攝影：黃彥霖）

地上的落花和草皮，想像著陳秀喜在這裡度過的時光，有歡愉，也有孤寂，映入眼簾的景物竟顯得有些不真實。

沿著迴繞的山勢前進，峰迴路轉來到了碧雲寺。這座廟宇簡樸中具有相當獨特的地方。門前可以看見兩尊大石獅的笑容，別有一番韻味，憨笑的神情，令人驚呼可愛。廟宇的許多小細節也有自己的風格，柱子上攀附的龍，眼睛、鱗片，皆是由碎玻璃表現而成。扛屋梁的「憨番」則擁有天使的造型，背上長出了一對翅膀。融合佛教、閩南、西拉雅和西洋風味的廟宇，就像臺灣這塊土地一樣，多元文化共生共存。

行程的最後來到白河水庫，冬末初春的樹梢零星掛著幾片細葉，向著青空遙遙張望。嫩葉裡，寄託著希望與新生。穿過林間，來到往日的水庫，陳秀喜曾以水庫來比擬一顆包容慈愛、犧牲奉獻的心。如今，這樣的心靈彷彿已走到盡頭，水庫淤積乾涸，僅剩一汪水塘。

夜晚，在民宿裡靜靜享受關子嶺的山中之夜。可以孤獨地坐在外頭，吹著涼風，看著星空，看著在黑夜裡那盞溫暖的小燈，聆聽內心的聲音。多少個這樣的夜裡，陳秀喜獨自望向窗外，凝視著彷彿沒有盡頭的夜色。

民宿小而溫暖，給人帶來家的感覺。那誠心誠意的款待，人和人之間的情感是最為濃厚而寶貴的。關子嶺的夜晚，時間相對變得漫長，靜靜地休息著。

電鈴催醒宿命
你走你的軌道
我走我的軌道
各自都載著靈魂融合的幻影
奔向夜空（〈火車〉）

每趟旅程都有終結的時刻，一路上，腦海中的記憶還不斷地反覆重播著，望著外頭一閃而過的光點，或是另一輛往反方向行駛的車，一站過一站，越來越遠。旅程結束，而心延續。

文學地景

大仙寺

臺南市白河區仙草里岩前路1號

離開罩著霧的木屋
經過迂迴的山路
禪寺的霧更濃（〈造訪禪寺〉）

離開縣道，轉入通往山間的小路，大仙寺紅色的高大山門便在眼前。顏色鮮明壯觀，山門後的步道兩旁種植整齊的樹木，提著成排寫有「風調雨順」字樣的燈籠。走著來到小山樓前，若說大山門是大膽華麗的現代美，那這小山門就是內斂的古樸美，精緻的飛簷沒有華麗的雕塑，簡約，含蓄。

大仙寺是清初來自福建的參徹禪師所創，歷經多次整修，規模逐漸擴大。（攝影：黃彥霖）

鐘聲的餘韻
跨過
小徑盡處的斷崖
去欣賞水墨畫一段
幽靜的村落
卻一去不回來（〈造訪禪寺〉）

陳秀喜曾經在旅行途中，造訪一座山間禪寺，而寫下這首詩。詩中所描寫的雖然不是大仙寺，但禪悟的心境卻是匯通無礙的。

大仙寺是清初來自福建的參徹禪師所創，他在雲遊之際，被此地寧靜、安詳的景致所吸引，決意在此修行。寺廟歷經地震而仍劫後餘生，多次整修，規模逐漸擴大。其中，大雄寶殿是臺灣少數仿日式寺廟的建築，外形仿奈良東大寺，典雅而古樸；內部裝修則是中國傳統樣式，有雕樑畫柱與雀替、斗拱。

正殿中供奉著釋迦摩尼佛像，眼簾低垂，眉目之間，慈悲流動，自有一股不容侵犯的威嚴。正殿裡的龍柱，全是以古典的朱紅為底色，再以顏料精心繪製而成，與一般寺廟裡的石雕龍柱有很大的不同。走近觀賞，擂金畫、彩繪龍柱，感受到當年彩繪大師的匠心獨運。

碧雲寺背倚枕頭山，前臨嘉南平原。

碧雲寺

臺南市白河區仙草里火山路一號

碧雲寺又稱火山廟。舊時南瀛八大景中的「關嶺雲巖」指的就是舊巖大仙寺與新巖碧雲寺。關於碧雲寺的由來，有一段傳說：清朝年間，自大陸渡海來臺的文士李應祥一心修行，他跋涉於山水之間，尋找靈修福地，最後在枕頭山南麓發現一處麒麟穴，於是從大仙寺迎來觀音菩薩的神像，參拜修行，遁隱山林。嘉慶年間，鄰近的八位儒生，景仰李應祥的才學，前往拜師，之後赴福州參加科考，連同書僮一共九人竟然同時中舉。九人於是合資捐產，興建了碧雲寺。之後歷經多次整修，一九四九年重建，才建立了今日的規制。

碧雲寺背倚枕頭山，前臨嘉南平原。站在廟前的廣場前緣，可以眺望無際的丘陵與平野，據說天氣好的時候，還可以望見大海。

寺廟的前方有兩棵相鄰的榕樹，枝葉交拱，連

碧雲寺前，大榕樹枝葉交拱，連成一片巨大的翠綠雲彩。

成一片巨大的翠綠雲彩，飄浮在神明的視界之前，翼護著參拜的香客。在陳秀喜的詩中，時常可以看到榕樹的身影。對她來說，那就是故鄉的象徵。

榕樹啊
你的葉子是
我最初的樂器
你是我童年避雨的大傘
你是晒穀場的涼亭
你是老人茶，講故事的好地方
你是小土地公廟的保鑣
你是我家的門神
我在異鄉
椰子樹的懷抱裡
還是只想念你（〈榕樹啊，我只想念你〉）

水火同源舊稱「靈源」，水火交織的奇特景致，在清領時期即已名聞遐邇。

水火同源

臺南市白河區關嶺里關子嶺風景區內

「水火同源」又名「水火洞」，被列為臺灣七景之一，原臺南縣政府因其象徵的「相容並茂」之意，將它列為精神表徵，岩石上還供著一尊小小的水火神君神像。

「水火同源」舊稱「靈源」，水火交織的奇特景致在清領時期即已名聞遐邇。洪棄生〈遊關嶺記〉曾經描繪：「有冷泉一股瀼其傍穴，火在上燄翀，長芒照一山，黑夜通紅。」

關於水火同源，有一段麒麟傳說：關子嶺這一帶原本住著一隻公麒麟，水火同源是牠的頭，外向活潑的牠，總愛噴火供遊客欣賞，牠的尾部在紅葉隧道往東延伸，四肢立於地形成了關子嶺溫泉區，而遊客所享受的溫泉就是牠的尿。在水火同源的旁邊有一面牆，上有火龍和白虎纏鬥的浮雕，而這又是另一段神話了：在遠古時代，這個地方有一條火龍和一隻水虎，有一天雙方意見不合，爆發衝突，在勢均力敵的情況下兩敗俱傷，從此，火龍化成火，水虎化成水，形成了水火同源的景象。

在古老的哲理書《周易》裡，「火在水上」象徵的是陰陽不能調和，因此前行不利。未濟卦的象辭這麼解釋：「火在水上，未濟，君子以慎，辨物居方。」人生常有這樣火水未濟、光影交織、冷熱交替的時刻，而對陳秀喜來說，面對迷惘，唯一的路途就是回到初衷。

土地被陽光漂白
成為一面鏡子
樹樂於看　八等身的自己
樹也悲哀過　逐漸矮小的自己
樹的心情　一熱一冷
任光與影擺布
陽光被雲翳
樹影跟鏡子消失
樹孤獨時才察覺
扎根在泥土才是真的存在（〈樹的哀樂〉）

•••

雲霧縹緲的枕頭山，霧氣聚攏的時候，山下雲海奔騰，有如波瀾起伏。

枕頭山

枕頭山登山口：172乙縣道往碧雲寺方向3.8公里處

由白河或附近沖積平原往關子嶺方向遠眺，可以看到一座狀似枕頭的山頭，那就是枕頭山。因為開採礦物和雨水日積月累的沖刷，它的崖面上呈現三條挺大的沖刷痕跡，遠眺十分明顯，也有些人將它叫做「三條龍」。海拔六百四十五公尺高的枕頭山，是關子嶺水火同源的所在地，與標高一二四一公尺高的臺南縣第一高峰大凍山東西相望。

住在笠園時，陳秀喜時常遠眺枕頭山。觀賞它在晴空下的翠綠身影，也看著它在雲霧中漸漸隱沒。

枕頭山
風吹來宣撫
霧以柔功
表現動與靜

閃電割破天空
鞭策雷雨圍攻山谷
一個清醒的人
層雲散後靜觀著
枕頭山仍然翡翠
天空還是天生麗質（〈靜觀〉）

枕頭山同時也是登山健行的好地方。登山口有多處，可以由碧雲寺後方往步道走，或從上來碧雲寺之前的道路上發現登山口標牌，都是可以上山的地方。若是沿著規劃好的步道走，可以通往水火同源，如此一來，碧雲寺、枕頭山、水火同源等三個關子嶺著名景點就能順路遊賞。

從登山口開始走的小路可以算是當地居民採筍的產業道路，路基是枕頭山特有的地質：石灰岩。沿途綠意盎然，一路還有小小的土地公廟保佑著登山客的平安。途中有一座涼亭，是沿線視野最好的地方，四面望去皆是青山綠水，紅屋瓦的住屋成群，古色古香、依山傍水，真是世外桃源。另外，從這裡也能看見白河水庫，天氣良好、能見度極佳時可以望見整片嘉南平原，再遠甚至能看到臺灣海峽。而霧氣聚攏的時候，山下雲海奔騰，有如波瀾起伏，瞬間自己彷彿置身仙界一般，乘雲駕霧。

愛情的國度裡，有人是山，永恆守候；有人是雲，止不住流浪的腳步。在〈山與雲〉這首詩中，陳秀喜化身成不動的山，試圖抓住眼前飄泊的雲。

當我被風沙襲擊的時候
你不助一臂
不留片語
飄然離開了我
樹木們騷然抱不平
葉子們爭先去追尋
你卻一去不回來
不懂無聲的呼喚
當我已習慣孤獨的時候
你才飄回來
我即知道
倘若有千萬隻手
也抓不住你衣襟的一角（〈山與雲〉）

陳秀喜明白雲的性格，縱有千萬隻手也拉不住他的衣襟一角；情場上的浪子，總要再次踏上飄泊的旅程。

愛情的國度裡，有人是山，永恆守候；有人是雲，止不住流浪的腳步。（攝影：黃彥霖）

紅葉公園

關子嶺溫泉區，由長虹山莊旁的石階拾級而上即可抵達

一道白淨的木製拱門，中央鑲著一片紅色楓葉，這就是關子嶺著名的紅葉公園。拾級而上，沿途空氣越發清新。石階並不太陡，到處都有紅葉的身影。階梯上越走越密集的落葉、一旁石牆上繪的精巧如一隻小掌般的五裂槭葉……

繫棲在細枝上
沒有武裝的一葉
沒有防備的
全曝於昆蟲饑餓的侵食
任狂風摧殘
也無視於自己　萎弱
緊抓住細枝的一點
成為翠簾遮住炎陽（〈覆葉〉）

在這首詩裡，陳秀喜以覆葉象徵母親。在樹梢殘留的葉片上，我們看見最柔軟卻也最剛強的母愛。陳秀喜來自一個充滿愛的家庭。他的親生父母是陳買與施滿，育有四男四女，陳秀喜排行最末。

出生一個月又三天後，父親便把她送給經營印刷廠的陳金與李璧夫婦撫養。舊時代的養女往往吃盡苦頭，但陳秀喜在養父母家卻得到了無比的幸福與甜美。她被當成掌上明珠般呵護，身上穿的多半來自日本百貨公司，父親常將她舉在肩頭坐著轉圈。回憶起年少時光，她說：「我是最幸福的養女，過了最快樂的少女時代。」

這份愛，陳秀喜接受了，也將愛轉化為力量，奉獻出去，讓它滋養兒女的身心，滋潤文壇後輩的靈魂。陳秀喜婚後育有兩男兩女，在夫家卑微的處境與破碎的婚姻，都沒有妨礙她對子女的關懷。她的女兒張玲玲在接受簡偉斯的訪談時，曾說：「她把我們保護得很好，我覺得我們好像都跟外面世界隔絕了。」

風雨襲來的時候
覆葉會抵擋

紅葉公園裡，落葉鋪滿了小徑。

星閃爍的夜晚
露會潤濕全身
催眠般的暖和是陽光
摺成縐紋睡著
嫩葉知道的　只是這些（〈嫩葉〉）

紅葉公園裡，落葉鋪滿了小徑，颯颯的冷風不斷吹拂著枝頭的紅葉。夜晚會來臨，風雨不會止息，但嫩葉仍安穩地吐著青澀的氣息，因為覆葉會用全部的愛來溫暖它。

寶泉公園

臺南市白河區關嶺里關子嶺16號（關子嶺警光山莊）旁

寶泉公園是關子嶺的溫泉源頭之一。灰黑色的泥漿溫泉，是罕見的「濁泉」，具有保溫及潤膚效果。關子嶺與義大利西西里島溫泉、日本鹿兒島溫泉並稱全世界三大泥漿溫泉。因為有了泉湧而出的泥漿溫泉，關子嶺成為旅遊與療養的勝地。一九七八年十一月，陳秀喜便帶著一身情感的創傷，遷居來此，療養一顆破碎的心。

一九三一年，陳秀喜和一位銀行職員步入結婚禮堂。進入丈夫的大家庭中，她身為長媳，必須負責全家二十多人的衣食與繁重的家庭事務。吃飯時得等所有人都用餐完畢，才輪到她收拾剩菜剩飯。

更令人難堪的是，在這個家庭中，她不能得到身而為人的尊嚴。有一回丈夫與家人準備出門散步，丈夫的妹妹問：「不用找大嫂一起去嗎？」得到的回答竟是：「不用找你嫂嫂啦！她要洗茶碗，所以不用去也沒關係。」枕邊人如此輕忽自己的感受，令陳秀喜忍不住掉下眼淚。

當長子生病時，婆婆竟阻止她帶孩子去看西醫，任憑陳秀喜如何跪地哭泣，她的意見始終不被當作一回事。最後，長子因為延誤就醫而葬送一條小生命。親生骨肉在眼前死去，是陳秀喜生命中無法抹去的傷痕，時而撕裂著胸口，時而隱隱作痛。

而在銀行工作的丈夫，流連交際應酬，時常讓陳秀喜獨守空閨。最後，竟然還在外頭有了新歡。

在忍受了三十六年之後，陳秀喜的兒女都已長大成人，各自有了家庭，她開始重新思索自己的人生，不願再妥協，而要誠實地面對一切光明與黑暗。於是，她鼓起勇氣向丈夫提出離婚的請求，但

寶泉公園裡，泥漿溫泉汩汩流出，日夜不息。

卻遭到狠狠的拒絕。面對未來，她感到前所未有的灰心，竟走上了絕路，選擇上吊自殺。所幸家人及時發現，在擔任醫生的大女婿急救下，從鬼門關被拉了回來，但聲帶也因此受損，許多年都無法說話，只能在詩裡寄託她的吶喊。

當　心被刺得空洞無數
不能喊的樹扭曲枝椏
天啊　讓強風吹來
請把我的棘鎖打開
讓我再捏造著
一朵美好的寂寞
治療傷口
請把棘鎖打開吧！（〈棘鎖〉）

就在陳秀喜尋求自殺的這一年，孝順的子女合力在關子嶺買下一棟住宅，讓母親離開傷心之地，來到這山間小鎮靜養，希望青翠的山林、縹緲的雲霧與神奇的溫泉能漸漸療復母親的創傷。

寶泉公園裡，泥漿溫泉仍汩汩流出，日夜不息。看似混濁汙穢的泉水中卻擁有最純淨的美容功效。或許我們也在這滾滾的泉湯中領悟出一些道理：最混濁的人生歷程往往洗滌出最潔淨的靈魂。

關子嶺老街

臺南市白河區關嶺里關子嶺 17 號起

關子嶺溫泉老街是條並不寬大的小巷，老字號的溫泉旅社、小吃店和古厝佇立著守護這條街，古樸、悠閒的氛圍，讓來到這裡的人不知不覺放鬆身心，享受陽光的滋潤。在一家小吃店前駐足，老闆娘被歲月留下刻痕的乾燥的手掌，為遊客端上一碗冒著熱氣的濃湯。

曾是捧著田螺做菜餚
曾是採擷金黃的椪柑
曾是採擷紫堇花
曾在河邊拾小石頭
建造長城的手（〈你的手〉）

這條老街，可說是人們長年走踏出來的足跡所累積而成，也是人類進駐這片山林後留下的印記。

關子嶺溫泉老街是條並不寬大的小巷，古樸、悠閒的氛圍，讓來到這裡的人不知不覺放鬆身心。

對於關子嶺的人為開發，陳秀喜也有深刻的省思。在〈關子嶺夜雨〉中，記述了一次大雨造成整座山嶺的土石流與大停電。這災難不是來自上天，而是來自人禍。

豪雨逗留五晝夜
關子嶺回歸原始
人潮洶湧的腳音
是潺潺溪流的變奏
採取石灰岩的商人
炸壞土石的團結
山坡的竹林
伴著暴雨滑下
岩石擋山路
泥沙陷入深谷
道不是道來去不得
客運車渡假去了
電力、電話跟著去
渡三十多年來最長的假期

這一段日子　不可有
生、死、病
無醫村最怕交通斷
村民們互相自勉（〈關子嶺夜雨〉）

關子嶺曾是著名的石灰岩場，其開採始於一九二三年。但由於許多不肖商人違法濫採，山巒被挖得面目全非，處處狼藉。裸露的土石禁不起大雨沖刷，瞬息成災，淹沒了山區道路，阻斷了交通。一場大雨警示人類，不知節制的私慾所釀成的惡果，終將反噬自身。

靈泉、火王爺廟

靈泉　位於天梯入口處下方
火王爺廟　臺南市白河區關嶺里關子嶺 28 號旁

沿著天梯觀景步道一路走下，不須特別尋找，就能看到「靈泉」兩個字，以隸書圓潤的蠶頭與飛揚的雁尾書寫於灰黑色的石壁上。這裡也是關子嶺泥漿溫泉的另一個源頭，洞口流出的水泥般黏稠物含有多種稀有礦物，自日治時期即被認為具有治萬病之效用，而被譽為「天下第一靈泉」。

順著靈泉旁邊的階梯行走，便能遇見火王爺廟。串串懸掛著的竹簡，是人們對生活的殷殷期盼。火王爺廟供奉著來自日本九州的「中央不動明王」。一九〇二年，日人開發關子嶺溫泉，在火頭上方立上不動明王祈求平安，進而集資蓋廟。如今，溫泉業者每年都會卜求爐主祭祀以求溫泉源源不絕，因此「火王爺」可說是關子嶺溫泉的守護者。

如今的火王爺廟或許已經沒有從前那般的門庭若市，擺放著神像的神龕也有些蒙塵，但掛在一旁的紅色祭典背心仍然嶄新，與牆上擺放的幾幅泛黃照片，形成新舊的強烈對比。

火焰為人世帶來溫暖，也帶來燒灼與苦痛。承受烈火反復的鍛燒，才能鑄冶出大器，開創另一段新生。

如爆發前的火山
子宮硬要擠出溶岩石
痛苦的極點她必須和子宮合作
忍耐疼痛
忍耐灼熱
忍耐最長的一刻

靈泉是關子嶺泥漿溫泉的另一個源頭，自日治時期即被認為具有治萬病之效用。

火山終於爆發
到疲困已極她才體會
「結婚就是忍耐的代名詞」（〈初產〉）

在〈初產〉這首詩裡，陳秀喜以火山岩漿熔燒的痛楚比喻婦女臨盆的處境。漫長的生產過程是母親必經的折磨，面對烈火，只能勇敢的迎上前去，忍耐再忍耐，用自己無懼的承擔換來新生命的喜悅。支撐過焰火的鍛燒，母愛的偉大也因而圓融完滿。

初產的母親心內喚著　媽！
感恩的淚珠從眼睫流下
她以淚珠迎晨曦（〈初產〉）

好漢坡、新好漢坡

好漢坡就位在火王爺廟的旁邊，入口處立了一塊刻上「好漢坡」字樣的石頭，很容易就可以找到。而在寶泉橋旁的溫泉口與南一七五縣道之間還有一座新好漢坡，同樣挑戰旅人的腳力。

好漢坡建造於日治後期，原本是做為復健和鍛鍊日本傷兵之用，到現在已經有大約八十年的歷史了，超過百級的階梯，對一般人來說是體力上的一項挑戰，只要成功爬完整座階梯，就是條鐵錚錚的好漢子，「好漢坡」因此而得名。

在文學創作的道路上，陳秀喜也是跨越層層階梯的好漢。天資聰穎的她，在新竹公學校表現優異，但畢業之際，她的初潮來臨，在性知識封閉的當時，她不曉得自己的身體遭遇到了什麼問題，以為自己即將死去，竟因此中斷了升學之路。然而性格堅毅的她，付出比常人更多的苦心，自我學習，而能以日文創作優美的俳句、新詩與散文。

二戰之後，國民政府禁用日語，推行國語。面對語言轉換的困境，陳秀喜絲毫不畏懼，從注音符號開始學起，像攀爬陡坡一樣一步一步往上爬，不喊累，不叫苦，終於在四十七歲那一年創作了第一首中文詩。克服語言困境的陳秀喜，在文學的天地裡找到自己的意義。

好漢坡灰色的牆面上，有美麗的楓葉立體裝飾點綴著。水泥砌成的階梯上，偶有青綠的小草與細緻的小花從裂隙中竄出。只是，正與三百級階梯搏鬥的旅人，腳步往往越踩越快，只希望能趕快脫離這片苦海，再無心思留意腳下努力掙扎的小花小草。

只想往頂峰爬的腳
踏殘一朵小堇花
啊！
不回顧她淤血的痛楚

好漢坡建造於日治後期，新好漢坡同樣挑戰旅人的腳力。只要成功爬完整座階梯，就是條鐵錚錚的好漢子。

只想往頂峰爬的腳
怎能會愛惜她？（〈小菫花〉）

下次當你趕著匆忙的腳步時，請別忘了適時停下來，靜下心，給縫隙裡的小花一個注目、一點撫觸。

抓一撮泥土給與淤血的莖
在愛惜她的淚光中
小菫花終於屹立了
靠著一撮泥土的愛（〈小菫花〉）

笠園

臺南市白河區關子嶺明清別墅 250 號（私人住宅區，未開放參觀）

笠園位在明清別墅區之中。一九七九年，剛剛結束第一段婚姻的陳秀喜在子女的安排下，遷居到這座清幽的花園洋房，重新鋪展人生的道路。

笠園背倚大凍山，左鄰枕頭山與麒麟山，晴天的時候，可以看見海平面閃現的銀光。

寧靜的笠園，是陳秀喜晚年休養生息並招待好友的地方。屋前一塊石頭上，寫著金黃的「笠園」兩字，是她的親筆。這棟以白色為主體的建築，屋頂斜向一側，落地窗皆是一塵不染。騎樓下擺放的一架鼓風機，在充滿著現代感設計的明清別墅區看似突兀，卻為笠園平添一分古色古香的風味。屋前綠草如茵，其中一側更有一條石頭步道，通往隱藏在灌木後的石桌、石椅，顯見陳秀喜生前的好客。

笠園這個名稱來自於「笠詩社」。一九六四年，林亨泰、陳千武、錦連等人在詹冰的家中聚會，談論新詩社的創立。在為詩社命名時，現場有人提出了「相思樹」、「寶島」、「榕樹」、「鳳凰木」等名稱，而林亨奉提議取名為「笠」。陳千武〈談「笠」的創刊〉闡釋了笠所代表的精神：「臺灣斗笠的淳樸、篤實、原始美與普遍性，不怕日晒雨打的堅忍性，也就是表示島上人民勤奮耐勞、自由與不屈不撓的意志的象徵。」陳秀喜則是在一九六七年透過吳瀛濤的介紹加入笠詩社，並在一九七一年起擔任社長直至過世為止，一共長達二十年的時間。「笠」的精神也就是陳秀喜所追求的精神，因此她將住所取名笠園，象徵她對鄉土、社會、現實的關懷。

陳秀喜在《笠》詩刊中發表了大量的詩作，豐富了《笠》的內涵，擴大了《笠》的境界。一九七九年，笠詩社第十五屆年會便在笠園舉行。她與笠詩社可說是密不可分。

而笠園也成了南臺灣的文學勝地，各地的文學同好紛紛來訪，談詩論文，絡繹不絕。楊逵、林德榮、蔡瑞洋、池田敏雄、蘇雪林、李雙澤、杜潘芳格、林煥彰等人，皆是座上嘉賓。他們為陳秀喜帶來了歡樂，也帶來了心靈的慰藉；而陳秀喜則帶給他們更大的力量，繼續走在文學的道路上。在〈給

「笠」的精神也是陳秀喜所追求的精神。住所取名笠園，象徵她對鄉土、社會、現實的關懷。

莫渝的信〉中，她說：「來訪的朋友們說這裡是世外桃源，我也承認我非常快樂過著美好的寂寞。」

這些朋友，是陳秀喜重視的知己，宛若自己的生命一般，相知相惜。楊逵來訪後，陳秀喜依據他的建議在庭院裡種下了大鄧伯花。當好友蔡瑞洋過世時，陳秀喜悲慟地寫下了〈你是詩　你是愛〉。

當黑雲罩著關子嶺的太陽
靈性的雙眸終於緊閉著
你走出森羅萬象
我的眼是細密的羅網
也不能捉到你的影子
你的愛心在網目結成真珠
羅網補到的鳥兒們
牠的名字盡是「回憶」了

（〈你是詩　你是愛——獻給故蔡瑞洋先生〉）

蔡瑞洋畢生行醫濟世，仁心仁術，同時熱衷於藏書與寫作。他的逝去，使笠園也蒙上了烏雲。往日的回憶湧入陳秀喜的心中，久久不能散去。

文友離去之後，陳秀喜在笠園的生活，便只剩下閱讀、寫作、冥想與孤寂。當歲月奪走了她的青春，在臉頰鏤刻了深深的鑿紋，她回顧自己的一生，寫下了〈未完成的故事更神奇〉。

窗外，天狼星頻頻眨眼
恰似和心跳的鼓動一致
不知道它要傾訴些什麼
我們是熱情又好奇的一群
認為古稀的老婦人
孤獨地住在山中
必定有奇人奇事
好奇心騷擾
爭先恐後探問
「姑媽，為何愛孤獨在山中？」
她說
「已嘗盡人生的苦難，

往事言不盡意」（〈未完成的故事更神奇〉）

一九九〇年，七十歲的陳秀喜身體狀況急轉直下，她甚至懷疑自己罹患了癌症。病痛中，她仍沒有忘記文學路上的好友，抱病北上臺大校友會館，出席笠詩社第二十六屆年會。隔年病逝於社頭醫院，享壽七十一歲。

冬天的冷風吹起，笠園前的小徑上，大葉欖仁落了一地的暗紅。伊人雖云逝，但她的故事還未結束，還未完成，她還要繼續為這個世界帶來頌歌，帶來驚奇。

我默默點頭，心裡想
「仙女當然不能變成魔鬼」
好奇心又抬頭
「也許，未完成的故事更神奇」（〈未完成的故事更神奇〉）

嶺頂公園

關子嶺旅遊服務中心：臺南市白河區關嶺里關子嶺28之2號

嶺頂公園位於好漢坡頂，如果不想辛苦地爬一條三百階的樓梯，其實從關子嶺溫泉區開車一路向上，同樣可以到達。

綠葉交錯成拱門，走進隧道般的小巷，解說牌上寫著「桂花巷」，朵朵細小的乳黃花朵在微風中輕顫，湊近一聞，桂花獨有的清香撲鼻而來。

桂花巷已到盡頭，視野豁然開朗，空曠的廣場上，小孩正在吹著泡泡，父母攙扶著孩子學直排輪。嶺頂公園的廣場上，刻著波浪般的五線譜和〈關子嶺之戀〉的歌詞：「嶺頂無雲天清清，山間花開樹葉青，可愛小鳥吟詩歌，阿娘呀對阮有情意。啊！雙人相隨永不離。」在芬芳的花香中，情人結伴同遊，儷影雙雙。那麼陳秀喜心中的愛情圖像是什麼模樣呢？

一隻奇異的鳥飛翔而來
沒有一定的途徑
不知何時　它來自何方
並不是尋巢而飛來
樹枝不曾擺過拒絕的姿態
像天空　像要些什麼的手（〈愛情〉）

愛情總是讓人充滿希望與想像，但是對陳秀喜來說，不幸的婚姻，讓她更加體會友情的重要，常偕同好友共遊嶺頂。在〈他是我的知音〉這首詩裡，陳秀喜描寫到，夜裡的一通長途電話捎來晴天霹靂的信息，她的一位知己現在在加護病房，有時醒，有時昏迷。瞬間，往日的回憶盈滿腦海，她想起朋友千里迢迢換了好幾班車，從基隆特地來到關子嶺拜訪她，只為了嚐一口她煮的菜餚，喝一口她親手泡的咖啡。她所寫的信和詩，友人一直收藏著，珍惜著。友人病危的消息，令陳秀喜心魂不安，像一顆巨大的石頭壓在心上，動彈不得。她不由得自心底呼喊：

我的知音啊快醒起來
迷失的天空一定會回來
請你跟著青空快回來
我們共遊嶺頂的春天（〈他是我的知音〉）

寫，為心中這片感動，留下獨一無二的紀錄，透過文字，透過影音。在嶺頂公園，我們遇見一場與生命的對話。

綠葉交錯成拱門的桂花巷，走出去便是嶺頂公園空曠的廣場。

大凍山是臺南知名的登山之處，名列臺灣小百岳之中。

大凍山

大凍山登山口：臺南市白河區關嶺里關子嶺 99-3 號（紫雲殿）附近

一片翠綠的山坡上
關子嶺的中央
笠園山莊背向大凍山
遠望白河，布袋鎮
左鄰枕頭山，麒麟山
右鄰是霧和彩虹的故鄉

（〈未完成的故事更神奇〉）

大凍山位在臺南市與嘉義縣的交界處，標高一二四一公尺，是臺南市的第一高峰。陳秀喜居住的笠園，就位在大凍山山腳下，背向著它，卻時時可以感受到彷彿來自這片山林的雲霧與氣息。

大凍山同時也是臺南知名的登山之處，名列臺灣小百岳之中。許多文友攀登完大凍山後，會順道造訪山腳下的笠園，問候大家共同的陳姑媽；陳秀喜也會親切地下廚，為訪客帶來晚餐和微笑。

暮色已濃厚
登了大凍山的歸途
攀緣曾聽過她的演講
順路造訪借宿
敲門同時敲醒燈光
她看到
五隻帶泥土的登山鞋
說「姑媽，妳好」（〈未完成的故事更神奇〉）

一般登山客攀登大凍山，會從紫雲殿附近的登山口開始。從登山口開始健行，直至登頂的路程約有六公里，體能不佳者無法勝任。

大凍山頂，一塊小小花崗岩孤獨地躺在道路中央，原本應是血紅的「一等三角點」，顏色已逐漸

一般登山客攀登大凍山，會從紫雲殿附近的登山口開始。

淡去，衛星定位取代了傳統的三角測量，三角點也跟著失去用途，竟有種淒涼孤寂之感爬上心頭。人生有時就像攀登高峰一般，沿途崎嶇陡峭，必須披荊斬棘，登頂後卻又是無與倫比的孤寂與冷肅。

定居於關子嶺的陳秀喜，並未走完她的坎坷人生路。在偶然的機緣下，她結識了一位顏先生。在一次婚姻中跌倒的她，以為曾經遭遇喪偶之痛的顏先生，比其他人更能體貼自己的心。此時，陳秀喜的兒子遭到經濟犯詐騙，傾盡財產，無法再像過去一樣給與她充裕的生活資助。為了減輕兒子的負擔，同時希望垂暮的心靈能有穩固的依偎，陳秀喜在一九八五年第二度步入結婚禮堂。未料婚後的顏先生轉趨冷漠，逐漸顯露鄙吝的一面，這段婚姻僅僅維持了九個月。再次遇人不淑，使陳秀喜的身心大受打擊，所幸友情的溫暖，撫慰了受傷的她。她開玩笑地說：「我什麼都會，會拿鐽種花、會修理電鍋和水龍頭，也會拿筆寫詩，獨獨昧嫁尪。」話語雖然戲謔，卻是無比心酸。

誤嫁騙子當支柱　自咎幼稚看錯人
法律公正民心安　雪中送炭友誼深（〈自剖〉之八）

然而，沒有走過艱辛的登山路，不能見識到高峰之顛、雲霞之表的瑰麗景致。陳秀喜曾說：「文學工作者如遭遇到崎嶇坎坷狀況時，才是傑作要傾巢而出的時候。你們要知道，失戀與事業失敗才會帶來真正的人生，要珍惜它，不要放棄它。」或許，人生就是如此的美妙而弔詭。

白河水庫近年來淤沙嚴重，灌溉與防洪的能力已消失殆盡。（攝影：黃彥霖）

白河水庫

臺南市白河區仙草里 1-18 號

偶有化石可拾得的溪谷
細流緩緩匯入白河水庫
羌仔崙的峭壁
夕陽下呈顯著
最秀麗的天然美（〈未完成的故事更神奇〉）

白河水庫興建於一九六五年，位在急水溪上游的白水溪流域，曾是白河、東山一帶主要的灌溉及民生水源，兼具防洪及觀光用途。

白河水庫依傍枕頭山麓，鄰近關子嶺。曾經，這裡擁有廣闊的潭水，平靜卻有著一絲一絲被微風吹動的細紋，閃著白光，倒映山頭的翠綠。在陳秀喜的詩中，白水溪的細流緩緩流入水裡，夕陽的餘暉灑落，映照著遠方羌仔崙的峭壁，是一幅秀麗的天然美景。

〈你的存在〉一詩中，陳秀喜以大水庫來比喻寬容無邊的愛心。

你的存在
是一座大水庫
恩潤了將枯萎的稻
豐潤了將凋謝的心（〈你的存在〉）

詩歌並未指名描寫的對象是誰，而這首詩與〈探訪烏腳病人記〉共同發表在七十九期的《笠》詩刊中，或許所歌頌的正是像王金河醫師一樣，將一生都奉獻給世人的大愛者；也或許是像父親、母親一樣，為子女全然付出的無私者。

近年來白河水庫由於淤沙嚴重，灌溉與防洪的能力已消失殆盡。淤積的沙土填滿了過去的美景，幾葉小舟擱淺在雜草叢生的灰色泥沙地。然而，僅存的一汪水塘中，仍倒映在天空的那朵浮雲。美好不會完全消失，只等待有心人用敏銳的眼眸去尋覓。

東山咖啡公路

東山區高原里175縣道上

公路兩旁的斜坡山地上，生長著當地最重要的咖啡作物。咖啡樹每年農曆九至十二月為成熟期、

咖啡公路沿途有為數不少的咖啡小棧，在這裡經營咖啡廳的老闆們樂在其中，也使來訪的客人感到分外溫馨自在。

十二至三月開花，無論是紅紅綠綠結滿枝頭的果實，或是帶有些許茉莉香的小白花，都是相當別緻的風光。這就是咖啡公路。

東山種植咖啡始於日治時期。由於這裡地處全球咖啡帶上，海拔高度在五百公尺至八百公尺之間，氣候與土壤都適合咖啡生長，因此日本人便引進阿拉比卡品種來種植。一部分的咖啡樹在山林裡自然散播、繁衍，成為適應當地風土、具有東山風味的獨特樹種。

咖啡公路沿途有為數不少的咖啡小棧，會在這裡經營咖啡廳的老闆們，或許是厭倦了繁忙急促的城市生活，轉而在這個山明水秀的地方享受自己所愛。雖然經營咖啡廳免不了還是為餬口，但他們並不透著市儈氣息，反而樂在其中，也使來訪的客人感到分外溫馨自在。這些老闆，總讓人想起九把刀小說中的泡咖啡神手：阿不思，不管客人點了什麼樣的咖啡，即使連名稱都是隨口胡謅，也能泡出使人讚嘆不絕或會心一笑的咖啡。

咖啡通常給人愛情的聯想，而陳秀喜在〈一杯咖啡中拾到的寶石〉這首詩中，卻將小愛轉化成為大愛。詩中描述，一個曾經當過敢死隊的男子，在頭髮斑白後回到過往與情人攜手漫步的路上。三十年前，他們曾在這裡散步，在夕陽的餘暉中吹著晚風，踢著路上的小石子，一同歡笑。然而，這對戀人最終沒有結合。女子責問：「你為什麼不能娶我？」男子因為自己是敢死隊員，要為國家效死，所以選擇犧牲小我，完成對國家的大愛。當年的小徑，現在已成了現代化的道路，過往的愛情也已隨風飛逝。

朋友　你對於未完成的愛的懷念
比那名貴的寶石更珍惜呀
在這杯已冷的咖啡中
拾到　懷念的寶石
是你自國籍觀念倔強中得到的
直到老邁這顆寶石更發出光彩來
朋友，你我是中國人
才知道珍惜這顆美麗的寶石
朋友點頭微笑　幸福底（〈一杯咖啡中拾到的寶石〉）

關子嶺教會已經有一百多年的歷史，清代那間簡陋的竹厝，經過信徒一代代的努力，現在已經有了一副與它年歲不相符的面容。

一段未完成的愛情，令人在三十年後舉起手中的咖啡杯時，仍若有所思。陷在往日流光裡的人兒，一邊啜飲著苦澀，一邊長聲嘆息。如果沒有國族的窠巢保護，世間的男男女女怎能有甜蜜幸福的日子？咖啡的幽香緩緩逸入空氣中，回憶裡，有遺憾，也有不悔的堅持。

關子嶺教會

臺南市白河區關嶺里61號

明清別墅對面，有一塊小小的藍色招牌，襯托著潔白的鐵門。白色的鐵門後，是關子嶺重要的信仰中心：關子嶺教會。

關子嶺教會已經有一百多年的歷史，清代那間簡陋的竹厝，經過信徒代代的努力，現在已經有了一副與它年歲不相符的面容。一九三一年重建的禮拜堂，外貌是由石頭建成，兩株柏樹傲立在兩側。

關子嶺教會四周都被青蔥翠綠的樹木環繞，後方的教育館是近幾年所興建，和八十幾年的禮拜堂並肩矗立。

面對人生時，人們除了努力地竭盡所能外，也常常請求上帝給予祝福。在〈愛的鞭〉這首詩中，我們看到陳秀喜傾盡心力給予女兒教誨，然後祈求神明讓女兒擁有自省的能力，也明白母親的苦心。

儘管妳認為我是老朽的思想
以野蠻的行為　鞭打妳
當鞭打下的剎那
疼極的心流淚
求神賜助汝　反省　覺悟的一念
愛的鞭喚妳　重回母親的懷抱哭泣（〈愛的鞭〉）

寫作這首詩時，陳秀喜的小女兒即將訂婚，就要邁入另一個殿堂。一路將女兒拉拔長大，曾經以家法責罰，曾經以嚴厲的口吻教訓，揮出的每一鞭，最後都擊打在自己的心上，而這一切都是因為愛。或許，在神的面前，所有的誤解都能消融，所有的隔閡都將崩解，因為我們心中存在著愛。

天梯

臺南市白河區關嶺里關子嶺 28 號斜對面

順道一遊

步下好漢坡長長的階梯，率先映入眼簾的是簡潔的天梯觀景步道。

上了天梯後俯瞰，居高臨下，古色古香的小鎮風光盡收眼底。那錯落著的磚紅小屋，蜿蜒在其間的小路，讓人恍若穿越了時空，回到了沒有電子產品，卻有淳樸人情味的過去。

環抱著磚紅小屋的，是蔓延到藍天盡頭的青山，宛若伸開雙臂保護著小人國的格列佛般，守護著古老的記憶。

香菇蛋

臺南市白河區關嶺里 41-5 號前

來關子嶺，必吃香菇蛋。

一顆顆褐色的雞蛋，在那充滿香氣的滷汁之中浸泡著，一朵朵當地所產的香菇圍繞在蛋的四周，讓湯汁充滿了與眾不同的香味。與一般茶葉蛋的不同，不只在添加了香菇，中藥配方的滷汁中更加入了紅甘蔗和玉米鬚。一九一四年時，臺灣總督來到關子嶺探查，居民們極力想要獻上些什麼來歡迎總督，在物資貧乏的情況下，將當地的香菇及玉米鬚加入滷蛋之中，結果因此受到眾人喜愛而流傳至今。

關子嶺的名產之一就是烤雞。在嶺頂公園對面有一間崁頂竹竿雞，他們的烹調方式是：把全雞成串用竹竿串起，放在炭火上烘烤，烤的時候要一直轉動竹竿，讓雞的全身均勻受熱，每一個

崁頂竹竿雞

臺南市白河區關嶺里 31-2 號

10:00 ～21:00（每月第一、三週週二公休）

角落都受到炭火的燻烤。烤的時候火候的掌控十分重要，先以大火封鎖肉汁和美味，接著火勢轉小，將雞肉裡層徹底烤熟，最後再以大火逼出外皮的酥脆度，好吃的竹竿雞就完成了。

烤好的竹竿雞外皮呈現透亮的咖啡色，用手剝開雞肉，就可以感受到外皮劈啪響的酥脆。裡層的雞肉則是鮮嫩多汁，但放山雞還保留著咬勁，不會完全失去口感。泡完泥漿溫泉後再來上一隻烤竹竿雞，就是關子嶺旅行的最佳組合。

大鋤花間

臺南市東山區高原里高原 109 之 17 號
（175 縣道 11.5 公里處）
平日　10：00 ～ 18：00
週末　10：00 ～ 21：00
週二公休

在咖啡公路旁、東山區縣一七五公路十一至十二公里處的左側，「鈴鈴鈴」，傳出了一陣陣敲搖響鐘的聲音，看見了低調的招牌，沿著斜坡上去，穿越了擠滿停車場的車子，伸手搖了三下鐘，表示我們到了這裡。這是大鋤花間的主人別出心裁的想法，「來幾個人，就搖幾下」，成了這間餐廳的特色。

繼續往上走，周遭盡是花花草草，還有一些裝飾品，走著走著，猶如進入了世外桃源。開放式的餐廳，可以鳥瞰山下的景觀，更可呼吸新鮮的空氣。店內提供咖啡、茶類、點心、火鍋還有簡餐，挑好餐點，送上桌，伴隨著宜人的環境、美景，料理變得更加美味。吃飽後可以四處走走，將會發現許多曾經錯過的驚喜。

大鋤花間的主人，厭倦了臺北的生活，放下城市的生活，來到了臺南東山區，開了這間與眾不同的餐廳，在一個偏僻的山中，用堅持的力量及創意，完成了心裡想做的事。正因為他的用心，才讓每一位在此用餐的客人能夠如此的享受、愉悅。

布農工坊民宿

臺南市白河區仙草里 69 號

工坊的男主人是布農族的勇士，也是個業餘的陶藝家，在一次想要尋找陶藝工作室，因緣際會地發現了日治時期臺糖廢棄的舊建物：原石灰採集辦公室，而女主人一直以來的夢想就是經營一間民宿，於是他們花了六個月，將此地改建成心目中的理想民宿。他們保留此地的原味，更賦予建築新生命，周圍的大王椰子，已經是從當時留存至今的了。民宿總共只有三間客房，為的是多與志同道合的朋友們互動，分享彼此的故事，在他們構築的桃花源中留下一篇篇回憶，完成心中的夢。世界上有太多巧合、機緣，於是讓男主人想要把客人們在此發生的故事寫成一本書，記錄下來。

天涯路浮沉難測
星月明暗有時候
今宵巧逢星月同光
知己南北相聚
溫暖的笑語
擁抱我們
忘了將惜別
忘了約後期
沉緬在友愛中（〈友愛〉）

夜晚，我們相聚在一塊兒，一起說著我們的話。與民宿男、女主人的談話間，這首詩的意涵慢慢地浮現了，親切的，感受到溫暖。那份關切、那份溫情、那份打從心裡感受到的人情，成了一條牽連著的絲線。陳秀喜與友人的情感，忘了將惜別，忘了約後期，正如客人與這間民宿一樣，有了友愛的繫絆。

親切的現代說書人

阿盛

刻畫城鄉的人性

文字：黃勝洋、陳揚善、曾子嘉／攝影：連盟家／繪圖：郭哲毓、陳逸婷、駱佳駿

阿盛小傳

阿盛（一九五〇～　），本名楊敏盛，臺南新營人，東吳大學中文系畢業，曾任《中國時報》記者、編輯、主編、主任等職，並主持「文學小鎮：寫作私淑班」。二〇〇〇年以《火車與稻田》獲南瀛文學獎。著有散文集《兩面鼓》、《行過急水溪》、《綠袖紅塵》、《民權路回頭》、《夜燕相思燈》、《萍聚瓦窯溝》等，小說《秀才樓五更鼓》、《七情林鳳營》等。

從高中起，阿盛就開始在報刊上發表小說和散文，從作品當中可以一窺他成長的軌跡，一個傳統農家的子弟，一段天真活潑的童年。南臺灣的成長背景為他的創作提供了豐富的題材，也孕育了阿盛對臺灣的深厚情感。在散文中，他總會找到最適切的手法來呈現農村社會的生活，靠著扎扎實實的生活經驗，刻畫出鄉土人物，這樣根植於土地的寫作風格，展現了本土作家的草根性，讓他為臺灣文學注入一股清新的活力。

此外，由於青少年時期就到臺北讀書和工作，阿盛對於都市人的生活，尤其來自農村的城市處境，更是感觸深刻。同時，在他成長的過程中，面臨臺灣的經濟起飛時期，他親眼目睹了社會變遷中的種種，也體會與觀察出其中的尊嚴、滑稽和荒謬。阿盛常以社會上平凡的小人物為主角，用他獨樹一幟的語言風格，混雜著閩南語與中文，像一位現代說書人，以毫無距離感的親切語調，描繪出臺灣社會的遞嬗、都市生活的所見所聞，以及市井人物堅韌的生命歲月。人生經歷使阿盛不但擅長鄉土題材，也擅長城市居民的人性刻畫。

延伸閱讀暨參考書目

- 《春秋麻黃》，阿盛（一九八六），臺北市：林白出版社。
- 《綠袖紅塵》，阿盛（二〇〇二），臺北市：未來書城。
- 《十殿閻君》，阿盛（二〇〇二），臺北市：華成圖書。
- 《民權路回頭》，阿盛（二〇〇四），臺北市：爾雅出版社。
- 《行過急水溪》，阿盛（二〇一〇），臺北市：九歌出版社。
- 《三都追夢酒》，阿盛（二〇一四），臺北市：九歌出版社。

阿盛
文學地圖
鐵道文化園區
往柳營火車站
急水溪橋
柳營路
雙和路
劉家古厝
真武殿
中山西路
吳晉淮紀念館
和平路
樂仙宮
乳牛的家
南70
急水溪
柳營外環道
鐵線橋老街
台19甲線
通濟宮
姑爺里古厝群

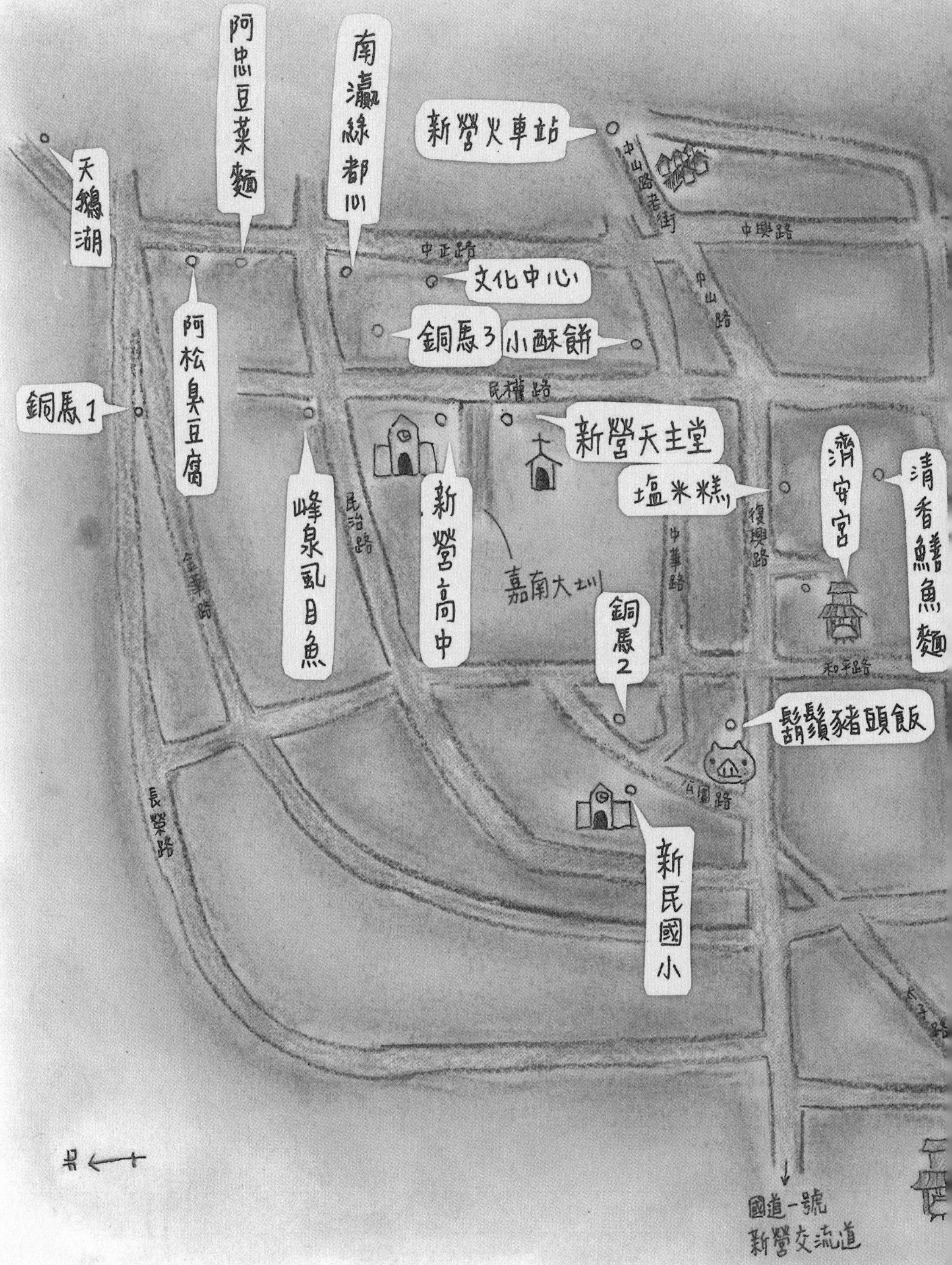
天鵝湖
阿忠豆菜麵
南瀛綠都101
新營火車站
中山路老街
中興路
中正路
文化中心
阿松臭豆腐
銅馬3
小酥餅
銅馬1
民權路
新營天主堂
峰泉虱目魚
民治路
新營高中
嘉南大圳
濟安宮
清香鱔魚麵
塩米糕
復興路
中華路
金華路
銅馬2
和平路
鬍鬚豬頭飯
公園路
長榮路
新民國小
國道一號
新營交流道

那晶瑩的文字帶我們一窺古今風華

一陣涼風襲來，夾雜著絲絲飄落的冰冷雨水，早上九點，灰白色的天空在眼前瀰漫一片。左手邊，一排新建的透天厝，在這嚴寒的天氣裡，顯得格外冷清；右手邊，則是位在民權路尾的新營高中，這是阿盛的母校。而民權路上曾經充滿的古樸氣息，如今放眼望去，卻也都消失了蹤影。

往前走過了嘉南大圳支流，不遠處有一座天主堂，歷經八七水災，九歲的阿盛，曾排在隊伍裡，領取天主堂救助的麵粉、玉蜀黍等。右轉進入武昌街，尋訪阿盛筆下的豆腐、煤球人家，在巷子裡不斷探問老一輩的居民，也全無印象，只好失望地離開。也許時間會吞噬眼前的一景一物，但卻無法阻止一位充滿鄉土情懷的作家，寫下他對故鄉大大小小的回憶。

出了武昌街，繼續沿著民權路行走，不遠處飄來了淡淡的米香，陣陣白煙攖來，掀開蒸籠竹蓋，冒著熱氣的糯米飯閃爍著晶瑩圓潤的光澤，這便是新營著名的「米糕」，阿盛離鄉北上後仍念念不忘的味道。冷冽的天氣裡，肉臊的香味化在空氣中，搭上幾匙魚鬆，溫熱的醬汁融化了冰冷的氣息。

走到了民權路頭，書中的打鐵店，連一點鐵屑都不復見，藥舖、榨油店、蓄水池、大井全部都已消失，被一些新式店鋪所取代。而阿盛的出生地，民權路七號，也聽不見往日那個嬰孩洪亮啼哭的聲音。前方的三角環，當年阿盛看到的是兩列人力車，如今是兩排汽車，車夫的淚水已乾涸，徒留一輛輛小客車馳騁而過，嗅不出一丁點書中的氛圍。想像著一排人力車停佇於此，每位車夫的身材、事蹟，抑或辛酸與歡喜的場面，兩眼望去，那一件件鮮明的事蹟，已隨著往來車輛排放的廢氣而昇華、散逸。

接著民權路頭的是延平路，沿著延平路直走，右手邊是真武殿，內殿有一清朝留下的匾額「天光飛柱」，歷史悠久。阿盛六歲那年，祖父帶他到真武殿寄名為上帝爺的契子，從此阿盛便常常戴著香火袋，期間雖受到大哥、都市人的嘲笑，阿盛仍堅持自己。真武殿，是祖孫兩人共同的記憶。

一列五分車輕輕駛過，伴著遊客的嬉鬧聲，顯得悠閒許多，這裡以前是臺糖鐵路，現已改為觀光之用。當年阿盛坐在南光中學的教室裡，聽到的可能是蒸汽火車載著一枝枝甘蔗，穿越田野，像一隻氣喘吁吁的老牛笨重的向前邁進。時間的轉移、季節的遞移，「現實的人生，實在得像那滴在土地上剎剎作響的西北雨，不能潤濕稻田的雨滴對稻田毫無助益。」阿盛所描繪的景象，確確實實貼近人們的生活。藍天下，青草依舊窸窸窣窣的搖擺，由於有了那晶瑩的文字，我們得以一窺古今風華。

童年阿盛眼中的新營，是一塊又一塊綿延的農田，拙劣的稻草人散落著，水圳在田邊川流而過。磚造的老厝裡，大人們在庭前晒稻穀，小孩瞪著大眼睛聽老人們訴說一則則的鄉野傳奇。麻雀機靈的飛來，啄一下穀粒，抬一下頭。狗兒的吠聲響起，麻雀遁入無垠的空中，徒留老犬伸著紅舌喘著氣。

二十多年了，老厝已不在，田地已換主，玩伴已星散，磚庭已改樣；卻是，當年看著麻雀啄穀粒的情狀，恆常深印腦中，啄一下，抬頭看人……還有，城裡的霓虹燈真是很像孩子王手中的手電筒……，還有還有，一把米，一個畚箕，一條繩子……繩子，繩子，繩子，繩子究竟在誰手裡？偶爾沉思中驚醒，我無法回答自己的問題。（〈拾歲磚庭〉）

⋯

走上了新營與柳營交界的急水溪橋，橋下的溪水在冬季枯水期乾涸成涓涓細流，伴隨著灰褐的泥濘，似乎沒有母親之河的溫暖面貌。或許，來年夏季到來時，當豐盈的雨水灌注，明亮的陽光灑落，急水溪又會呈現出另一番面貌。返回民權路，天空染上了一層極淡的橘紅色。剎那間，路燈、招牌相繼亮起，新營這個都市中的鄉村、鄉村中的都市，人潮慢慢多了起來。「臺灣是唯一的，無可替代複製的，現今的年輕人應當學會親近它、尊重它，也尊重親近所有為它付出心力的。」阿盛如是說。回頭遠望，雄糾糾的銅馬在暮色中逐漸地斑駁，逐漸地泛黃。時光的膠捲正在軋軋轉動。恍惚中，我們走在這條新營的道路上，迎向五十年前的那抹晚霞。

歲月走過急水溪，歲月走過嘉南大圳，歲月走過姑爺里，歲月走過上帝廟，歲月也走過新營人的心路。（〈姑爺里紀事〉）

⋯

雄糾糾的銅馬在暮色中逐漸斑駁。

文學地景

新民國小

臺南市新營區公園路一段136號

新民國小創立於一九四二年，前身是新營西國民學校，一九五〇年改名為新民國民學校，一九六七年改為新民國民小學。校園裡綠樹蓊鬱，坐落其間的校舍建築，紅白相間，牆面上鑲嵌有巨幅的彩繪，散發純真的童趣。

阿盛曾在新民國民學校度過了六年的光陰。〈藤條戰國〉中提到，母校因位於新營西郊，一般人又稱作西國民，俗稱錫罐；而另一所新營國民學校則被稱為東國民，俗稱銅罐。在那個讀書至上的時代，兩校在升學成績上競爭激烈，也帶出了許多不正常的教育形態。在上完白天的課程後，晚上還要強迫留在原教室補習。督學來的時候，學生被迫轉換陣地，在夜色與星光中踏著步伐，走到屠宰場或糖廠去上課。六年級的升學班簡直就是進入了戰國時代，日日月月小考不斷，藤條打落的聲音如同爆

阿盛曾在新民國小的前身新民國民學校中度過了六年的光陰。

發的戰火。

「快要打戰了！努力！」老師日日這麼說，打仗不叫打仗，他說打戰，我們看過許多兵，駐營在校內，有槍有子彈，有背包有水壺，老師說：「你們看，他們很勇敢，他們會打戰，你們也要勇敢去打戰！」（〈藤條戰國〉）

但阿盛四年級與六年級時也遇到了好導師，他堅持體育和音樂要正常上課，不能挪用；雖然也在夜間為同學補習，但從不過問學生是否繳交補習費。他不咒罵成績不好的學生，也不嘲笑貧窮的人家。常常會拍著阿盛的頭問：「小冬瓜，國語有沒有進步一點？」畢業的那天，阿盛還拿到了全校第三名的家長會長獎。回憶起這位恩師，阿盛寫道：

說起來，是我走運，新導師在有形無形中為我塗掉許多心思的黑點。我很放心地按自己想法寫作文，很放心地伸出手挨打手心，很放心地在週記中記下感想的話言，並且很放心地考上初中，然後告別了本來就該放心快樂的童年。（〈二師在田〉）

新營高中

臺南市新營區民權路 101 號

新營高中成立於一九四六年，前身是臺南縣立新營初級中學。一九五〇年開始試辦高中，一九五二年成為擁有初中部與高中部的完全中學，並更名為臺南縣立新營中學。

在新營中學時期，不論初中部還是高中部，都是新營地區的第一志願。阿盛在新民國民學校畢業後，考入初中部，之後也順利考進高中部，直到高三時才轉學至南光中學。

中學時期的阿盛大部分的時間都在混小太保。初一時，他的身高雖然只有一百二十八公分，但打起架來十分勇猛。他們打架喜歡選擇在火車站前、廟前或是戲院前，因為人潮聚集，引人注目。與他一起混小太保的，還有鹿港婆的兒子林秋田，兩人曾一起打遍整個新營。對於兒子的這番行徑，母親總是苦口婆心地勸告：「盛也，爾心肝軟，不夠奸雄，做小太保，莫使得啊。」

雖然沒有花心思在課業上，但衝刺了一個月的阿盛也考上第一志願新營中學的高中部。註冊時，阿盛遇見了一個就讀初二的女孩，燃起了小小的愛的火苗。

註冊那天，我遇見她。就那麼四目相接，很簡單，真的只是四目相接！此後，新營街市上少了一

新營高中裡一段純純的愛，滋養了當年阿盛的寫作才華。

個小流氓，因為我自覺心中有了愛，不該再到戲院去結群打架，那是小孩子的作為，要談戀愛的人怎麼可以行事像小孩呢？（〈舊情記〉）

此後，阿盛想盡辦法去認識她，也希望能吸引她。高一時，他寫的作品登在校刊上，放學時在校門口與她迎面相遇，她的眼光注視著阿盛胸口繡的名字，令他欣喜萬分，自覺可以展開追求行動，於是以二十元為代價，拜託一個工友代送情書。沒想到工友把信送進了教官室，阿盛被記了一支小過。就在第十七次遇見她時，阿盛鼓起勇氣迅速地塞了一封信給她，然後迅速地跑開，途中還跌了一跤。令阿盛驚喜的是，她居然回信了！在第二十一次遇見她時，收到了她遞來的紙條，上頭寫著：「你要好好準備考大學。」連同句點一共十個字，就令阿盛興奮到眼眶濕潤。此後，阿盛更努力地寫小說，發表在校刊上，只為了博得她的青睞。

憂鬱過了三百六十五天，她畢了業，不知流落何方去也，我也升上高三，自是，埋頭寫小說，將所有的夢拋進文字中，也將所有教科書裡的文字拋在書桌外邊。（〈舊情記〉）

一個作家就這樣誕生了。於是今天才有這麼多阿盛精采的文學作品可以拜讀。新營高中的校園裡，青春的少男少女漫步著，交談著，歡笑聲盈溢在空氣中。小小的愛苗或許也在他們的心裡滋長著，無論能否茁壯長大，都是成長路途上難以忘懷的印記。

民權路

民權路口七號內進的一落老房子，是阿盛出生的地方。這條路除了充滿阿盛小時候的回憶，他也從中體會到新營的轉變。

對於故鄉，阿盛是無比的熟悉。在〈民權路回頭〉裡，他細數這條成長之路從街頭到路尾的種種情景。民權路的盡頭是新營中學與中山公園，公園旁的小屋住著一個老兵。中學緊臨嘉南大圳支流，支流旁是教師宿舍，宿舍裡住著南腔北調的老師們。宿舍南側的天主堂後方，有一戶做煤球的人家，大熱天裡煤球男子總是赤裸上身在黑炭堆裡工作。煤球人家的斜對面是豆腐人家與紅衣道士，道士人稱司公柳，專治各種疑難雜症、疑心撞鬼。再過去則是福州人開的理髮店與苦旦月裡的家。月裡的家人很可能在西來庵事件中遭到屠殺，還在襁褓中的她被丟棄在路旁，由一個歌仔戲班老主人抱回撫

嘉南大圳。

養。從小便在戲班裡打滾，哭腔堪稱一絕。再往南則是一座老大宅，主人從福建渡海來臺考秀才，因為聽說臺灣的秀才比較好考。

民權路的路頭，根據〈人力車夫〉一文的描述，路口左側是一個蓄水池，一號是間打鐵店，二號是雜貨店，旁邊有口大井。三號貌似藥行，五號是純閩南式建築，七號是榨油店。這一帶也是人力車夫聚集的地方。

〈人力車夫〉中，阿盛還回憶了小時候在民權路口的「人力車夫」與「鐵牛車夫」之間的故事。原先的民權路頭皆是由人力車負責貨物的運送，然而某一年的春節前後，新造的馬達五輪車出現了，即俗稱的鐵牛車，鐵牛車與人力車分別在民權路的單號與雙號邊排班，出現了楚河漢界。

在鐵牛車出現之後，也漸漸地開始進入機器時代，各式各樣新式的交通工具開始出現，卻也因為飛快的速度讓造成了許多次與人力車擦撞的意外：

在兩年多內，人力車夫金泉、柳丁、紅柿三人折了腳，靠雙腳吃飯，不可能了，退出車列；人力車夫秋三、憨忠兩人與客車擦撞，一個傷肩，一個斷三指一趾，無大礙；鐵牛車夫紅目，被火車撞得湊不齊屍身；鐵牛車夫水牛、正國、李子糖、金樹四人都與汽車冤家相遇，水牛傷重，另三人綳帶包頭包手包腿，休息幾天，重回民權路。

在阿盛入伍前夕再度返回民權路時，卻早已感受到不同的氣息，人力車只剩兩輛，鐵牛車的數量大減，僅存的兩位車夫也不認得他，只見兩輛摩托車救火似地越過汽車，消失在民權路口。如今來到同一個地點，兩旁的新式商店與建築取代了過去那些阿盛的回憶，車水馬龍的街頭完全感受不到過去人力車夫等待載貨的感覺，以前的那些景象或許也只存留在老一輩的回憶中了吧！

新營天主堂

臺南市新營區民權路61號

新營天主堂的正名是「天使之后堂」，由德國籍神父宰慕良等人籌劃，建於一九五四年。「天使之后」是天主教對聖母瑪利亞的稱呼，西方許多著名的教堂都以此為名。

阿盛在〈麵粉．神父．耶誕卡〉裡提到，小時候常常見到神職人員在聖堂前發放麵粉奶粉：

在新營天主堂中穿梭，彷彿體會到六十年前宰慕良神父和胡國臨神父那份悲天憫人的胸懷。

我幾次見過發放麵粉奶粉的場面，神父修女真是客氣，跟每個人問這問那，居然都是用閩南語，他們用緩慢的、八聲不分的音調說：信耶穌的人有福喔！耶穌愛世人喔！有閒來做禮拜喔！……卻是，鄉人喜歡這麼開玩笑：信啥麼？信麵粉教啦！

在那個困苦的年代，這樣的物資捐助使許多貧戶受惠。阿盛身上穿的褲子，也是用教會發放的麵粉袋縫製而成的。不過從小生長在多神世界的阿盛，仍無法接受教會的一神信仰，他覺得應該可以用更寬容的眼光看待這個人世。

由天主堂正門走入，映入眼簾的是略帶日式風格的兩層樓房，東側是神父住宅，西側是客房，正樓與東西兩側樓房上下相通，充滿了東方的氣息。

在天主堂的建築中穿梭，彷彿體會到六十年前，宰慕良神父和胡國臨神父初次來到新營，並開始傳教的那份悲天憫人的胸懷。

阿盛曾在〈契父上帝爺〉一文中提到祖父帶他到真武殿，認作上帝爺的契子。

真武殿

臺南市新營區南興里延平路 112 號

新營真武殿主祀玄天上帝，陪祀南斗、北斗星君、福德正神、註生娘娘及康趙兩元帥。據說廟址前原是一個池塘，早期有個牧童玩耍，就地取土捏塑成神像，朝夕膜拜而顯靈氣，於是沈芳林、沈葛林等人遂首倡集資五百五十銀元在咸豐五年（一八五五年）為玄天上帝建廟。

一九八一年發生九三水災，新營真武殿也遭洪水淹約兩公尺。當時因為殿裡泥塑金身的神像有七尺高，重量超過百斤，搬動不易，導致神像遭洪水浸泡超過十二個小時之久。隔天主委劉川上等洪水稍退後前往探視殿內狀況，竟然目睹神像移動了兩尺多的距離，避開部分洪水到另一個拜案上，因此神像的帽冠神袍免於受到潮溼汙損。這一現象被視為神蹟顯靈，當地信眾也因此傳頌不已。

阿盛曾在〈契父上帝爺〉一文中提到，六歲那年，祖父帶他到真武殿，認作上帝爺的契子，祈求能平安順利的長大。儀式完成後，廟公給了一個香火袋，阿盛便一直放在上衣袋中。祖父和孫子的聯繫，流露在墨字已模糊的香火袋，一包包的香灰，象徵的不只是虔誠的信仰，更是出自於親人之間的關愛。儘管阿盛在之後的生活裡，遇到了層層阻礙，與不同信仰的大哥起了衝突，但是那份單純的執著，包裹住了單純的信仰，貫穿了兩人的心，而轉變成恆久不變的感情。

我取下香火袋，嚴肅面對與我契父同稱號的神，我突然很想告訴大哥，祖父其實很寬容，他並不頑固，而且我衷心甘願學祖父做好人。（〈契父上帝爺〉）

濟安宮

臺南市新營區忠義街 28 號

新營濟安宮初建於一八四〇年，一八九四年由地方人士自行募款重修。日治時期廟堂曾一度改為客棧，而後日本政府推行神道信仰，保生大帝的香煙於是沉寂了一段時間。二戰後，宮廟經過多次整修，規模日益擴大，現今的濟安宮則是一九九二年重建後的模樣。

濟安宮供奉的是保生大帝，而民間稱呼保生大帝為大道公，因此新營濟安宮又稱大道公廟。

保生大帝本名吳本，熟習草藥、針灸、湯藥，醫術精湛，仁心仁術，盛名遠播，於是名列仙班。傳說吳本有一回前往山中採藥，遇到一頭奇特的老虎，額頭是白色的，眼睛散發著金光，因為吃了人，

民間稱呼保生大帝為大道公，因此新營濟安宮又稱大道公廟。阿盛的〈十殿閻君〉提到，小學同學林秋田曾經加入大道公廟幫的往事。

骨頭哽在喉嚨，痛苦萬分。吳本不忍見牠受難，於是施予援手，為牠救治，並以仁心感化了牠，從此不再吃人。老虎感念恩德，自願擔任保生大帝的座騎。所保生大帝的廟龕之下，多祀奉有老虎神像，稱為「猛虎將軍」或「虎爺」。

阿盛在〈十殿閻君〉提到，他的小學同學林秋田曾經加入大道公廟幫。幫裡出現了一個大流氓，他缺了一隻腳和一只耳朵，曾七、八度入獄。最後一次出獄時，重整了大道公廟幫，藉勢向當地商家、居民、賭場收取各種保護費。林秋田的母親鹿港婆以賣唱講古為生，大流氓要求她按月繳交金錢，否則要拉斷她那支月琴上的每一弦。林秋田捍衛母親，與大流氓鬥毆，砍斷了他僅剩的一隻腳，大流氓囂張不起來，只好回去賣油條。

〈心情兩紀年〉中，則描述了阿盛年少時混小太保的往事：

那一年，我十五歲，夏日炎炎，我黨與彼黨約在新營大道公廟前對打，開打後不久，對方有人突然拿出一把長刀，我大叫：不可以，不可以。拿長刀的人跑向我，用長刀削斷我手中的木棍，接著用長刀刀背狠狠擊打我背部，我暈倒在地，醒來時躺在大道公廟的護龍房間裡，護龍就是廂房，廂房裡有很多神像，我看著想著，想起我的契父玄天上帝爺，我是玄天上帝爺的契子，正正式式拈香叩頭拜認的契子，母親每天都會檢查我身上是否帶著上帝爺的香火袋，她說香火袋可以保平安。我摸摸香火袋，母親的話像廟中的香蘢，輕輕飄升到腦海；盛也，盛也啊，爾要做讀冊人才好，爾做小太保，莫使得，爾心肝軟，爾不夠奸雄啊……

而今，阿盛已不是小太保，成了作家，也屬於母親口中的讀冊人，算是遂了母親的心願。對於往日種種，阿盛說，〈心情〉這首歌的歌詞正符合他的心意：

心情親像一隻船，行到海中央，海湧浮浮又沉沉，就是我的心情。

太子宮

新營市太北里太子宮45號

太子宮的起源，是一段先民墾拓的故事。

康熙皇帝即位之時，滿清初定中原，天下戰火未熄。一群來自福建泉州府晉江縣的百姓，決意從廈門渡海前往臺灣，尋覓新天地。面對波濤洶湧、禍福無常的黑水溝，他們迎來家鄉信奉的三太子神像，一道登船。經過七天的航程，平安抵達月津港。上岸之後，他們在蔓草覆蓋的荒地中，胼手胝足，辛勤開墾，一步步建立了自己的家園。為了感謝太子爺一路護佑，他們合力興建一座小廟，供奉太子神像。此後，移墾的人紛紛來到，鄰近地帶逐漸繁榮，當地人也把這一帶聚落取名太子宮堡。

現在新營的太子宮，可以追溯至康熙二十七年（西元一六八八年）。一七二八年鄉里人士集資擴建，廟宇規模增大。一八八三年地方耆老再次集資重建，香客日多。一九二六年宮廟整修，增建拜亭，奠下今日的基礎。現在的太子宮則是一九八一年動工整修，歷經十年始告落成的面貌。

太子宮主祀哪吒，又稱中壇元帥。他在小說《封神榜》、《西遊記》都是形象鮮明的角色。民間的太子爺形象是腰纏混天綾，一手握住尖鎗，另一手持乾坤圈，腳踏風火輪，具有翻天覆地的能耐。阿盛〈十殿閻君〉裡的鹿港婆，便在太子宮前賣唱乞食。鹿港婆的兒子林秋田與阿盛是國小同學，在那個重視升學的時代被老師視為壞學生。老師總是用刻薄的話語嘲諷他：「去當小太保好了，你和楊敏盛都去當小太保好了，你這個乞丐的兒子，不學好，將來也做乞丐！念不起書就不要念！」在學校，他被老師用籐條鞭打，人格與能力都不受肯定，漸漸走入歧途。

小學畢業後，林秋田到食油廠去當學徒，受不了辛苦的工作，最後混入黑道。年少輕狂的阿盛，還曾與林秋田的人馬在火車站前對打，林秋田打傷了很多人，卻不願揮棍毆打阿盛。

有一回，一個中年男子莫名出現，宣稱自己是鹿港婆女兒林秋芬的生父，打算將她帶走，賣作娼妓。林秋田刺了他一刀後逃逸，被捕入獄服刑。三年半後，出獄的林秋田成了新營大道公廟幫的領袖，化身為真正的黑道大哥。因為殺人，再度踏上了流亡之路，一路又殺傷殺死了許多人。最後林秋田被判處死刑，遭到槍斃，屍體是阿盛前去認領的。生前身軀在陽間輾轉流徙；死後的林秋田，魂魄是否在地府接受閻君的酷刑呢？一個人如果不幸踏上了沉淪的路途，要何時才能得到真正的救贖？

講起第四殿，冥王是五官，這殿毒蜂沸湯齊準備，對付流氓騙子和奸偽，聽倌，且問世人忙什麼？都為三餐忙不休；想什麼？都為妄念昏了頭；等什麼？回頭是岸向道修。（〈十殿閻君〉）

太子宮廟頂有一尊三十一尺高的太子爺銅像，從天空俯視芸芸眾生，威風八面。看過這人世的悲歡離合，任何一個小孩都會迅速長大，脫離純真的童年。

太子宮廟頂的太子爺銅像有三十一尺高，從天空俯視芸芸眾生。

樂仙宮

臺南市新營區和平路以西，新進路二段小巷中

在民榮社區和平路西側的巷弄，以及廠前街一帶，早期曾是新營著名的風化區。因為這裡種了很多楊桃樹，人們便以「楊桃宅仔」代稱妓女戶。鼎盛時期，曾有樂仙宮、桃花鄉等五家合法娼館，客源多半來自鄰近的軍營、糖廠及工廠的工人。

阿盛〈姑爺庄四季謠〉裡頭的鴨母王，即是娼館的經營者。他的娼館表面合法，暗地裡仍從事許多非法勾當，甚至與當地議員合作，從事人口販賣，逼良為娼。而〈十殿閻君〉文章裡的鹿港婆，則出身自番薯市。阿盛說，番薯市是新營人對娼寮妓館的代稱。

對於娼妓的處境與心聲，阿盛有一番獨到的體察。〈綠袖紅塵〉就可以看作是一篇以代言體所寫成的娼妓報導文學，文中藉由六個臺北應召女郎的際遇，勾勒娼妓的內心世界。

秋秋是山地人，甚至沒有身分證，十四歲便被父母賣入妓院；她曾三次回到臺東老家，三次都看到父母喝醉酒。屏屏高二那年被男同學糟蹋，從此離家出走，隻身來到臺北；她出賣靈肉所賺來的錢，幾乎都奉獻給吃軟飯的男友。如如原本在餐廳駐唱，被一個成衣商所騙，成了違反票據法的罪犯，出獄後開始從事應召工作。芳芳曾是大學生，就學期間家鄉布袋發生大倒會風波，她的家人成了受難者，不得已離開學校。虹虹自稱當過幼稚園老師，家境並不差，賣身賺來的錢多半投入物質享受之中，買黃金、首飾、衣服；而這樣的心態可能來自對男性的報復心理。

二〇一四年，民榮社區計劃將樂仙宮舊有的屋舍加以整建，設置十二婆祖文化館，讓人們重新以溫暖而光明的心靈，去面對過去這段風花雪月的歷史。

他對我說，有一種鳥，牠追著太陽飛，為了將自己的身體引燃，使自己在燃燒後重生，他說那是火鳳凰。後來我問芳芳，她說這是個「神話」，我懂她的意思，我們這種人為錢所累，自覺不乾不淨，也許不夠資格把自己比成火鳳凰，就像芳芳說的我們折斷了翅膀。（〈綠袖紅塵〉）

時過境遷，新營的合法娼館已陸續倒閉。樂仙宮在一九九六年遭人檢舉以雛妓接客，被勒令停業；桃花鄉也在二〇〇一年關門大吉，如今只剩斑駁的招牌和殘破的屋舍。這裡的磚瓦源自於人性原始的慾望，而人們卻又不願正視內心底層的自己，寧願蒙上層層黑幕，讓它沉淪在陰暗的深淵底下。

二〇一四年，民榮社區計劃將樂仙宮舊有的屋舍加以整建，設置十二婆祖文化館，讓人們重新以溫暖而光明的心靈，面對過去這段風花雪月的歷史。

南瀛綠都心、新營文化中心

南瀛綠都心　臺南市新營區東山路 197 號
新營文化中心　臺南市新營區中正路 23 號

阿盛〈民權路回頭〉、〈姑爺里記事〉這兩篇文章記錄了南瀛綠都心與新營文化中心所在這塊土地的變遷。日治時期，這裡是日本神社，擁有高三公尺的鳥居，以及石燈、石橋、屋宇、銅馬等日式造景。二戰後改為中山公園與忠烈祠，名稱改了，裡頭供奉的牌位改了，但建築、設施則仍維持原樣。

後來，忠烈祠遷移，大樹砍除，這裡蓋起了文化中心。鋼筋水泥取代蓊鬱大樹的景象，令阿盛憤怒。他覺得「一樹火紅的鳳凰樹蔭下才找得到文化」。

而今，這裡改造成南瀛綠都心，加入了公共藝術、親水設施與燈光設計，設置了藝文廣場、景觀

〈民權路回頭〉、〈姑爺里記事〉這兩篇文章中，阿盛記錄了南瀛綠都心與新營文化中心所在這塊土地的變遷。

湖、服務中心、溫室花房、太陽能光電廣場等，面目一新。綠都心是忙碌的人們放慢腳步、休閒的好地方。悠閒地走在公園中，綠地上有著一隻隻充滿了創造者不同想像的梅花鹿，每一隻鹿都有著自己獨特的故事和適合牠的色彩。

湖裡會有成群的小蝌蚪，抓蝌蚪是新營長大的小孩子人生中一大趣味。各式各樣的花兒在大樹下綻放，鮮紅、亮黃、海藍、橘橙、深紫、銀白，令愛花者心花怒放。

公園裡有許多參天大樹，最吸引人的是鳳凰樹，有三層樓高。阿盛描述：「夏天一到，開起花來能叫人心驚，好遠好遠就見得著一大團火紅，連著白雲連著藍天。」

阿公阿嬤們最愛在休閒棋弈區一邊下棋、一邊聊天，這已經成為了他們的生活。在環繞步道上悠閒地散步，享受舒適的微風和陰涼的樹蔭。假日時很多家長會帶著孩子們來綠都心遊玩，看到孩子在

綠地上每一隻鹿都有著自己獨特的故事和適合牠的色彩。

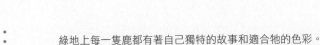

綠都心旁邊有著文化中心，進去陶冶、洗滌心靈是很棒的選擇。

青草地上追逐、玩球，心情也跟著好了起來。

就像小提琴和鋼琴的完美搭配，綠都心旁邊有著文化中心，進去參觀美術展陶冶、洗滌心靈，或是到圖書館、期刊室找個位子坐下來，看看報章雜誌、沉浸在書香中都是很棒的選擇。

〈木村三郎還在〉這篇文章裡提到，有一年阿盛回到新營時，還在文化中心附近見到木村三郎。木村三郎是阿盛的三表舅，全身骨瘦如柴，只穿著內褲，自稱從頭到腳都有病。日治時期，他曾經向警察告發自己的親哥哥經營私宰場，害他入獄服刑。二戰後，又向派出所檢舉當地百姓撿拾煤屑轉售謀利，害阿盛的母親也吃了官司。後來親友將他趕出祖居，恩斷義絕，他轉而到新營夜市賣藥耍特技；藥品讓人吃出問題後，他又轉行吃選舉飯，幫忙鎮民代表、議員候選人競選。在白色恐怖的年代裡，有人指稱他是告密者。也曾組過一支西樂隊，為喪家演奏，但樂隊成員的穿著滑稽，而且只能演奏〈驪歌〉這一首曲子。西樂隊解散後，他開始出現在各種抗議場合之中。阿盛因為擔任南瀛文學獎的評審而再度來到文化中心，他向人探問三表舅的下落，一個冰攤老闆指點了木村三郎的住處。

我繞路靠近廂房，破落得不像樣了，窗口望入，久久始見出房內有人，坐在竹椅上呢，上身無衣，髮仍多，十之八九灰白，長幾近肩，閉眼張唇。（〈木村三郎還在〉）

阿盛描寫這些鄉野傳奇人物時，總是栩栩如生，宛然在目。其實，只要用心體察，心存關懷，在我們身邊形形色色的人們，也都是一則又一則的傳奇。

銅馬

印象中的馬總是在戰場上奔馳，踏出達達馬蹄聲、揚起粒粒的沙塵。因為馬如此英勇的形象，自古以來人們精巧的雕刻出一批批栩栩如生的駿馬，凍結住飛奔在空中的那一瞬間，給人觀賞。力與美的最佳詮釋，無疑是馬。阿盛曾提到：「中山公園裡有日式鳥居、石燈、石橋、房宇、銅馬，鳥居概約三公尺高，表示位階普遍。但有一對銅馬可觀，看得出好手藝，皆三足落地，一足半抬，分立祠堂階下左右、彼此對面，馬足下底座約高三尺。」可見當時中山公園裡還存放著新營神社殘留的銅馬。

每隻銅馬都昂然挺立，象徵新營人堅持到底、刻苦耐勞的精神。

不過今日如果你來到新營，想要參觀銅馬，還是先到體育場旁的小公園找出八隻銅馬，每隻馬都昂然挺立，象徵新營人堅持到底、刻苦耐勞的精神。在這繁忙喧囂的道路中，能尋一塊靜地，欣賞快樂又自在的銅馬，不自覺的心情也好了起來。馬的神色顯示出雕刻家的純熟技巧，不只刻出了馬精細的外型，更深刻雕琢出馬的心靈。

接著可以到公園路一段，也就是新民國小前的兒童休憩區內，這匹馬原本佇立在日治時期新營神社前，正是阿盛筆下的姿態，與公園裡的那八隻略有所不同，看起來較有氣質，像書生所騎的馬，在城郊中漫遊散步，欣賞路旁優美的景致。

另外還有一匹位於南瀛綠都心，是神社銅馬的復刻版。柔軟的綠色草皮襯著偶有幾絲白雲飄過的藍天，草原中的那匹馬，似乎在廣大無垠的世界裡遷徙。有機會到新營，來個銅馬之旅，體驗每一隻馬不同的特色、不同的氣息。

新營鐵道文化園區

臺南市新營區中興路42號

說到糖廠，便勾起了許多人小時候的回憶。那時候，人們總是追著火車，偷拔幾根甘蔗來吃。而阿盛只要坐在教室裡，聽著火車的聲音，就可以分辨出是哪位司機駕駛的，可見當時貨物的運輸是多麼頻繁。甘蔗不只提供人們糧食，更是臺灣經濟的一大產業。

鐵道文化園區內保存著蒸汽火車，德馬牌、日立牌等等形式的火車頭，還有順風牌內燃機車、巡道車、砸道車、蔗廂車。鐵道文物館裡則收藏有上百件的鐵道文物器具，例如早期用來做為各車站之間信號傳遞的磁石式手搖電話機，到現在還能發出聲響，通話功能也都還保存著。

現在到了新營糖廠，只能看到遊客搭著觀光五分車遊覽，產業總是隨著時代在改變，而人們也必須看清社會的變遷。阿盛走過了早期的農家生活，歷經臺灣經濟的重大變革，在這種強烈的衝突下，如何適應一個新的環境，便成了重大的課題。

阿盛〈火車與稻田〉一文中，以稻田象徵傳統農村生活，以火車象徵入侵的都會文明。當火車噹噹噹地開過時，父親仍在田地裡以獨特的姿勢彎腰拔除雜草，喘著氣，一如往昔辛勤地照護著田裡的作物。火車進站，又駛離，載走了大哥、二哥、三哥。從大都會回來後，他們就變得不一樣了。衣領雪白，燙線筆直，開始不喝鐵皮壺裡的開水，開始把穿著漂亮的女郎帶進門，開始嫌棄家中的大灶與菜園，開始與父親母親疏離。

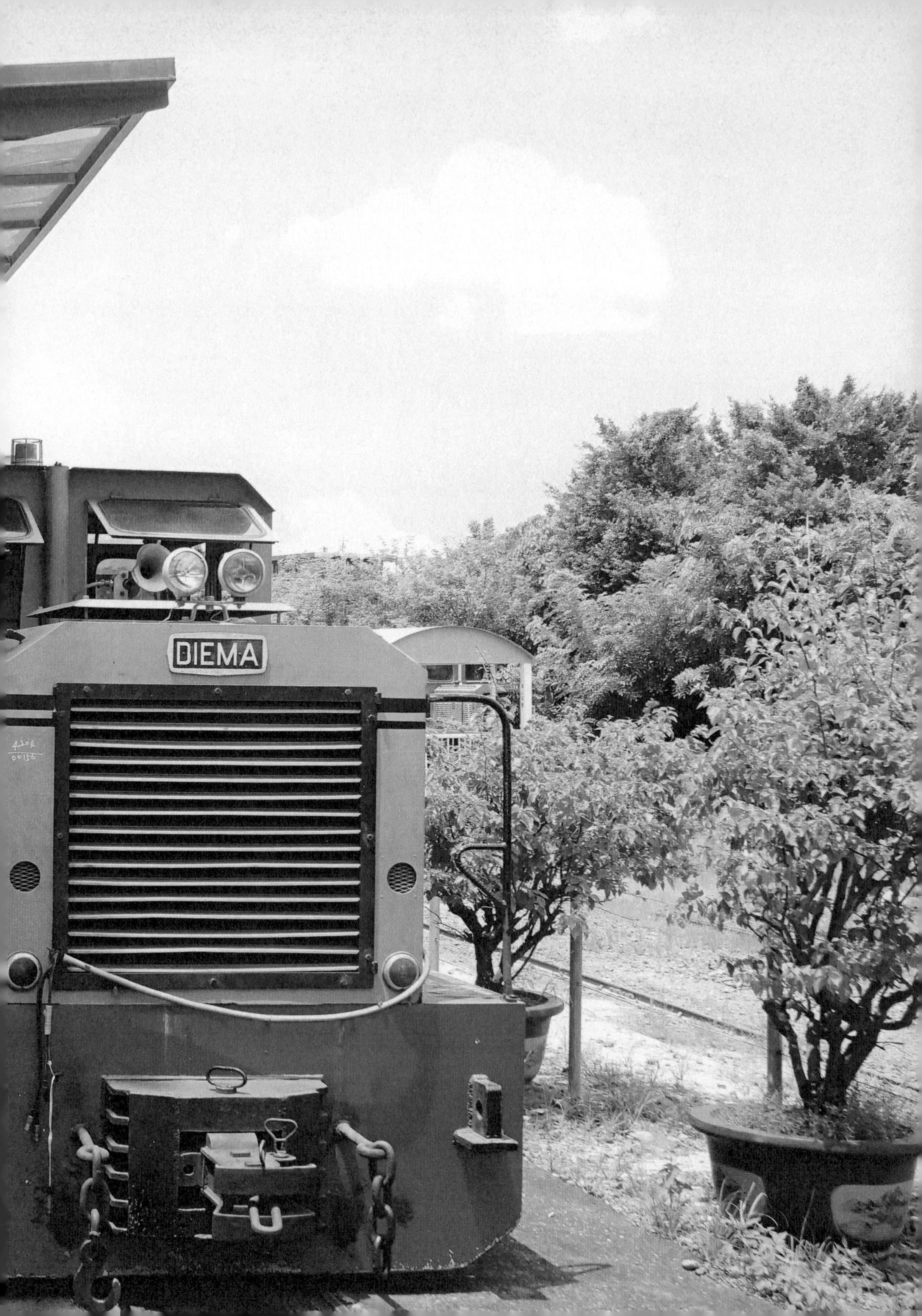
DIEMA

新營鐵道文化園區中的觀光五分車，見證了臺灣地區的產業轉型。

兒子伸手要拔路邊的長草，妻喝止了他，髒髒，你看，弄髒髒了爸爸打你。猛抬頭，我近乎憤怒的瞪著妻，她惶惑地注視我，我腦中一團紊亂，一時之間不想對她解釋為什麼生氣，我拍拍兒子的頭，順手抓住一叢草，習慣性地捏著最底下一截草梗，噗一聲，草根與碎土同時離地而起。

（〈火車與稻田〉）

原本農業社會裡最溫暖的土地，卻變成了都市人們拒絕親近的對象。一段話寫盡了古今往昔的差異。產業轉型了，人也變了。不變的是我們都還保有童年時最初的記憶。

姑爺里古厝群

臺南市新營區姑爺里

關於姑爺里的由來，阿盛在〈姑爺里紀事〉中提到一則傳說：

延平郡王開府臺南之後，將士親族各有領地，鄭氏姑爺楊某策馬竟日，馬蹄所至的土地盡皆歸其所有。楊姑爺的土地在今日新營姑爺里。

相傳鄭成功的妹妹鄭婉下嫁給楊瑞璉，鄭成功允諾楊瑞璉騎馬所經之地都封賞給他。楊瑞璉縱馬馳騁三日三夜，最後因為被灌醉而結束了策馬圈地的傳奇。

現在的姑爺里包括挖仔、刺桐腳、姑爺庄等三個聚落，仍有許多楊姓的住民，並保留了許多傳統古厝。

楊家古厝內至今仍供奉著楊瑞璉和鄭婉的牌位。據說鄭成功還曾賜一塊「下馬牌」給楊瑞璉，文武百官到這裡都要下馬步行，以示尊敬。

下馬牌原本豎立在古厝前，日治時期遭人拿去做為豬圈的圍籬，而後在某次大雨釀成的洪水中被沖走，至今下落不明。

現在的姑爺里包括挖仔、刺桐腳、姑爺庄等三個聚落，仍有許多楊姓的住民，並保留了許多傳統古厝，形成一個極具特色的古厝群。姑爺庄聚落的信仰中心是「代天府」，主祀五府千歲，已有百年的歷史。

在〈姑爺庄四季謠〉裡，阿盛描繪了姑爺庄的鄉野傳奇：

豬哥三養了一頭種豬，靠牽豬哥討生活。牽豬哥是早期農村裡提供品種優良的雄性豬隻，給飼養母豬的人家配種的行業。

豬哥三擁有一雙美麗的女兒，時常有人上門提親，但都被他拒絕。

有一天，豬哥三的豬被議員楊進興養的狼狗給咬傷了。楊進興橫行鄉里、作威作福，甚至與老娼頭鴨母王勾結，拐騙年輕女孩下海為娼。姑爺里一位小學老師李德明看不慣他的作風，挺身與他打對臺，競選議員，竟成功將他擊敗。敗選的楊進興家財散盡，失權失勢，上吊自殺。他的女兒楊素珍被逼到情色咖啡廳裡當應召女郎，為生活出賣肉體。

人生像一首又一首的歌謠，傳唱過一季又一季，隨風散入冷冷的空氣中。

故事如謠唱，不宜拖戲棚，反正世事萬般風過水流，人生四季不回頭，我就說到此，不再拐彎。

（〈姑爺庄四季謠〉）

鐵線橋老街屋

臺南市新營區鐵線里

鐵線橋原先真的是一座橫跨急水溪的橋，至於為什麼叫做鐵線，已不可考，很可能來自西拉雅語的音譯。清領時期，鐵線橋位居南北往來的要道上，又面臨倒風內海，陸上有熱鬧的商街，海上有泊船的港口，魚鹽商販往來，人口群聚。當時鐵線橋與麻豆古港、月津和茅港尾並稱倒風內海四大港，繁榮一時。

鐵線橋是新營最古老的聚落之一，至今仍保留許多完整的老街屋。這些街屋往往具有店舖、住家

鐵線橋是新營最古老的聚落之一，至今仍保留許多完整的老街屋。

與倉庫等等複合式的功能。靠近街道的前廳是店面，後方則是住家，夾層則是儲存貨品的地方。走在冷清的老街之上，已難想像當年街市林立、遠方飛帆點點的情景了。

阿盛〈姑爺里記事〉提到：

> 「姑爺里過去是鐵線橋，據說日本北白川宮能久親王被臺民刺死於此。」

北白川宮是伏見宮邦家親王的第九子，也是明治天皇的叔叔。一八九五年奉命率軍隊於臺灣東北角的澳底登陸，準備由北而南佔領臺灣，但一路受到各地反抗軍的頑強抵抗。日本政府宣稱他在攻臺戰役中感染虐疾而死，但臺灣民間對於他的死亡卻有許多傳說。

新竹人士說他在牛埔山中彈身亡；雲林地區傳說他在濁水溪南岸遭受義勇軍砲擊，重傷而死；嘉義與佳里地區都傳說，他行經林投樹叢時，被刺客以長竿鐮刀割斷了脖子。至於阿盛所提到，死於鐵線橋之事。

有另一種說法指稱，這個鐵線橋是位於現今彰化八卦山大佛下的銀橋，並非新營鐵線橋。據說銀橋的前身是一座吊橋，鐵線橋指的就是這座吊橋，而能久親王則是在彰化八卦山會戰中中彈身亡。傳說永遠不會等於真相，這就是它迷人的地方。

鐵線橋通濟宮

臺南市新營區鐵線里鐵線橋 40 號

鐵線橋通濟宮主祀媽祖，是海上的守護神。早期鐵線橋是倒風內海的大港，船舶往來，漁商興盛，居民從湄州迎來媽祖神像，建廟奉祀。

通濟宮具體的建廟時間已不可考，嘉慶二年（一七九七年）時曾經整修過，一九一二年再次整修，奠下今日的基礎。日治時期，廟宇的前殿毀於地震，後殿遭到日人拆除，媽祖神像則因居民藏於家中守護而逃過一劫。現今的通濟宮則是一九五〇年重建後的樣子。

重建之後的通濟宮，又遭遇到一九六三年的東山大地震、一九七五年的八一七水災與一九八一年的九三水災，此鄉里人士提議另建新廟。一九九五年新通濟宮完工落成，舊廟的神像也大多移到新廟供奉。

據張溪南《南瀛老街誌》所載，舊通濟宮的南邊原有一處交易牛隻的牛墟，牛墟北側則是乞丐、羅漢腳聚集的乞食營。

據張溪南《南瀛老街誌》所載，舊通濟宮的南邊原有一處交易牛隻的牛墟，牛墟北側則是乞丐、羅漢腳聚集的乞食營。

乞食營又稱乞食寮。阿盛〈乞食寮舊事〉敘述了一則民間傳奇：

老藤哥的祖父因為沉迷鴉片，敗光家產，淪落至乞食寮。老藤哥每天推著一木板車到市街上收購破銅爛鐵，有時也收古幣。當時，人們認為古幣不值錢，能夠交易的現金才是錢。

老藤哥育有三個兒子和一個女兒，大兒子黃金書考上新營中學，二兒子黃金契考上南新初中，小兒子黃金約還在念小學，女兒則天生是個美人胎。

他的鄰居劉三升是個大戶人家，住在舊式大宅裡，家中高掛著「貢元」的匾額，但他總喜歡往乞食寮裡丟擲垃圾廢棄物，找乞食寮住戶的麻煩。劉三升的兩個兒子不成材，常與人動刀動手，打架鬧事，大兒子甚至誘拐了一個草臺戲班的苦旦，離家出走。

後來，老藤哥的大兒子考上臺灣大學，黃金契考上師範大學，消息震撼鄉里之際，老藤哥宣布他要讓大兒子到美國留學。出身乞食寮的人怎會有如此雄厚的財力？原來，老藤哥將收購來的古幣轉賣到城市裡，換得了大把新鈔，成就了這項傳奇。

眾人眼中無用之物反倒價值連城，而無用之人反而驚天動地，這世上有用與無用的道理，真不是渺小的人類可以捉摸得透的。

急水溪橋

柳營路三段

如果從南方北上，要進入新營，無論騎車、開車或乘坐火車，都必須跨越急水溪。

新營，二十五年前它是個騎腳踏車只需三十分鐘就能繞遍的鄉鎮，急水溪繞過它的南郊，從南郊的環溪路繞過短短的市街，轉個彎繞向嘉南大圳邊的小路，小路旁有大片的稻田果園。

（〈乞食寮舊事〉）

急水溪發源於嘉義縣中埔鄉與大埔鄉交界處的凍子頂，上游是白水溪，流至白河區南側，六重溪匯入後，才稱作急水溪。它貫串臺南市北部的重要區域，於北門入海。來到新營附近，急水溪轉了三個大彎，先在新營火車站東南方轉向南流，接著在省道臺一線附近轉向西流，到了鐵線橋一帶再轉而向南。沿著柳營路北上，穿過長長的急水溪橋，前方的青草綠樹逐漸稀薄，那屋宇樓房繽紛密集的地

柳營路上的急水溪橋護欄上有小朋友童真的彩繪，可說是急水溪流經的橋樑中最可愛的一段。

方，就是新營了。

柳營路上的急水溪橋，雖然只用簡單的水泥和鋼管砌成護欄，但護欄上有小朋友童真的彩繪，畫著向日葵、花草、火車、可愛動物，以及諸多新營著名的地景，可說是急水溪流經的橋樑中最可愛的一段。

阿盛〈急水溪事件〉描述急水溪整治的困境，這困境不是來自於大自然，而是來自於人心。

一九五九年，居民不堪水患之苦，痛下決心整治急水溪，但所謂的決心剛一展開便又熄滅。由於居民各自懷有私心，造成經費籌措的不順利，加上徵地的困難，整治工程一拖就是二十年，直到一九八一年另一場重大水災再度襲捲而來，工程終於開始緩步進行了。此時溪畔的佛堂反對堤防高過廟門，致使堤防的修築出現缺口。八月的一場大水從缺口灌入，淹沒了佛堂，佛堂董事終於點頭答應築堤。歷經二十多年，堤防的修築總算大功告成，暫時解決了淹水之患，但另一場災難卻正在慢慢醞釀。急水溪的溪床日漸淤積，河道緊縮，這條溪流的生命也在一點一滴地消散。堤防的缺口補上了，人們心中慾望的缺口始終仍在，填補不及。

一樣的月亮，一樣地照著急水溪，一樣的流水，一樣地流過蔗田豬舍鴨寮。（〈急水溪事件〉）

而今蔗田豬舍鴨寮早已不在，急水溪的流水也不一樣了。或許有一天，連月亮的容顏也會悄然改變。

柳營劉家古厝

臺南市柳營區士林里中山西路三段128號

柳營劉氏的始祖是鄭成功手下的一位參軍劉茂燕，他在南京抗清戰役中喪生，兒子劉球成跟隨鄭成功來到臺灣，後代輾轉遷居至柳營，繁衍日益興盛，成為富甲一方的望族。

劉家出了許多傑出人物，第四世劉日純是《臺灣通史》中立有列傳的名人。第七世劉達元在咸豐年間高中舉人，第八世劉澧芷則是光緒十五年的舉人，一門兩代中舉，在當時臺灣極為罕見。

劉家古厝始建於一八七〇年，當時還特地從唐山運來工匠和建材，可見細節之講究。劉家祠堂前豎立著舉人杆，大廳上懸掛著官府賜與的「文魁」匾，氣派非凡，當地人習稱為「狀元厝」。可惜一度年久失修，傾頹零落。直到一九九〇年以後，陸續投入經費整修，才成為今日的模樣。

柳營劉家古厝的祠堂前豎立著舉人杆。

阿盛的〈華年鬼故事〉，呈現了劉家古厝未整修前衰敗的一面，小孩們甚至把它當成試膽探險的鬼屋：

一回，近十人去柳營劉宅探險，天快黑盡，小表弟未現身於約定地點，二表弟強拉我與另三人搜尋，繞壁繞柱，聽到哭聲了，循聲踏路，小表弟坐在一塊大匾下涕泣哩。「這裡離大門口很近，這麼笨？」二表弟生氣質問。小表弟的喉頭仍在抽筋，手指大匾：「有鬼，我不敢動啦。」我抬頭看，壓嗓問：「哪裡？」問出口卻發覺「裡」字分成三、四聲段。「文鬼啊，木板上寫的。」二表弟一巴掌拍上小表弟的腦後：「那個字唸魁！你見鬼！」

阿忠豆菜麵

臺南市新營區中正路 25 號

04：30 ～ 15：00

小時候，阿盛的爸爸就常常帶著他四處去享用新營在地的美味。

父親入贅到新營，不得意，日子還過得去，幼時，他常騎腳踏車載我到處逛廟吃食，記憶最深刻的是他愛吃豆菜麵豬頭飯和虱目魚。豆菜就是豆芽，豆芽摻在油麵中，簡簡單單，豬頭飯我不知怎麼做的，好像是用豬頭皮炸油，再以此油炒飯。（〈流銀虱目魚〉）

豆菜麵是一道淳樸的料裡。將麵條川燙後放冷，再鋪上豆芽菜，澆淋蒜味醬油。用筷子將麵、醬及菜攪拌在一起，充分混合，便可大口享用。沒有精緻的擺盤，沒有使用高檔的食材，配色也不鮮豔，但料理藝術到了極致，便是返璞歸真，最簡單往往也是最美好。

阿忠豆菜麵的創始人是現任老闆張政忠的母親蔡菊花女士，六十多年前她每日挑著麵擔在民治路沿途叫賣，而後大受好評，名氣越來越響亮，才開起了店面，讓顧客不用再跟著流動的麵擔漂泊。店裡使用的麵條不同於一般的油麵，較為柔軟，放冷後更加具有彈性。靈魂的蒜味醬油令顧客一嚐就上癮。

鬍鬚豬頭飯

臺南市新營區復興路 142-1 號

週一至週六 17：00 開賣（週日公休）

豬頭飯是阿盛父親最愛的料理之一，用豬頭去熬煮高湯，再以高湯下去炊煮米粒。位在民治路上的曾家豬頭飯，是來自鹽水的老牌店家。煮飯的高湯循傳統的做法，用豬頭肉費時熬煮。湯汁用於煮飯，熟透而軟嫩的肉則白切沾醬，成為豬頭飯的最佳搭檔。煮好的飯粒粒分明，泛著淺黃的色澤，彷彿沉浸在琥珀當中一般。飯裡沒有肉片，而那淡淡的肉香，就是庶民的小小幸福。

為了搭配豬頭飯，店裡提供各式各樣的小菜，在料理檯上一字排開，琳琅滿目。熬煮豬頭高湯留下來的豬頭肉，經過細切後，沾點蒜蓉醬油，豬皮的部分香甜而有嚼勁，肉的部分細緻綿密。再來碗苦瓜排骨湯，苦瓜燉到入口即化，變為甘甜味，與排骨的鮮味一起融入湯中，美味可口。

峰泉虱目魚粥

臺南市新營區民治路 76 號

臺南是虱目魚養殖的重要地區，對於虱目魚的烹調也有許多的講究。阿盛曾描述過母親製作虱目魚的過程：

她料理虱目魚，很細心，剁下魚頭，清除兩鰓，魚身對半直向剖開，取出腹內物，切成一塊塊，去鰭。腹內物與魚頭用以清煮，作湯，塊塊魚身抹鹽後放入鐵鍋煎，油不多，多則為炸，爐火須控制大小適當，火旺則耗油且易煎焦，火弱耗時且難煎透，只用花生油。鐵鍋底有一鍋眼，最脆弱，我們若被吩咐持煎匙翻魚肉，盡量不去碰那部位，待得表面呈褐黃色，母親會以煎匙邊角戳開魚肉，決定是否起鍋。（〈流銀虱目魚〉）

至於虱目魚最好吃的地方，阿盛認為是魚頭跟魚肚，而魚肚的脂肪層不宜太厚，否會減損滋味。

位在民治路上的這間虱目魚粥，店裡擺著幾張鐵桌、幾張塑膠椅，沒有複雜的菜單，主要只賣虱目魚料理，再搭配白飯跟青菜、皮蛋豆腐等幾道配菜。料理方式也極為單純，魚頭、魚腸加豆豉和醬油滷煮，魚身只用清燙，魚肚做成清湯或粥品。在新營，懂得吃虱目魚的老饕都知道，虱目魚靠的是新鮮，而不是華麗的調味。將魚本身的甘美萃取出來，就是上等的醍醐味。

塩米糕

臺南市新營區復興路與成功街 29 巷交叉路口
17：00 ～ 賣完為止

米糕這項料理相傳明清時在江南一帶就極為盛行。來到臺灣後，做法有了多樣的變化，成為著名的特色小吃。

一般的筒仔米糕以糯米為主要食材，與香菇、紅蔥頭、醬油、酒、麻油等拌炒。這時，另外以碎肉、蝦米、紅蔥酥、香菇等製成肉臊。先將肉臊放入小竹筒的底層，再填入糯米，放入蒸籠中炊煮。吃的時候倒扣於碗中，淋上特製的甜醬，再灑上香菜，色香味十足。

不同地方的米糕也有不同的做法。有些不炒米粒，而用高湯炊飯，使米糕帶著澄黃的色澤，且不油不膩。有些不用竹筒，而用鋁筒或鐵罐。也有的地方不用小筒，而用蒸籠大鍋炊熟糯米，讓米粒有充分的舒展空間；糯米飯放入碗中後，再淋上滷汁、肉臊，灑上魚鬆。

阿盛十分喜愛家鄉的米糕，搬到臺北後仍念念不忘。他在〈將就居隨筆〉裡盛讚：

> 新營筒米糕，他處沒得比，你說是情意結也罷，就是沒得比。有一米糕老師父，手藝上流，數年前走了，其後人接手，味道不變，米糕也沾甜醬膏花生粉。臺北沒有素粽，所見之筒米糕則只合叫做鋁罐填油飯，每思及，怒氣不息。臺北人若讀此而怒，請用力的怒，我懶得理你。

清香鱔魚麵

臺南市新營區延平路 46 之 76 號
（第二市場內）
10：30 ～ 14：00
15：30 ～ 19：00

新營復興路菜市場外圍，就有一家好吃的米糕攤。白天這裡販賣蔬果，傍晚才開始由米糕攤接手。小小的攤位沒有店面也沒有店名，只有壓克力板上斗大的「塩米糕」三個字。招牌前懸掛著一顆昏黃的燈泡，悠悠的搖晃著，錯落的光影斜斜織在川流不息的食客身上。

白底花邊的瓷碗裡，裝滿了冒著蒸氣的糯米飯，一匙肉臊、幾撮肉鬆，配上酸菜，米香融合著滷汁的鮮味，在菜市場裡飄逸著。吃米糕時最好配上一碗排骨酥湯。排骨炸到酥軟，再加入高湯蒸煮，讓高湯的滋味完全浸透排骨。吃膩了「鋁罐填油飯」的人，可以來這裡試試不同的體驗。

清香鱔魚麵創立於一九五二年，走過一甲子的歲月，老闆彷彿要抗拒時光的鑿痕，仍維持傳統農家燒粗糠煮飯炒菜的傳統，捨棄瓦斯爐，而在攤位裡架著古早的爐灶。

早期農家晒穀碾米，剩下來的粗糠也不輕易丟棄，物盡其用。除了可以堆肥、除濕之外，還可以當作燃料，升火煮飯。用粗糠燒出來的火焰高溫而猛烈，樸素的煙燻味更是瓦斯無法取代的，因此固執的老闆娘堅持不用方便的瓦斯，也為這個熱鬧的市場保留了傳統的風景。

當粗糠填進爐灶中，火紅的火焰燃起，鐵鍋迅速翻炒，將鱔魚的鮮味與蔬菜的甘甜都保留了下來，再與特製的麵條相拌炒，就是令人垂涎的鱔魚炒麵。除了炒麵之外，裡還有鱔魚鹵麵，湯汁濃稠鮮美，酸甜有味。

店家所使用的麵條也是新營特有的黃麵，不像油炸的意麵那樣油膩，也沒有油麵的鹼味，軟硬適中，也是老闆多年來堅持採用，不輕易更換的口味。

阿松臭豆腐

臺南縣新營市中正路 37-1 號

15：00 ～ 19：00

「阿松臭豆腐」是陳清松老闆用人們看不到的努力與一直以來的堅持所開設的。在拜師學藝後，陳清松繼承了師傅劉正男的臭豆腐攤位。位於實踐堂旁的「實踐堂臭豆腐」是陳清松磨練技藝的地方，因著他對臭豆腐的用心和對顧客的體貼，「阿松臭豆腐——原實踐堂臭豆腐」開始了他的新旅程。

身為一個新營人，若談到新營的美食佳餚，第一個浮現在腦海中的就是「阿松臭豆腐」這個新營獨有的好味道。不管在什麼時節，漫步到綠意盎然的騎樓，那一盤盤酥脆可口的臭豆腐和爽口的傳統臺式泡菜，總是滿足人們的口腹之慾。阿松在臭豆腐旁放的臺式泡菜從不吝嗇，清爽、酸甜的泡菜搭配著臭豆腐是一件令人感到幸福的事。而豆腐走的是大塊路線，淋上獨特的醬汁，絕佳的搭配滿足挑嘴饞客的味蕾。

老闆的用心和講究也在環保上看得一清二楚，阿松臭豆腐店總是提供一個個親手折製的報紙紙袋，不僅達到了不使用塑膠袋的結果，絕佳的保溫效果令人們在其他地方也能享用熱騰騰的美味。而陳老闆也表示，香脆可口的臭豆腐能出現在盤子上，要依靠火候控制的經驗，新鮮的油是關鍵中的關鍵。每天開張時現場開罐，結束營業便將底油倒入廢棄桶，回鍋油在他的字典和店面中不會出現，令顧客們吃得安心又開心。

新營小燒餅

臺南市新營區中華路與仁愛街路交叉口

05：30 ～ 10：30

忙碌的早晨，在吵雜的人聲中，熱騰騰的小燒餅出了烤箱，被師傅端到了方桌上，才放下，一盤排列整齊的小燒餅馬上被渴望滿足口腹之慾的人們一搶而空。而在另一邊長長的方形鐵桌旁邊圍了六、七個人，熟練的技巧在迅速地變出一個個現做的燒餅，也變出了一個個幸福的泉源。

這家從一九六七年就駐足在新營的傳統早餐店，將近五十年的歷史，不知停留在多少人們的記憶和舌尖上。已經交由第二代接手的小燒餅店，依舊烤出和當年同樣美味的小燒餅。長的是甜燒餅，外酥內軟的麵皮包裹著砂糖內餡；圓的是鹹燒餅，使人開胃的內餡加入了蔥花，上頭灑著白芝麻，芝麻香襯托出燒餅的美味，鹹甜燒餅的完美搭配開啟了一整天的好心情。

乳牛的家

臺南市柳營區八翁里 93-138 號

08：00 ～ 17：00

一九六四年，柳營的八翁酪農區，從紐西蘭引進了兩百四十頭乳牛，成為當地發展酪農業的開端，而今全區已成為全國最大的鮮乳產地，市面陳列的鮮奶中，六瓶裡頭就有一瓶來自八翁。

除了酪農業外，此地也開始發展觀光，成立了許多觀光牧場，其中，「乳牛的家」算是最具規模的。牧場的主人家中也從事酪農業，小時候就與乳牛為伍，幫忙家裡飼養乳牛。他用了一點巧思，把這塊土地重新整建成複合式的遊樂園區。因緣際會下將農場重新建置，並把原本的牧草田改為兼具教育與遊樂功能的場所，園中有可愛動物園區、兒童遊樂區、戶外教學園區、餐廳和賣場。遊客可以親自拿著牧草餵乳牛，看養牛人家如何擠牛乳，也可以品嚐最新鮮的牛奶，享用牛奶特製的各種美食。

乳牛的家前方就是臺糖五分車的八老爺站，連接新營與八翁的鐵道全長四·

五公里，八老爺車站是用原木建造，仿日式車站樣式。咖啡色的車站與一旁火紅翠綠的鳳凰木相得益彰。來這裡，可以盡興玩樂，也可以優雅踏青。

吳晉淮音樂紀念館

臺南市柳營區界和路 158 號

週三至週日 10:00～17:00（週一、二公休）

吳晉淮（一九一六～一九九一），是臺灣知名的音樂家，一生創作了超過二百首的歌曲，至今傳唱不歇。〈關子嶺之戀〉、〈暗淡的月〉、〈恰想也是你一人〉、〈不想伊〉、〈講什麼山盟海誓〉、〈六月割菜假有心〉，都是他的作品。吳晉淮出生於柳營，與阿盛可說是小同鄉，也是阿盛敬重的長輩。

吳晉淮在日本學習音樂，甚至登臺演唱過，但回到故鄉後卻創作了許多具有在地風味的歌曲，不一味仿效當時流行的日本演歌，這份精神令阿盛十分推崇。吳晉淮的柳營故居如今整修成音樂紀念館，展示他的手稿、文物，並時常舉辦音樂會。人生存在的時間與空間總有限度，但音樂可以突破時空的束縛，無限綿延，永垂不朽。

吳晉淮故居是傳統閩式三合院，屋頂鋪設紅瓦，屋身是磚材與木材混合搭建。支撐屋頂的柱頭斗拱刻繪有精細的雕花，山牆上也有生動的花鳥剪黏，處處皆可見到建築的講究用心。藝術不必往遙遠的地方追尋，因為生活就是藝術。

《鹽田兒女》的點滴

蔡素芬

那篇發生在鹽村裡的故事

文字：林杰民、陳翰霆、阮昱祥／攝影：黃彥霖、陳翰霆／繪圖：郭哲毓、陳逸婷、駱佳駿

蔡素芬小傳

蔡素芬（一九六三～　），出生於臺南七股。年幼時，父母在外地工作，便將她託付給外公、外婆照顧。在鹽鄉度過的歲月，成了日後創作《鹽田兒女》的靈感來源。

六歲時隨雙親遷居高雄，展開了求學生涯。就讀淡江大學中文系期間，開始投稿校內外徵文。一九八六年以短篇小說〈一夕琴〉獲得《中央日報》文學獎短篇小說獎第一名，開始在文壇綻放光彩。大學畢業後曾任《國文天地》雜誌主編，赴美國就讀德州大學雙語言文化研究所，並從事翻譯工作。

一九九三年春天，蔡素芬完成小說《鹽田兒女》，一舉獲得《聯合報》文學獎長篇小說首獎，廣受讀者喜愛，成為她的代表作。之後陸續完成二部曲《橄欖樹》，三部曲《星星都在說話》。她的作品反映女性在體制與現實下的複雜處境，情感豐富，令人動容。

《鹽田兒女》是描述一九五〇至七〇年代發生在臺南七股鹽村的故事。女主角明月因為媽媽身體衰弱，爸爸又在常在臺北工作，所以一肩扛起家中大小事，幸好身旁總有一個默默支持她的人：大方。

命運種種無情的安排，使得這對鹽田兒女在各自的夢想與現實中困苦掙扎，相愛卻不能相守。

明月在母親的安排下，招贅了浪蕩男人慶生，他嗜賭如命又會打老婆假威風。明月不但與心愛的人分開，連一個本來該有的幸福家庭都沒有，這一切使她感到灰心，更令苦苦等了她十幾年的大方欲哭無淚。一九七〇年代，臺灣經濟起飛之後，明月懷著希望到高雄港碼頭做工，盼望改善生活，改變命運，然而一首〈港都夜雨〉幾乎道盡了她痛苦的心聲，在異鄉裡，更感到人生的起伏無常。多年後，大方與明月在一個夜幕逐漸低垂的傍晚重逢，命運使得兩人有了不一樣的面貌。大方在適當的時機，投資成功；而明月卻因為錯誤的婚姻，導致一生坎坷。現實中努力生存的人們，在月色下呼呼喘息，不論身在何處，血液裡永遠流著那濃濃的鹽分，映照著月光的溫柔與堅強。

延伸閱讀暨參考書目

．《鹽田兒女》（二十週年十萬本紀念新版），蔡素芬（二〇一四），臺北市：聯經出版社。
．《橄欖樹》（十六週年新版），蔡素芬（二〇一四），臺北市：聯經出版社。
．《星星都在說話》，蔡素芬（二〇一四），臺北市：聯經出版社。
．《蔡素芬小說之女性人物研究》，林文卿（二〇一四），臺南市：臺南大學國語文學系碩士論文。

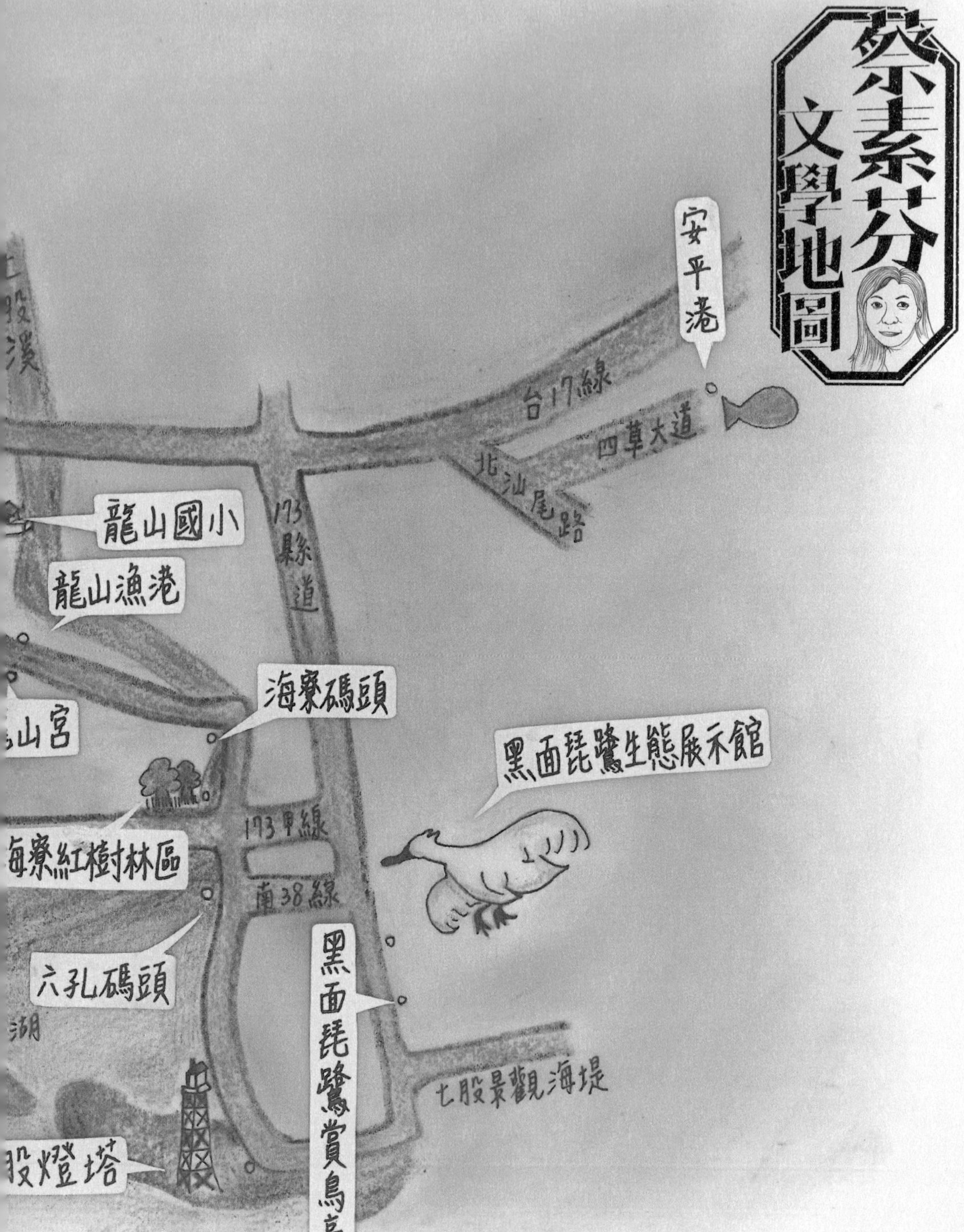
蔡素芬
文學地圖
安平港
台17線
四草大道
北汕尾路
173縣道
龍山國小
龍山漁港
海寮碼頭
黑面琵鷺生態展示館
173甲線
海寮紅樹林區
南38線
六孔碼頭
黑面琵鷺賞鳥亭
七股景觀海堤

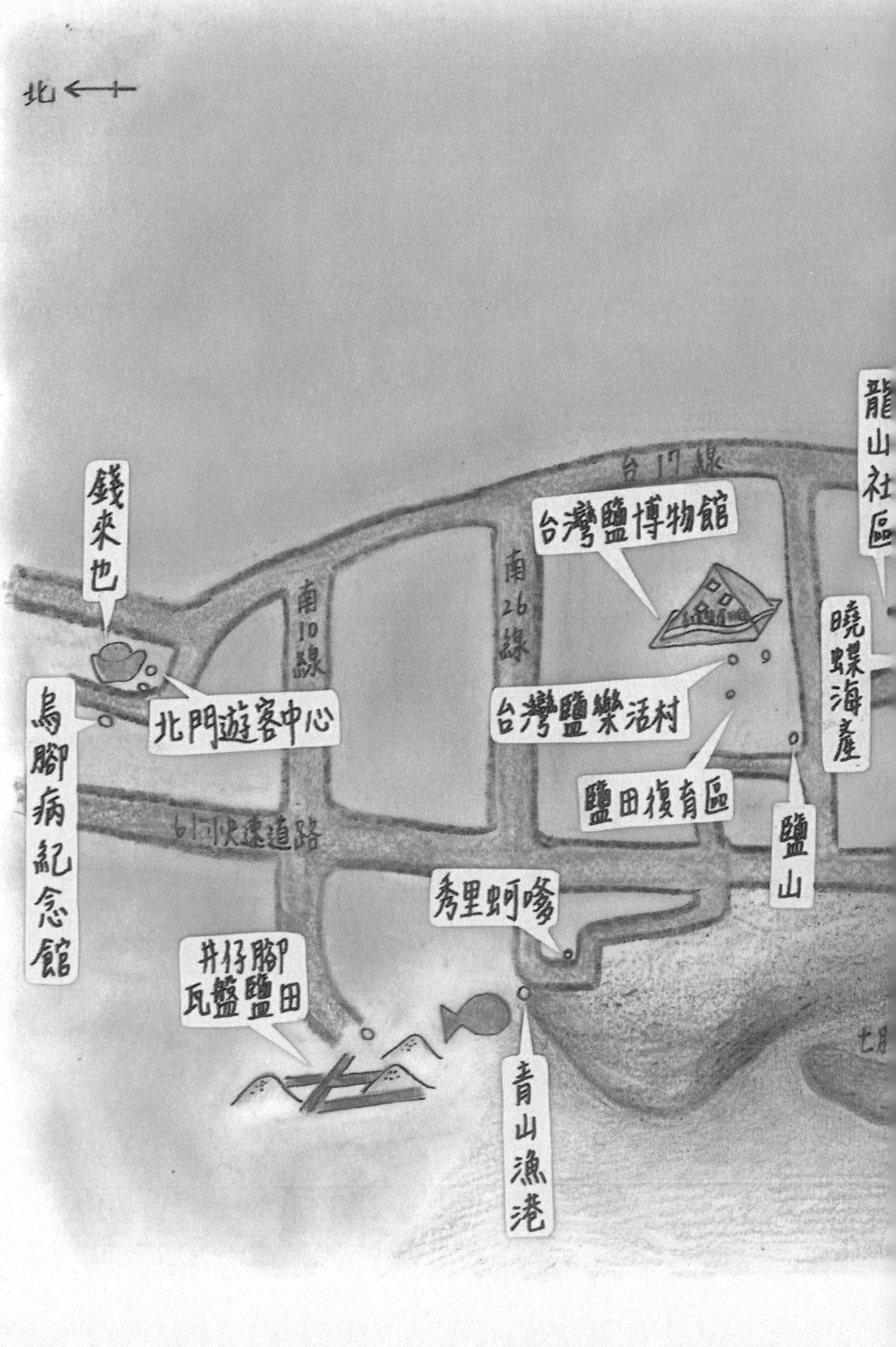
北
錢來也
烏腳病紀念館
北門遊客中心
南10線
台17線
南26線
台灣鹽博物館
台灣鹽樂活村
鹽田復育區
龍山社區
曉蝶海產
鹽山
61快速道路
秀里蚵嗲
井仔腳
瓦盤鹽田
青山漁港

文學之路

一方方鹽田將大地切割成命運的棋盤

鹽田、蚵棚、沙灘、漁港，屬於西南沿岸特有的海風輕輕吹拂，東半邊的天空上，旭日剛剛探出了頭，柏油路上卻已蒸騰著灼灼熱氣。空氣裡夾帶淡淡的鹽味，驅車追逐日影，我們像夸父一樣，在人世的縫隙間涔涔滴落汗水，跨出步伐。

來到井仔腳的海濱，盼望能一瞥昔日鹽鄉面貌。一方方鹽田，將大地切割成命運的棋盤。格線裡，堆鹽的婦女戴著斗笠，臉上、身上掩覆著花布，成了灰白世界裡微微的妝點。鹽工在鹽田裡緩緩地移動腳步，彷彿上帝之手在幾番猶豫之後，終於慢慢伸出，移動棋盤上僵硬的棋子。

沿著省道南下，兩旁的魚塭、水塘、小路和人家，將大地織成了墨綠與深灰的綢子，漂染著茫昧黯淡的色澤。眼前的世界，彷彿被造物主按下了暫停鍵，一切恍然靜止，只有白鷺還依然飛翔，偶爾揚起翅膀，飛過碧綠的水面，成了消失在空中的一縷白煙。

五十年前，當蔡素芬還是個連腳步都踏不太穩的小孩時，這裡還有著大片廣闊的鹽田。一畦又一畦的鹽格裡，濃濃的海水泛著浮沫與鹽花。悠悠的溪水穿過泥濘與濕地，流向無盡的海洋。有一回，蔡素芬身上裹著厚厚的衣服，嘴裡咕噥著咿咿喔喔的話語，小小的腳丫子在鹽田泥地裡踩著踉蹌的步伐，一不小心跌了扎扎實實的一跤。她這才知道，原來這片土地是這麼樣的鹹、這麼樣的苦澀。

那一口鹹澀的滋味，《鹽田兒女》中的明月也深刻品嚐到了。

> 她的未來也要一成不變操作鹽田，看海上日起日落，抓蝦捕魚，這原是她愛的，但此時竟激不起一絲興奮了。會是一成不變嗎？為何她心裡一直惶懼不安？（《鹽田兒女・第二章》）

許多年前，在鹽田裡工作的男男女女，或許會覺得自己的人生就要像這廣闊的鹽地一般，日復一日，永遠不會改變。而今，一片又一片的鹽田已湮

堆鹽的婦女身著花布，妝點灰白世界。（攝影：黃彥霖）

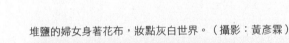

沒在碧波蕩漾間，只有水車轉動時濺起的白色水花，還能令人想起那一顆顆結晶的雪白鹽粒。一成不變令人惶恐，而物換星移同樣使人吃驚。時至今日，《鹽田兒女》所描述的鹽鄉生活，只有在博物館裡才能看得見了。

來到臺灣鹽博物館，買票進場後，佇立在眼前的是一位鹽工，烈日高照的午後，在鹽田裡辛勤地工作。雖然只是個冷冰冰的蠟像，但它卻不斷加熱人們的心跳。眼前，明月彷彿從書裡那小村的晨曦中走了出來，挑水、晒鹽、養蚵仔……，隱約中，好像還可以聽見她喃喃告訴自己：日子不會回頭，眼前還要奮鬥。她舉著一根長扁擔，兩邊各掛了一個竹簍，裝著鹽。沉重的擔子像無情的命運一般壓在她的肩上，而明月卻迎向它，用自己的肩膀毅然的扛起。

離開博物館，繼續踏上這條文學之路。路的轉彎處聳立著一座華麗的廟宇，屋頂層疊起如雲間寶塔，雕樑畫棟如天神居所，這便是龍山宮。無論聚落所在的位置怎樣偏遠，百姓的屋舍如何斑駁，臺灣的村落裡永遠會有一座巍峨的寺廟，代替人們的雙手，努力攀向那遙不可及的天空。扛不起命運的時候，神像莊嚴的面容便是最好的依託。

在龍山宮前的漁港搭上竹筏，沿著水道接上了七股溪，航向七股潟湖。在河與海交會的地方，大片紅樹林盤踞在寬闊的河道中間，密密的樹叢裡，各種鳥類築巢於上，有的隱身在交錯的枝葉間，有的則靜置在紅樹林之上。幾隻歸巢的鳥兒從頭頂飛過，天空中迴盪著「嘎！嘎！」長鳴，似急切，又滿足；也許是遲歸的焦心，也許是豐收的欣悅。

海茄苳繁茂的枝條前，一隻小白鷺默默俯首，兀自獨立在溪流與海洋的交叉口。水波淺淺搖晃，白鷺伸著細細長長的腳桿，筆直切入水中，領受每一分細微的震顫。當童年的蔡素芬獨自一人走在河邊、堤岸上時，身邊沒有父母、沒有玩伴的她，是否也曾想像自己就是一隻小白鷺？而她敏銳的指尖，是否接收到了那河海的震顫？

這片土地長期浸潤在海潮裡，泥壤總是含藏飽滿的鹽分。不論在別人眼裡，這裡的景象多麼荒蕪；在蔡素芬的心裡，這塊鹹土地就是她生命的起點，也是永恆不滅的紀念。

沙洲上，濱刺麥渾圓的刺球果實隨風滾動，散播著傳承的種子。開著紫紅花朵的馬鞍藤，葉面有著光亮的角質層保護，而根莖可以埋入沙層之中，吸取水分和養分。全株覆蓋著鱗毛的馬氏濱藜，可以忍受酸性、中性或鹼性等不同質性的土壤。不論何種生物，都必須具備極佳的調節機制，才能在惡劣的環境裡掙得一席生存之地。即便是自稱萬物之靈的人類，在這片鹽土上，也要用盡每一分心力，

即便是自稱萬物之靈的人類，在這片鹽土上，也要用盡每一分心力，努力掙扎。（攝影：黃彥霖）

努力掙扎，才能為自己的生存謀得一絲保障。這潔白美麗的鹽花，有時也令人不禁嘆氣。

> 明月無心工作，望著大片鹽田無垠的白紛紛，心頭也亂紛紛，容顏慘澹，愁眉不展。（《鹽田兒女・第三章》）

夜晚的東魚塭，月兒初升。來自城市的霓虹光影，揮映天際。平整的水池映照著流動的雲影。水車早已停止轉動，而池畔飄搖的孟仁草與長柄菊，在月色下依然多姿。

《鹽田兒女》的終章，在那個陌生的城市裡，明月巧遇了成為董事長的大方，他變得更加成熟，更加穩健，然而身姿一樣英挺，風度一樣翩然。過往的情與愁，如今已不再重要，不再束縛著二人。明月心中仍有秘密，仍有遺憾，但那都沒關係；此刻，她知道他過得很好，他還關心著她，那就可以了，那就足夠了。

這一天，城裡的夜空中也有一輪圓滿的月亮，靜靜的，獨自懸掛在高樓之上，在滿街絢爛的光影之外，堅持綻放著屬於自己的，皎潔的微光。

七股鹽場

臺十七號省道以西，將軍溪以南、下山溪以北

臺南縣，七股鄉，沿海小村落，海風也鹹，日頭也毒。（《鹽田兒女·第一章》）

一九五〇年代，這裡有著綿延無盡的鹽田，棋盤式灰灰白白的方格在陽光下閃閃發亮。《鹽田兒女》的故事就發生在這片既貧脊又富饒的土地上。

位於臺十七號省道以西，將軍溪以南、下山溪以北的七股鹽場，曾是臺灣面積最大的鹽田，廣達兩千七百餘公頃。七股一帶的居民多承攬鹽田，從事晒鹽的工作。《鹽田兒女》故事裡的女主角明月，家中便向鹽埕工會領了六格鹽田以維持生計。

臺灣春、夏多雨，雨水會摧毀鹽的結晶，因此晒鹽多在秋、冬進行。明月的父親王知先是個讀書

昔日的鹽田多成了魚塭與水塘。

人，但求職不順利，每年春、夏兩季都得上臺北騎三輪車載客掙錢，秋季和冬季則賣力晒鹽。

母親阿舍患著哮喘，長年臥病在床，一度小產使得身子更加虛弱，無法工作。明月有一個姐姐明心，另有兩個妹妹明玉、明嬋和一個弟弟明輝。弟妹年紀還小的時候，明月和明心便得協助父親晒鹽的工作，扛起家計。鹽鄉的孩子，似乎沒有呼喚童年的權利。

隨著時代的演進，而今製鹽已經工業化，晒鹽成了觀光的表演、遊客的懷舊體驗。廣闊的鹽田也消失殆盡，大多變為魚塭，養殖更具經濟價值的魚類。

柏油小路劃過一塊塊的碧綠水塘，路邊幾棟磚造的小屋散落著，彷彿飄落的星塵。水車嗤嗤轉動著，帶著滯塞而微喘的鼻息。雪白的水花濺起，灑向空中，又墜入水中，回復原樣。池邊的白鷺鷥佇立，默默的看著這一切。

潔白如雪的七股鹽山，沒有霜天雪地的冷冽寒冬，卻有著當頭的烈日、如炙的驕陽。（攝影：黃彥霖）

七股鹽山

臺南市七股區鹽埕里66號

七股鹽山原來是臺鹽公司在七股鹽場的晒鹽堆置場，在長時間放置後，自然結成了質地堅固的硬塊，臺鹽於是堆儲了將近三萬九千噸的鹽，打造高約十八公尺的鹽山，占地有一公頃，堆置的鹽市值約新臺幣一億四千萬元，是七股知名的地標。臺鹽公司在鹽山主峰附近規劃了鹽如玉展示館、晒鹽體驗區、鹽屋、骨董機械展示區及遊園小火車等設施，開發成複合式的觀光園區。

屹立的鹽山，山頂如同被霜雪覆蓋一般，然而南臺灣的鹽鄉沒有紛紛白雪，卻有著如炙的驕陽。

往昔的七股地區，那小小的方格裡海水淹沒腳踝，鹽工以木製的耙子反覆將鹽耙鬆，積成堆堆的鹽丘，再以畚箕盛裝，倒入鹽籠。

《鹽田兒女》中細膩地刻劃了晒鹽工作的辛苦。明月的體格已屬女中豪傑，但每擔百來斤重的鹽巴依然使得汗水濕透了她的衣服。在她辛勤工作的時候，不遠處的大方總痴痴的眺望著她，默默給予關懷。大方做完了自己的工作後，也會到明月的鹽田裡幫忙。那勇壯的體魄不畏勞苦，只希望自己能獲得更多機會接近美麗的明月。

做鹽田就像日常三餐，非做不可，因為我們在這塊土地上，鹽田是命脈，沒有理由懈怠。

對鹽鄉的女性來說，要脫離辛苦的晒鹽工作，大概就只有結婚了。明月的姐姐明心，就在母親的安排下，嫁入了莊稼人家。離開了鹽田，卻進入了農田，進入了另一個勞苦的家庭。命運就像這閃閃的鹽晶一般，永遠沾黏在汗流浹背的人們身上，緊緊跟隨。明心身體不好，出嫁前就曾咳出過血。婚後工作有增無減。體弱的明心病倒在床上。她察覺自己生命走到了盡頭，寫了一封絕筆信，連同母親送她的金戒指一起寄回娘家。

明月和家人慌忙來到了明心的床邊，看著那張蒼白瘦小的臉旁逐漸失去生氣，沒了呼吸。

鹽田一望無際，鹽丘冒出鹹鹹的水面，結晶大片大片懸浮著。大方又來到鹽田幫明月擔鹽，他的口中吟唱著一首為明心所寫的歌：

白鷺鷥在田邊
秋風冬霜　白白的身影飛來去

白鷺鷥在田邊
等無阮搖搖的腳步
等過了風等過了雨　過了炎熱和寒露
伊說阮呀　忘了鹽田地
不知去到　天邊那個逍遙好所在

夕遊鹽樂活村

臺南市七股區鹽埕里鹽埕99號

夕遊鹽樂活村是由鹽工居住的民宅所改造而成，以古樸恬淡的平房為基礎，搭配復育的鹽田、舊時魚塭工寮的「桶間寮」以及「虱目魚醃製館」，復刻鹽鄉的生活環境，一景一物都試圖帶著現代人回到往昔的七股。

「虱目魚醃製館」內有一座儲藏地窖，貯放以古法醃漬的虱目魚乾。而廣場上也常懸掛著大量虱目魚，沐浴在陽光下。聚落旁打造了「鹽田復育區」，有桶間寮、龍骨水車，還有結合「土盤」與「瓦盤」鹽田的晒鹽場。土盤與瓦盤的差別是在鹽田結晶池的池面所鋪設材料不同，土盤是混合一定比例的砂土及黏土，打漿後再輾壓而成；瓦盤是在結晶池平均鋪設厚約六公釐的瓦片。

試著踩踏幾下龍骨水車，就會發現看似有趣的汲水工作其實非常費力；在鹽田復育區中試著耙動幾下，火熱的日頭便晒得人暈頭轉向。鹽鄉百姓的實際生活，並不是觀光宣稱的「樂活」，而是十分

鹽田復育區有桶間寮、龍骨水車，還有結合「土盤」與「瓦盤」鹽田的晒鹽場。（攝影：黃彥霖）

樂活村中有幾排平房聚集，俗稱十棟寮。可以想像《鹽田兒女》中明月一家人的居住環境。
（攝影：黃彥霖）

艱辛困苦。

樂活村中有幾排平房聚集，俗稱十棟寮，主要是紅磚與水泥打造而成。屋頂採用硬山式，鋪設著紅色的瓦片，簡單俐落；馬背則多採用土形，沒有多餘的修飾；牆面除了開窗之外，一片潔淨。極簡的房舍建築，展現出鹽工生活的清淡。

十棟寮的房屋、建築可以令人想像《鹽田兒女》中明月一家人的居住環境。小說中提到，村落中有三排坐北朝南的房舍，位在小路旁。明月家裡有個養雞種菜的庭院，院子裡有蓄水池，每天要用擔子挑水儲存。房子設有正廳，供奉著祖先的神主牌位，為了節省電費總是不開燈，烏壓壓的。家人的房間總是陰暗、迫促，點著的油燈永遠也照不亮所有晦暗的角落。

明月的母親長年臥病。有一天，明月聽見母親的房裡傳來微弱的呻吟。走近一看，紗帳裡、床板上，母親的身子痛苦地扭曲著，被單纏結在一起。

母親因為小產，大片血漬沾上了被單。幽暗的空間裡，明月見到生命最脆弱的一面。

流產後，母親感到失去的東西更多，占有慾便更加強烈，仔細的控制著家中一分一毫的開支。

> 她腰間繫了一個荷包袋，一家大小誰需要錢，都得靜靜等在她身邊，等她一層一層翻開衣服，扯出溫熱的荷包袋慢慢掏錢，她要問明每分錢的去路，有時手伸進荷包袋掏錢了，突然將手縮回，說：「這項不必花。」（《鹽田兒女．第一章》）

貧寒的小屋子裡，鹽鄉的人們手中可以抓住的東西並不多，卻仍要彎曲每一根枯黃的手指，緊緊地將它握住，不允許一絲一毫的洩露。

臺灣鹽博物館

臺南市七股區鹽埕里 69 號

位於七股鹽埕的臺灣鹽博物館，是目前臺灣唯一有關鹽產業的主題博物館，目的是要保存在臺灣存在了數百年的鹽業文化資產。「鹽」是鹽工滴下汗水與淚水、辛勤工作所產生的結晶，其中有許多奧妙值得我們去了解。而展館本身鹽堆狀的外型格外有特色，遠望就像兩座白色金字塔矗立在田野間，在陽光的映照下閃閃發亮。

烈日高照的午後，鹽工辛勤地在鹽田裡工作。旁邊有輛載著白鹽的火車頭，正往鹽田駛來。這些

位於七股鹽埕的臺灣鹽博物館，是目前臺灣唯一有關鹽產業的主題博物館，保存臺灣數百年的鹽業文化資產。（攝影：黃彥霖）

火車將鹽運往倉庫囤積，又或者送往高雄港，以利出口。這些栩栩如生的蠟像，完整地呈現了鹽工平日工作時的辛苦。另一頭的鹽村劇場，則播放影片，呈現鹽工的辛勤生活。

臺灣鹽場在最高峰時曾突破五千公頃。而隨著晒鹽工作的機械化，鹽工逐漸消失。二〇〇二年，連七股鹽場的機械晒鹽也告終止，全面廢晒，結束臺灣三百多年的晒鹽史。

時代的巨輪轉動，鹽村的人們時而沉沉喘息，時而苦苦追逐。死守鹽田的人，終將成為被遺棄的失敗者。

這一年，明月和慶生、名嬋又來到鹽田收鹽。他們刷動著耙子，一畚箕一畚箕的將結晶的鹽粒匯聚起來。這時，討債的人找上門來，在鹽田毆打慶生，並放話再不還錢就要燒毀他的住家。

此時，慶生決定帶著明月到高雄發展。他看到了待在鹽鄉的未來，說：「去外地賺來還，若不去外地賺，這塊鹽田地做一世人也不能出頭。」

初到高雄工作，若帶著小孩必定十分不便，也無法全心全意工作掙錢，因此兩人決定先將祥春、祥鴻、祥浩、祥雲四個孩子託在老家，等到生活穩定再接小孩同住。

離鄉的那一天，明嬋手裡抱著祥雲，另外三個孩子站立在院子，安靜地看著父母。祥鴻突然伸手拉住明月的衣褲，哭了起來。祥浩則天真的問媽媽要去哪裡。

明月轉過身，眼淚再也不能抑制。跨出去的那一步儘管沉重無比，仍要將自己的腳勇敢地舉起，堅強地踩落。

龍山宮

臺南市七股區龍山里 208 號

龍山宮為七股區龍山里的地標建築，門前雕龍畫鳳的石柱，著實讓人讚嘆工匠的巧奪天工，而高聳華麗的廟宇則被本地人稱為「王宮」，裡面供奉著池府王爺等神明，是全村的信仰中心。龍山宮的建築也呼應了七股的地方特色，廟前高大的牌樓上塑有黑面琵鷺以及虱目魚的造型，令人會心一笑。

臺灣許多村落裡，廟宇不只是信仰的中心，更是生活的核心。《鹽田兒女》之中，也有一座這樣的廟宇。

當王知先赴臺北謀職不順，回到故鄉時，村人為了表示對這位知識份子的敬重，便在廟口掛了數串鞭炮迎接他。而後更商請他在廟邊的小廂房設帳講學，教當地小孩習字讀書。

龍山宮內華麗的藻井。（攝影：黃彥霖）

明月分擔了姐姐的挑水工作，她挑著重重的水桶經過廟前的道路回到家中。路上，總是會遇見大方，大方樂於替明月分憂解勞，總是替她擔一段路，直到廟前第三棵榕樹才交回給她。隨著時光流逝，榕樹日漸高大，枝葉扶疏。在明月心中，這株榕樹始終標誌著與大方之間的默契與情意。

每到元宵節時，廟裡總是張燈結綵，熱鬧非凡，廟方也會舉辦猜謎遊戲與歌唱擂臺，讓村民同樂。大方在活動中擔任主持人的工作，而明月也樂於在舞臺下眺望大方壯碩的身影。

當明月得知，母親有意替她招贅一個女婿，而大方是家中獨子，不可能入贅，與大方之間的愛情可能無法結果，她便有意躲著大方。這日的元宵活動她也故意留在家中洗衣服，不去參加。大方剛跑船回來，好幾個月沒見到明月，思念之心就要爆裂。他特地在安平港買了一支口琴做為禮物，想送給心愛的明月，未料明月並未出現在廟口。為了想見明月一面，大方不惜拋下即將開始的主持工作，奔往明月家。他終於見到了明月，滿腔的熱情亟欲宣洩，但只得到明月冷淡的對待。「大方，大方，請趕緊來廟口，節目要開始囉。」廟口的擴音器聲聲催促，喚回了大方。而那晚，明月終究沒有去廟口。

許久以後的元宵節，明月結婚了，嫁給了嗜賭的慶生，嘗盡了家暴的心酸；大方則去跑船，據船員說是滯留在安平還沒回來。廟口依舊熱鬧非常，明月也到來了，但因為舞臺上沒有大方的身影而鬱鬱寡歡。正當明月答對了猜謎遊戲，到廟門左側領獎品時，一隻有力的臂膀將她拉進了廟裡，原來是大方。大方認真地告訴明月，他要離開這裡，離開這片鹽鄉，到現代化的都市去闖蕩，去抓住時代的尾巴。他渴望在臨走前給眼前摯愛的人兒深情的一吻，但他終究沒有這麼做。

大方拿出了口琴，一把與送給明月一模一樣的口琴，走上了歌唱擂臺，吹起了那首自創的曲子：〈白鷺鷥在田邊〉。

如今，龍山宮已改建得更為氣派豪華，廟埕擴充成了廣闊的水泥地，而榕樹早已不見蹤影。

龍山漁港

龍山漁港位於龍山宮前，當地漁獲的買賣都在此。每天早上六點半開始魚貨拍賣，可以買到新鮮的現貨，熱鬧的市集交易，值得前往一探。近年來更發展出搭船遊潟湖的行程，從小小的港口出發，經過約十五分鐘的航程便來到廣闊的潟湖，一邊感受海風的吹拂，搭配解說員的講解，既能欣賞大自然的風光，又能得到不少關於潟湖地區的知識。潟湖的沙洲之外，便是廣闊的海洋，因此龍山漁港可說是龍山村民通往海上世界的樞紐。

《鹽田兒女》描述，村邊的河道上除了竹筏外，還停泊了十五艘可以航行至近海捕漁的船舶。船隻通常在十月左右出海，捕魚的時間約兩、三個月，趕在農曆年前回航。豐收的魚獲就像是老天賜與的新年賀禮一樣，足以讓漁家過個好年。撈捕的魚類以烏魚為大宗，被視為「烏金」。

漁船的出海和入港，對村民來說，都是大事。出海時，船頭會高高掛著鞭炮，大聲地鳴放，男女老幼都來到岸邊觀看，熱鬧滾滾。船員會朝岸上扔糖果、餅乾，大夥兒爭相撿拾。回航時，場面一樣熱鬧，鞭炮聲、鑼鼓聲、喧鬧聲盈溢，岸邊一樣人潮洶湧。豐收的船隻會朝岸邊撒下銅板，給小孩們

龍山漁港位於龍山宮前，當地漁獲的買賣都在此進行。

搶拾。

明月一度是站在岸邊搶看漁船出海、返航的人群之一。就是在這樣的近海漁船上，她看見穿著深藍色襯衫的大方，捲起袖子，露出結實的手臂，十根靈活粗獷的手指俐落地收摺漁網。

有一年，雨期特別的漫長，大方的船隻要出海時，已是入冬。他掛念的明月早已和慶生結婚了。婚後的明月似乎刻意躲著大方，不論何時何地，大方總看不見明月的身影。出海之前，他唯一渴望的事就是見明月一面。他衝到明月家，明月故意躲在後間，不願現身。漁船就要出發了，大方仍站在岸上，遠遠眺望明月的家。船員喊他上船，他百般不願，因為一旦上船，他就再也等不到明月了。

接著，大方望見明月慌張地走出家門，身懷六甲，慶生追在後頭伸手向她的口袋裡掏錢，想再去賭博。明月企圖掙脫，慶生卻狠狠甩去一個巴掌。看到這一幕，大方再也忍受不住，又吼又罵，想衝下堤岸。船員們出手將大方拖入船艙，合力將他壓制在床鋪上。耳邊彷彿聽見了明月求救的呼喚，他什麼也不管，發瘋似地掙扎，一心只想衝去救她。

人真卑微的不如一隻蚊蠅，連傳達感情都得受到層層束縛！（《鹽田兒女．第三章》）

來到龍山漁港，小小的長方形港口裡成排停泊著竹筏與漁船，假日時遊覽車駛入，旅客如織。同樣喧鬧的人聲，卻與往昔有著極度不同的意義。

七股溪

七股溪自龍山村的東南方蜿蜒流過，貫穿整個七股地區，流入七股潟湖。

溪流來到七股的初始，河道較窄，兩側僅以矮矮的河堤與道路相接。河面上有漁船及竹筏航行，河裡列布漁民養蚵的竹架，堤防上常可見到百姓堆置的蚵殼。站在海寮碼頭附近的七股溪橋上往下眺望，可以見到七股溪碧綠的水面，兩旁停靠著藍綠色的漁船，天空上浮雲輕移，白鷺點點。

接近七股潟湖時，七股溪也變得開闊起來，氣勢更加非凡。叢生的紅樹林占據著河道中央，上方有白鷺築巢，飛翔棲息。臺六十一線西濱快速公路的七股溪橋橫跨水面，優雅的拱圈劃出完美的弧形。夕陽西下時，晚霞、落日、拱橋、樹林與溪流，交織成蒼茫的景致，也使得這段道路被稱為寂寞公路。

寂寞公路下的七股溪，夕陽西下時，晚霞、落日、拱橋、樹林與溪流，會交織成蒼茫的景致。

《鹽田兒女》中，村子東方遠遠來了一條小河流，村民除了靠村外三個方向的鹽田吃飯外，這河是他們主要的糧食父母。有人家中男丁旺，可四季靠河謀生，兼作一方小鹽田，只要勤勞，那河裡有源源不斷的財收。小河雖不寬闊，卻猶如村民的父母之河。對於七股的百姓而言，七股溪就像是小說裡的這條父母之河。

在河中，居民可以養蚵、捕魚。小河中心搭滿了蚵棚，棚架掛滿了一串串的蚵殼。人們駕著竹筏在河裡穿梭，搭蚵架、採蚵。明月和妹妹們除了曾幫村民剝蚵殼賺錢外，也曾拜託知源伯幫忙在河中搭蚵棚，自己結蚵串養蚵，而後再向人租竹筏採收。河中豐富的魚蝦，也是居民的財源之一。打魚除了自家食用外，也可販售。有些人會在清晨三點起來，在頭上掛個探照燈開始打魚，直至五點左右再走到附近鎮上賣錢。七股的居民幾乎都諳水性，時常在河中比賽游泳。明月身手矯健，時常一躍入水，泅泳之外還能捕捉魚隻給弟妹加菜。

這條父母之河給予明月的，不只是生財的蚵仔、食用的魚蝦，更有心靈的慰藉。

在明心出嫁之後，能幹的明月便成了家中的支柱。舉凡三餐的料理、晒鹽、捕魚蝦、養蚵等工作，都由明月承擔；而弟弟妹妹年紀還小，無法完全取代明月。阿舍於是在心中盤算，不能讓明月嫁出去，即便要結婚，也只能招贅一個女婿。有一天，阿舍跟明月攤牌，明白告訴她已決定好對象，要招贅一個嘉義人慶生。明月不肯，阿舍一邊哭訴自己命苦，一邊斥喝明月：「妳若不答應相親，包袱整理整理，給我死出去。」

明月真的衝出了家門。為了這個家，她拋棄了少女應有的打扮和寵愛，從早忙到晚，付出了全部的心力，皮膚變得黝黑粗糙，肢體變得健壯，卻仍然不夠，仍被母親嫌棄。

哪裡可以接納她？大海、堤防、鹽田？夜色籠罩大地，天也暗了，海也沉了，只有悠悠的溪水還潺潺地流著，只有那條河流還可以接納她。

明月站近河堤，拿起村人插在河堤邊的小魚網，一躍入河中，她要抓幾尾魚，為家人做道滋補的魚湯。（《鹽田兒女．第二章》）

龍山社區

臺南市七股區龍山里

十七世紀時，現在的七股地區大部分屬於臺江內海，放眼望去一片水波粼粼，外圍則有綿延的沙洲，而龍山村民的先祖來自臺江內海的一處小沙嶼：蚵寮山子。

歷經多次山洪暴發、泥沙淤積，曾文溪多次改道，舊有的臺江內海在晨霧中失去了蹤影，逐漸淤積成陸埔。只是海洋還依依不捨地留下懷戀的足跡，留下了土壤裡濃濃的鹽分。有人說，這味道嚐起來苦澀；也有人說，嚐久了自然就回甘。而龍山社區就位在這片鹹鹹的土地上。

《鹽田兒女》的故事背景發生在七股的小村落，一九五〇年代的龍山村就是蔡素芬筆下的樣子。這片土地飽含著濃濃的鹽分，不利耕種，村民們主要的維生之道包括：晒鹽、出海、養蚵、捕溪裡的魚蝦、挖蛤蚶等。客運車直到一九六〇年代才開進了七股。在此之前，村落猶如半封閉的社會。

明月的老公慶生嗜賭如命，甚至將明心遺留下來的金戒指偷去典當，換取賭金。明月懷裡抱著幼小的女兒祥浩，氣憤地至賭間逼問慶生戒指的下落。慶生惱羞成怒，一巴掌甩在明月臉上，兩人開始在門口拉扯。怒火中燒的慶生下手不知輕重，朝明月的頭部揮了重重一個拳頭，懷中的祥浩掉到溝裡，哇哇大哭。當晚祥浩氣息微弱，但附近沒有像樣的醫院，只能轉往佳里求救。四周的鹽田一片漆黑，分不清是夜色還是海水。慶生慌張地踩著腳踏車，載著明月和祥浩就醫，這趟路程就得要耗去兩個多小時。

村子裡有保守封閉的風俗，但人們心中也有熱情激昂的一面。祥浩就是明月心中的一點熱情所化身的女孩。

話說慶生為了籌措賭金，私下將鹽賣給非法鹽商，遭到警方通緝，最後因多次傳喚未到，坐牢三個月。明月一生的清白也受到丈夫的連累，寸寸染黑，但她已經來不及了，無能再回到沒有慶生的日子，無能再重新營造一個歸屬於大方的家庭。

這天，阿舍聽說大方的母親光敏伯母患了骨刺，便要明月送去一帖治病的藥方。明月將藥單送到，但光敏夫婦不在，只有大方一個人在家。明月主動來到大方家找他，大方等這一天有十三年了。他看到明月的手臂、胸口都留下了被慶生割傷的疤痕，他再也不能容忍，不能等待。

兩顆火熱飢渴的心在春日宜人的午後各自尋找著偉大神聖的理由，做著長久以來夢寐以求的結合。（《鹽田兒女・第三章》）

古厝旁堆置著蚵殼，泛著灰白的色澤，彷彿將時代拉回了黑白默片之中。（攝影：黃彥霖）

而後，明月懷孕了，是個女兒，出生後取名為祥浩。她非常確定這是大方的孩子，她要呵護祥浩，愛祥浩，就像愛大方一樣；但她不能說出這個秘密，不能跟父母說，不能跟慶生說，甚至不能跟大方說。她要永遠守著這個沉重而甜美的秘密。

現在龍山社區的居民仍依靠海洋與水域維生，虱目魚、吳郭魚、鮮蚵被稱為「龍山三寶」，可見養殖漁業已成為當地居民的主要產業活動。而龍山社區經過社區發展協會的規劃與居民的巧思，成為一個處處充滿藝術的漁村。古厝旁堆置著蚵殼，泛著灰白的色澤，彷彿將時代拉回了黑白默片之中。居民把蚵殼做成風鈴，懸掛在涼亭上，微風吹來，叮叮的聲響似乎是遠方海神午後的輕吟。

滄海也有揚塵的一日，這個靠海的龍山社區已不再封閉、不再守舊，潟湖和七股溪的樣貌也有了改變；但它所擁有的鹹土地依舊，鹹鹹的海風依舊，人們胸口那顆的溫熱的心也依舊。

七股景觀海堤

河海交織、地勢低窪的七股可說是處處堤防。曾文溪、七股溪沿岸築有河堤，海埔地邊緣築有海埔堤防，近海處則有長長的海堤。

位於黑面琵鷺保護區的西側，有一段景觀海堤，鑲嵌有彩繪造景，濱臨海洋與沙洲。站在堤防上往外望去，可以看到綿延的沙洲，上頭種滿了防風林。沙洲之外，就是無垠的大海；海洋的另一邊，是未知的、全新的世界，充滿了陌生、恐懼，也充滿了希望。

失意的時候，明月常會爬上堤岸。當視線的障蔽消失，眼前的世界也開闊了起來。匯入大海的七股溪開展了河道，沙洲橫亙眼前，防風林受風吹拂，細瘦的身軀微微顫抖。阿舍逼迫明月接受排定的婚姻時，明月在這道堤岸上望見一輪血紅的夕陽緩緩墜入海洋。眼前的海潮上漲，淹沒部分沙洲，明月企盼著遠方的海平面會出現大方所在的那艘漁船。

而當大方眺望堤岸外的這片大海時，他的心裡充滿了對遙遠未來的想望。他夢想著離開這個小村子，離開這片鹹土地，帶著明月到都市去奮鬥，共同去經營美好的生活。但這一切都隨著明月被迫許配給慶生而毀滅。

・・・

這天，明月和大方一起走上了堤岸。他平靜地問她：「妳要結婚了？」

明月點點頭，不能看他，不能看了，再看眼淚就會像那河水一般幽幽流下來，她把眼睛望向遠遠

河海交織、地勢低窪的七股處處堤防。這一段景觀海堤，鑲嵌有彩繪造景，濱臨海洋與沙洲，視野瞭闊。

的，遠遠的海與天的藍白交合處。

（《鹽田兒女．第二章》）

大方拿出在安平買的兩把口琴，將包著紅紙的那把遞給明月，吹著自己留存的那另一把，悲切的琴聲散入風中。大方伸手拭去明月眼角的淚水，接著攬住她的肩。壓抑，掙扎，顫抖……最終明月的唇輕輕地碰上了大方的唇，然後擺脫他，向堤岸下飛奔而去。堤防上只留下大方一個人，孤獨地看著遠方的大海，孤獨地看著自己的夢想。

龍山國小

臺南市七股區龍山里 12 號

龍山國小的前身是七股國民學校龍山分校，一九六一年獨立為臺南縣七股鄉龍山國民學校。學校學生數最高時曾有三、四百人，現在僅剩約六十人，每個年級設一班，漁村人口流失與少子化的情

龍山國小的前身是七股國民學校龍山分校，學校學生數最高時曾有三、四百人。

形，可見一斑。小小的校園，卻反映了整個七股地區的發展脈絡與當前面臨的困境。

《鹽田兒女》小說中提到了村子新設小學的情景，反映了鹽鄉村民的教育問題。在本村設立小學之前，村內的小朋友要就學，只能到鄰近村莊，又因為交通不便，上學成了一件辛苦的事。許多小孩為了接受教育，必須在外地寄宿；負擔不起外宿開支的家庭，只好讓小孩廢學。當校舍破土動工時，村民都非常期待。操場、校園逐漸成形，鞦韆、遊樂器材也也一一設立。剛從師範學校畢業的年輕老師，被村民們視如聖賢。父母帶孩子上學時，也會好奇地在教室外跟著讀一、兩句課文。

明月的大兒子祥春，便是這所小學的第一批學生。明月親自幫祥春縫製制服，沒錢買皮鞋，就讓他穿塑膠拖鞋上學。但沒多久祥春連拖鞋也不穿，因為同學們大多赤腳。

後來，明月跟著慶生到高雄去打拚，在碼頭打零工，偶爾才回家探望兩老。大方在更早的時候就來到同一個城市發展。大方與婉惠結婚後，帶著決心離開七股，有志氣的他堅持功成名就之後才肯衣錦還鄉。這一走，足足過了六年的時間，才又重新踏上故鄉的土地。這天，大方走在家鄉的道路上。廟口難忘的那第三棵榕樹，此時的所在地已是國小的校園。榕樹枝葉繁茂，令大方驚覺時光的飛逝。

校園裡，幾個小孩在盪鞦韆，稍遠處有兩、三個女孩在玩泥巴，其中一個小女生立即吸引住大方的目光。那雙眼睛、那隻鼻子，誘人的嘴唇、瘦長的骨架，他立刻明白那是明月的女兒。

大方走近女孩，與她談天，跟她說可以喊自己「大方伯」。他讓女孩的雙手環繞住自己的脖子，一點也不在意衣服被泥巴給沾汙。他詢問女孩的名字，女孩說：「我是祥浩。」他帶著女孩去堤岸邊玩耍，那是祖母禁止她靠近的地方。他帶女孩回家看電視，在那個年代村裡除了大方家之外，只有雜貨店和村長家有電視。他吹口琴給女孩聽，讓女孩乖乖坐在他身邊。他知道祥浩是明月的女兒，但他不知道明月深埋在心中的那個秘密。大方只是隱約感覺到，女孩身上散發著一股深沉而誘人的力量。

如今，龍山國小的校舍前也有一棵大榕樹，伸展著枝葉，垂下褐色的氣根。或許，那蒼勁而厚實的樹幹上，也鐫刻著久遠時光的諸多秘密。

海寮紅樹林保護區

海寮紅樹林位在七股溪注入七股潟湖的交接處，有一大片的海茄冬和一部分的欖李。溪水緩緩流過，紅樹林裡海茄冬伸出細長的呼吸根密密的扎入土壤中。黃綠色的枝葉縱橫交錯，在水流中織出一片隱密的世界，隔絕了人煙與喧囂，彷彿是精靈棲身的秘境。

站在紅樹林旁邊的景觀臺，可以望見茂密的樹叢上，有大量的白鷺築巢，時而靜立在水邊，時而展翅在樹林上空飛翔。這片濕地與樹林就是牠們的樂土。

《鹽田兒女》中，時常可以看到小白鷺的蹤影。當大方跑到明月家的鹽田幫忙時，明月的父親知先詢問他是否擔心別人說閒話。此時，大方的眼神與明月相交，明月立即別過頭去，看向遠方的白鷺鷥，裝作沒聽見兩人的對話。望著潔白的鹽粒與白鷺鷥的身影，明月心中升起了一絲悵惘。

祥浩小時候也常跟著明月上鹽田，陪伴母親工作。天真的她，常趁母親不注意時，偷偷追打眼前的小白鷺，摔得滿身濕透。明月暗自思忖：「她真

海寮紅樹林保護區，黃綠色的枝葉縱橫交錯，在水流中織出一片隱密的世界。（攝影：黃彥霖）

像大方，總有別人不曾有過的夢想，怎會想去抓那靈敏翱翔的白鷺鷥呢？」

當明月離開故鄉前往高雄，而不知情的大方回到七股時，習慣性地望向明月家的鹽田，希望再看一看那苗條的身影與矯健的身手。然而他什麼人影也沒看到，只有形單影隻的小白鷺在鹽田間漫步。

七股潟湖

七股潟湖是臺灣最大的潟湖，北起青山港汕，南至頂頭額汕。從龍山、海寮、六孔、南灣等碼頭，皆可搭船飽覽潟湖風光，也可到網仔寮汕沙洲上走踏。潟湖裡浮游生物豐富，餵養了各式各樣的水生動物，是七股居民重要的漁場和養蚵場。潟湖邊緣的沙洲上，也有人們彎身挖蛤仔、赤嘴仔等貝類。《鹽田兒女》刻劃當時人們養蚵的方式：

她央人幫她在河中搭蚵仔棚，並四處向有蚵仔收成的頭家討取多餘的蚵仔殼，買來數綑塑膠繩姐妹三人通力合作將繩裁成十六尺半一截，再對折，對折處打出一個圓形掛耳，先將蚵殼以鐵釘釘洞後再一一穿入塑膠繩，蚵殼每隔三寸用塑膠繩打個結，這樣一邊塑膠繩大約可以結上二十來個蚵殼，每串兩邊就有四十來個，長度從八尺縮短到六尺餘，掛入河中正好是容易結蚵仔的深度，四十來個空殼可以結出數百個蚵仔，運氣好的話，過年就可以採收了。

七股潟湖邊緣的網仔寮汕。潟湖裡浮游生物豐富，餵養了各式各樣的水生動物，是七股居民重要的漁場和養蚵場。（攝影：黃彥霖）

在《鹽田兒女》的故事裡，人們得要窮盡各種的手段，努力地向天地索討一切生存的可能，才足以餬口。到了今天，現實的情形卻是：這片沙洲、這片海岸要努力向人類證明自己的利用價值，才能自人們貪婪的手中搶得一線生機。七股的沙洲像垂落的眼淚，懸掛在潟湖的臉頰上。這片沙洲連同臺灣的海岸，正在不斷地消失。自一九七五年至二〇〇五年間，網仔寮汕退縮了八百八十五公尺，青山港汕則於一九八九年至二〇〇二年間退縮了七百公尺。

踏上鬆軟的沙洲，小心翼翼地繞過和尚蟹留下的大片擬糞群。前方的木麻黃不再巍峨。海水蝕入了防風林，首當其衝的木麻黃像戰敗的將士全線潰散。

當我們的工程建築日趨高聳壯觀，美麗的海岸卻也日漸縮減。逝去的沙洲，原來都填進了人們心底的黑洞。

在烏腳病紀念館裡，可以看到在那個自來水尚未普及的時代裡，人們為水而苦、為水受難的現實。（攝影：黃彥霖）

烏腳病醫療紀念園區

臺南市北門區永隆里 27 號

週三至週日　09：00～17：00（週一及週二休館）

烏腳病醫療紀念館由吳新榮的連襟王金河醫師的診所改建而成。王醫師秉持著愛與奉獻的精神，長期在沿海地帶與烏腳病奮戰，陪伴病痛中的百姓，留下一段充滿了血與淚的歷史。

烏腳病是一種曾流行於西南沿海地帶的血管疾病，明顯症狀是腳趾發黑、潰爛，甚至形成壞疽再自然脫落。當發黑的區域擴散，腳部組織壞死時，患者唯有截肢一途。

烏腳病的成因不明確，但可知與飲用井水有關。早期自來水還未普及，而沿海地帶的淺層井水又含有鹽分，無法飲用，居民於是挖掘深層井水。

在《鹽田兒女》中，我們也可以看見自來水未普及時，七股地區居民飲水的艱難。

每天，明心要走一小時的路程到鄰村的水池汲水，因為自己村子裡的井水鹽分太高，只能拿來刷地洗衣。清晨五點，天還沒亮，明心就得上路。沉重的擔子將她的雙肩磨出了厚厚的繭。後來挑水的工作由明月代替，她的肩頭出現瘀紫，起了水泡，挑了幾次之後才慢慢習慣。

有一天，大方開心地跑來報告村裡要埋自來水管的消息。明月好奇地詢問：「埋了水管後怎麼用水？」大方簡要的形容水龍頭的裝置，言語之中充滿了喜悅，因為他深深明白明月挑水的辛苦。

在烏腳病紀念館裡，可以看到在那個自來水尚未普及的時代裡，人們為水而苦、為水受難的現實。除了景仰為百姓奉獻心力的王金河醫師外，也更明白水龍頭裡流洩而出的，不只是清水，更是無比珍貴的幸福。

井仔腳瓦盤鹽田

臺南市北門區永華里井仔腳

井仔腳瓦盤鹽田的前身是清領時期的瀨東鹽場。瀨東鹽場原來設在鳳山縣大林蒲，後來遭到洪水淹沒，轉而遷移至臺南佳里的外渡頭附近，嘉慶年間水患再度肆虐，於是遷移到現在的位置。細算起來，井仔腳瓦盤鹽田的歷史已超過一百九十年，同時也是臺灣現存最古老的鹽田遺址。

瓦盤是指在結晶池底部平均鋪設瓦片的晒鹽法，據傳這種技術是鄭成功的智囊陳永華所引進的。他看到平埔族製鹽技術所製作出的鹽品質不佳，所以想出其他途徑，在海邊開闢空地，鋪上碎瓦片，再把海引水引進鹽池，以日晒的方式得到結晶鹽。

現在的井仔腳瓦盤鹽田是雲嘉南濱海國家風景區特意復育的，不再像早期那樣是居民的經濟命脈，而純粹成為觀光用途，讓遊客體驗傳統晒鹽、挑鹽、收鹽的情景。

實際的晒鹽工作，並不像觀光客所體驗到的那般愜意。晒鹽的家家戶戶早上要去巡鹽田，下午則要收鹽。工作時，斗笠、面罩、袖套是必須的裝備，但在大太陽底下，明月的皮膚仍被晒得黑黑亮亮。

秋冬兩季辛苦的晒鹽工作，還不足以養活一家大小。每年春天，明月的父親知先還要動身前往臺北踩三輪車。臨走前，知先拍拍明心的肩，叮嚀：「少弟看顧好，我入秋就回來。」海風吹來鹹鹹澀澀的味道，令人不禁皺起了眉頭。

目前工業用鹽大部分仰賴進口，只有少部分食用鹽是由通宵精鹽場，利用電透析法來製造的。

夕陽將天際刷紅，鹽田沾染了橘黃橙紅的色澤。散落的方格裡，彷彿儲滿了淚水一般，蕩漾在哭紅的臉頰上。

錢來也雜貨店

臺南市北門區北門里舊埕 187 號

09：00～18：00

錢來也雜貨店原來是臺鹽公司的鹽工福利社，興建於一九五二年，是一棟傳統的平房建築，鹽工常會來這裡購買各種日常用品。因為偶像劇《王子變青蛙》在此取景而成為著名的景點，店裡陳設著各種古早零食以及文創商品，吸引遊客們駐足。

井仔腳瓦盤鹽田的歷史已超過一百九十年，同時也是臺灣現存最古老的鹽田遺址。
（攝影：黃彥霖）

錢來也雜貨店原來是臺鹽公司的鹽工福利社，興建於一九五二年，是一棟傳統的平房建築，鹽工常會來這裡購買各種日常用品。

新設置的分館則為融合日式與臺式的仿古造型，斜斜的屋頂、仿製的日式屋瓦、木造的牆面、特有的錢來也瓶蓋標籤，讓這裡帶著古早味，也摻雜著新意。

《鹽田兒女》裡的村子中心也有一間雜貨店。各路人馬在此匯聚，有的買物，有的抽菸，有的在門口天南地北地聊起天。在電視機問世的時候，雜貨店前總是擠滿了想看電視的人群。

雜貨店的老闆負責滿足人們生活上和欲望上的需要，並不負責道德教化。因此在店內深處附設了賭間，供村人聚賭。

明月的老公慶生，便是一個嗜賭如命的人。當明月懷孕時，慶生仍讓她到鹽田裡收鹽，因為自己要到賭間報到。

當村長的兒子明光向阿舍透露此事時，明月才輾轉得知自己的老公是賭間的紅人。「他的賭金哪裡來的？」明月心頭一驚，立刻察看床底下藏錢的小罈甕。錢果然少掉了一大半。阿舍受不了，跑到賭間質問慶生，得到的是無賴又無禮的回應。慶生回到家中，明月立即逼問錢財減少的事，並憤怒地數落他不去鹽田工作，放著懷孕的老婆不照顧，整天只曉得賭博。一長串的話語還沒結束，慶生便狠狠的打了她兩巴掌。此刻她才明白，自己的丈夫不僅愛賭，更會施暴。眼前這個粗暴的惡魔，是自己要結伴共度一生的人。

無盡的陰影籠罩著自己的未來，她無能為力，無話可說，只能不斷地流淚。

安平港

在荷據及明鄭時期，臺江外海的北側有鹿耳門港，南側有大員港，是臺灣對外往來的門戶。鄭成功及施琅攻臺時，都是選擇從北方的鹿耳門水道進入。一八二三年的一場暴雨使得灣裡溪（今曾文溪）改道，流向鹿耳門，鹿耳門港道也嚴重淤積，不堪使用。一八六五年，清廷與英法簽定的《天津條約》中，安平港開港，對外貿易日漸發達，洋行紛紛設立，繁榮一時。但隨著港口的嚴重淤積，安平港的功能也逐漸消退，被後起的高雄港所取代。

日治時期開鑿了臺南新運河，並開闢安平港的新港口，與運河相接，安平重又展現功能。一九七四年，原日治時期開闢的安平港淤塞，於是在南方的「鯤鯓湖」另築新港，一九七九年開始營運，現在的安平港已由國內商港升格為國際商港。

《鹽田兒女》描述，七股的近海漁船出海後，會在鄰近較大型的漁港停船，交易漁獲，並採買貨物、禮品。有一年，大方所屬的漁船捕獲了數千斤的烏魚，便停泊在安平港，將魚卸給罐頭工廠，等待好天氣來臨時再度出海捕魚。

當時的安平繁華熱鬧，遠非七股漁村所能比擬。街上商店林立，小吃、服裝、布匹、珠寶……令人目不暇給。街上的人們打扮時髦，穿著華麗。而船員過夜的旅館旁，也常常有特種行業拉攏著客人。心裡只有明月一個人的大方，不受鶯鶯燕燕的誘惑，他一心想給明月買樣特別的禮物。幾番斟酌，他在一家樂器行買了兩把樣式相同的口琴，一把自己留著，另一把要送給明月。

安平港的繁華也使大方開了眼界，他知道大海之外還有更美麗、更現代的城市；他知道一味守著故鄉的鹽土地，最後的人生將只剩下卑微和貧窮。

在與明月的戀情無望之後，大方帶著新婚妻子婉惠離開鹽鄉，前去高雄展開全新的人生。

抵達高雄後，大方找到了拆船場的工作，婉惠則擺攤賣衣服，兩人都在刻苦努力著。高雄正逢經濟起飛之際，大方與朋友集資投入房地產，賺了大錢，事業越做越大。五十一歲時，他已是航運公司的董事長。

一天，公司的經理前來向大方報告，有位女清潔工反映，公司所屬的船隻，油艙滿壁滿地都是油垢，而一位名喚老謝的工人又總是在油艙抽煙，置眾人性命於不顧，因此建議辭退老謝。大方佩服這位清潔工的見義勇為，決定接見她。他坐在開著冷氣的辦公室裡等待女工前來。就在門打開的那一瞬間，大方驚訝得目瞪口呆。進來的人，竟然是明月。

來到同一座城市奮鬥，而今一個是尊貴的董事長，一個是賺辛苦錢的工人。她的面容滄桑得令他心疼，身材較往昔臃腫，面容粗糙焦黃，渾身沾滿油汙。多少年過去了，命運的手仍不曾鬆開，不曾放過眼前自己心愛的這個女人。

離開大方的辦公室後，她騎著機車上了回家的路。她的心裡有欣慰，有遺憾，還有一個始終不能說出的巨大秘密。擡起頭，一輪圓融皎潔的滿月高掛在天上。

啊，是滿月！明月抬頭望月，有一種滿滿的感動，說不清的。（《鹽田兒女‧第五章》）

夕陽下的安平港，見證著每一道來到此地奮鬥的身影。

黑面琵鷺生態展示館

臺南市七股區十份里海埔 47 號

週二至週日　09：00 ～ 16：30（週一休館）

順道一遊

黑面琵鷺又稱琵琶嘴鷺、飯匙鳥、黑面勺嘴，屬於鸛形目、琵鷺亞科，外形上最大的特色就是擁有黑色扁平的長嘴，像是湯勺，也像是琵琶。牠是數量極為稀少的鳥種，已被列為瀕臨滅絕動物。

每年九或十月，黑面琵鷺會從北韓、南韓或中國東北南渡過冬，而臺灣是世界最大的黑面琵鷺度冬區，其中大多數的琵鷺選擇停留在曾文溪口。牠們會一直待到隔年的三至五月，才陸續飛離臺灣。

一八九三年，英人拉圖許在臺江內海的北邊看見一群白鳥停棲。如果牠們就是黑面琵鷺的話，那麼琵鷺們已然見證了這塊土地的多次變遷。

位於七股的黑面琵鷺生態展示館成立於二〇〇五年，距離黑面琵鷺的主棲地不遠，面對廣闊的魚塭，有水渠川流而過，周遭還有紅樹林及濕地，常可見到水中魚兒游動，泥灘上招潮蟹伸著大螯，溪流中蚵架成排綿延。

生態展示館的建築本體具有特殊的造型，尖尖的屋頂斜向一側，好像飛機機翼，又好像衝浪板一樣。整棟建築都位於水上，像黑面琵鷺般，雙腳伸入水中，靜靜體會著水流的波動。建築的內部規劃有展示室區、多媒體放映室及觀景平臺，介紹黑面琵鷺的生命史、濕地生態及保育運動。走上一圈，就可對黑面琵鷺有更深一層的認識。

黑面琵鷺賞鳥亭

黑面琵鷺生態展示館往前約 1 公里處

（攝影：黃彥霖）

在黑面琵鷺主棲地以北，設置有三座賞鳥亭，是觀賞黑面琵鷺又不打擾牠們的最佳地點。賞鳥亭是簡單而別致的木造建築，面向黑面琵鷺棲息的浮覆地，架上望遠鏡，就可以清楚的望見棲息中的琵鷺。

當雲層還透著微光，琵鷺們頭朝著風吹來的方向，成群在主棲地休息。灰藍的潮壤上劃過一道柔軟的羽線，是初陽捎來的絢爛波光，也是寒冬裡停泊的皚皚白雪。

牠們的頸子向後彎曲，靜靜的將頭安放在綿暖的羽絨之中。一隻腳縮在身子底下，一隻腳站立在泥壤之上，這或許是牠們認為最舒服、最能減少體力負擔的姿勢。

當風勢凜冽，牠們便簇擁得更加緊密。迎向風頭站在最前線抵擋寒風的勇士，隔一段時間便會重新回到鳥群的懷抱之中，而下一位勇者會無懼地頂替而

曉蝶海產店

臺南市七股區龍山里 211-9 號
週一至週五　08：00 ～ 15：00
週六至週日　08：00 ～ 19：00

上。當潮水高漲，琵鷺們會集體向東方移動；退潮時，則往西邊遷徙。沉浸在波流之中的腳趾，正敏銳的接收著海洋傳遞來的信息。每一處海水徜徉的角落，都有著牠們與世界共同的鼻息。

曉蝶海產位在龍山宮前，是一間由當地婦女所開設的海產店，掌廚的老闆娘就是在漁村長大。小店的招牌是大海的藍色，沒有豪華的裝潢，菜色不靠絢麗的盤飾，有的是濃濃的漁村家常味。

在《鹽田兒女》中，我們讀到了女性持家的堅毅，在穀物不生的鹽地裡也要用自己的肩膀支撐起這個家。看到曉蝶老闆娘親切地招呼客人，在廚房裡忙進忙出，大火中料理出一道道佳餚，更讓人感受到漁村女性的精神。

來到曉蝶，自然不能錯過龍山三寶。蚵仔可以料理成在地名菜：蚵仔麵線，品嚐飽滿的蚵仔、淡淡的麻油香、脆口的蔬菜以及綿軟的白麵線。虱目魚可以試試油煎滋味，焦脆的外皮、散發著淡淡牛奶香的魚肉、甜美的魚肚，點綴著檸檬清香，最能提出虱目魚的美味。吳郭魚則適合清蒸，只用蔥、薑、酒去腥，深色的魚皮底下露出雪白的魚肉，吳郭魚肥美鮮嫩的肉質就是上等鯛魚的口感。

蛤仔、赤嘴仔也是七股潟湖一帶的特產。退潮的時候，沙灘上常可見到挖蛤仔的村民。《鹽田兒女》裡，也描述了這樣的情景：

> 潮水退去，淺灘上露出一個個長形或漏斗形的洞，一個洞就是一個蛤仔穴，找到這樣的洞她就將手中竹片往洞插入，碰到蛤仔堅硬的外殼就再往下挑起，竹片翻出，一顆黃灰的蛤仔隨即鮮亮地顯現淺灘上。有時蛤仔還未沉入沙泥中，輕易可看見露在沙外的吸水管及銀亮如新月的殼身，這時，只要竹片輕輕一挑，蛤仔就像蹦跳一樣離了洞穴。（《鹽田兒女．第二章》）

新鮮的蛤仔或赤嘴仔不論是清蒸或快炒，滋味都很清甜。快炒赤嘴蛤是醬油搭配蒜、蔥、九層塔、辣椒，用大火快速逼熟赤嘴蛤，保留所有的鮮味。上桌時，盤裡還冒著熱熱的蒸氣，蛤殼邊緣散發淡淡的紫色，橘紅色的蛤肉自殼中大方顯露而出，漁村的家常菜也自然有華麗的一面。

（攝影：黃彥霖）

青山漁港

臺南市將軍區青鯤鯓

青山漁港位在將軍區，七股的北方不遠處，是一個二級漁港。

藍天底下，方形的港口蕩漾著碧綠的海水，停泊的漁船與竹筏倚靠在岸邊，隨著海上的水波微微起伏，彷彿正進入沉沉的夢鄉，發出淺淺的鼾聲。港邊，漁民在大太陽下晒著虱目魚、火燒蝦。魚蝦的身軀在日光的淬鍊下，結晶成一片透明璀璨，散發著寶石般的光澤。還有居民把枕頭裡的棉花拿出來晒，用兩個晒衣夾固定的棉花，團團垂掛在港口旁，好像天上的雲朵飄浮到了人間，在海水與船舶間穿梭移動，探索著人間的趣味。

漁港最熱鬧的時候要算是下午兩點，當魚市開張，港邊擠滿了喊魚仔的人們。一般大型漁港裡，只有獲得特許的商人或漁人可以參與魚貨喊價拍賣，但在青山漁港，任何人都可以參與。只要你有興趣，也可以躋身人群之中，鎖定好吸引你的海產，舉起手，發出聲音，呼喊出你心中屬於它的價值。此起彼落的叫賣聲裡，也蘊含著一種特有的節奏和韻律，那就是一首港口的詩。

秀里蚵嗲

臺南市將軍區鯤溟里 100 號

週一至週日　11：00 ～ 18：00

「蚵嗲」或許應該寫作「蚵疊」，有大量的蔬菜、蚵仔層層堆疊，再加上一層酥脆的麵衣，就成了臺灣、澎湖、金門等沿海地區的特色小吃。

在青山漁港邊的小巷子裡，就有一家著名的秀里蚵嗲，擁有一個傳統女性的名字，負責料理的也是女性，小店在傳統中也融入了現代的創意。攤子旁邊的牆壁上彩繪著動畫電影《龍貓》中著名的公車站牌場景，彷彿要喚回人們純真的童心。店家的菜單用漁網、蚵殼及煎杓布置成有趣的裝置藝術。

所有的料理都是現點現做。招牌的蚵嗲使用蚵仔最飽滿的蚵腹部位，散發著牛奶般的色澤。搭配的高麗菜、韭菜等細細的切成碎末狀，並用鹽巴脫去水分。製作時，先均勻的抹一層粉漿覆蓋住鍋杓內緣，接著將高麗菜、韭菜及蚵仔層層堆疊在鍋杓裡，最後再上一層粉漿。下鍋油炸時，先以小火固定住形狀，慢慢溫熟裡頭的食材，再以大火將麵衣炸得金黃酥脆。

這裡的蚵嗲皮薄餡多，一口咬下，發出令人心動的咔滋聲，隨著餡料的熱氣蒸騰，蚵仔及蔬菜的鮮味也散溢而出，滿滿的海潮在口中湧動，不論是吃到的還是呼吸到的，都是漁港特有的氣息。

國家圖書館出版品預行編目（CIP）資料

府城文學地圖 . 2, 大臺南區 / 臺南一中 105 級科學班撰
文 . -- 二版 . -- 臺北市 : 遠流 , 2015.05
面； 公分 . -- (綠蠹魚叢書 ; YLK83)
ISBN 978-957-32-7625-8(平裝)

830.86 104005623

綠蠹魚叢書 YLK83

府城文學地圖 ② 大臺南區

策　　劃｜林皇德
作　　者｜臺南一中105級科學班
王貞元、王敏齊、江翊瑄、吳興亞、李廷威、阮昱祥、林杰民、侯品睿、洪家威、張恆維、連盟家、郭宇軒、郭哲毓、陳彥年、陳紹銘、陳揚善、陳逸婷、陳翰霆、曾子嘉、黃勝洋、黃鼎鈞、詹雨安、蔡振廷、鄭丞傑、蕭博哲、駱佳駿、謝岫倫、嚴詠萱、蘇奕達、蘇琬婷
照片提供｜臺南一中105級科學班
攝影協力｜黃彥霖（臺南一中103級攝影社）
繪　　圖｜郭哲毓、陳逸婷、駱佳駿

出版四部總編輯｜曾文娟
資深副主編｜李麗玲
責任編輯｜江雯婷
企劃｜廖宏霖
封面暨內頁設計｜黃寶琴、優秀視覺設計

發行人｜王榮文
出版發行｜遠流出版事業股份有限公司
地址｜臺北市南昌路二段81號6樓
客服電話｜（02）2392-6899　傳真｜（02）2392-6658
郵撥｜0189456-1
著作權顧問｜蕭雄淋律師
輸出印刷｜中原造像股份有限公司

2015年5月1日　二版一刷
定價 新台幣360元（缺頁或破損的書・請寄回更換）

ISBN 978-957-32-7625-8